雪渡の黒つぐみ《ゆきわたりのくろつぐみ》

桜井真城

Maki Sakurai

講談社

目次

Contents

プロローグ　神の眼……5

第一章　七色の声、枯山を越える……8

第二章　北辺の韋駄天、雪原を渡る……93

第三章　紺碧の天女、疾風に舞う……194

東北地方概要図……2

東北地方概要図

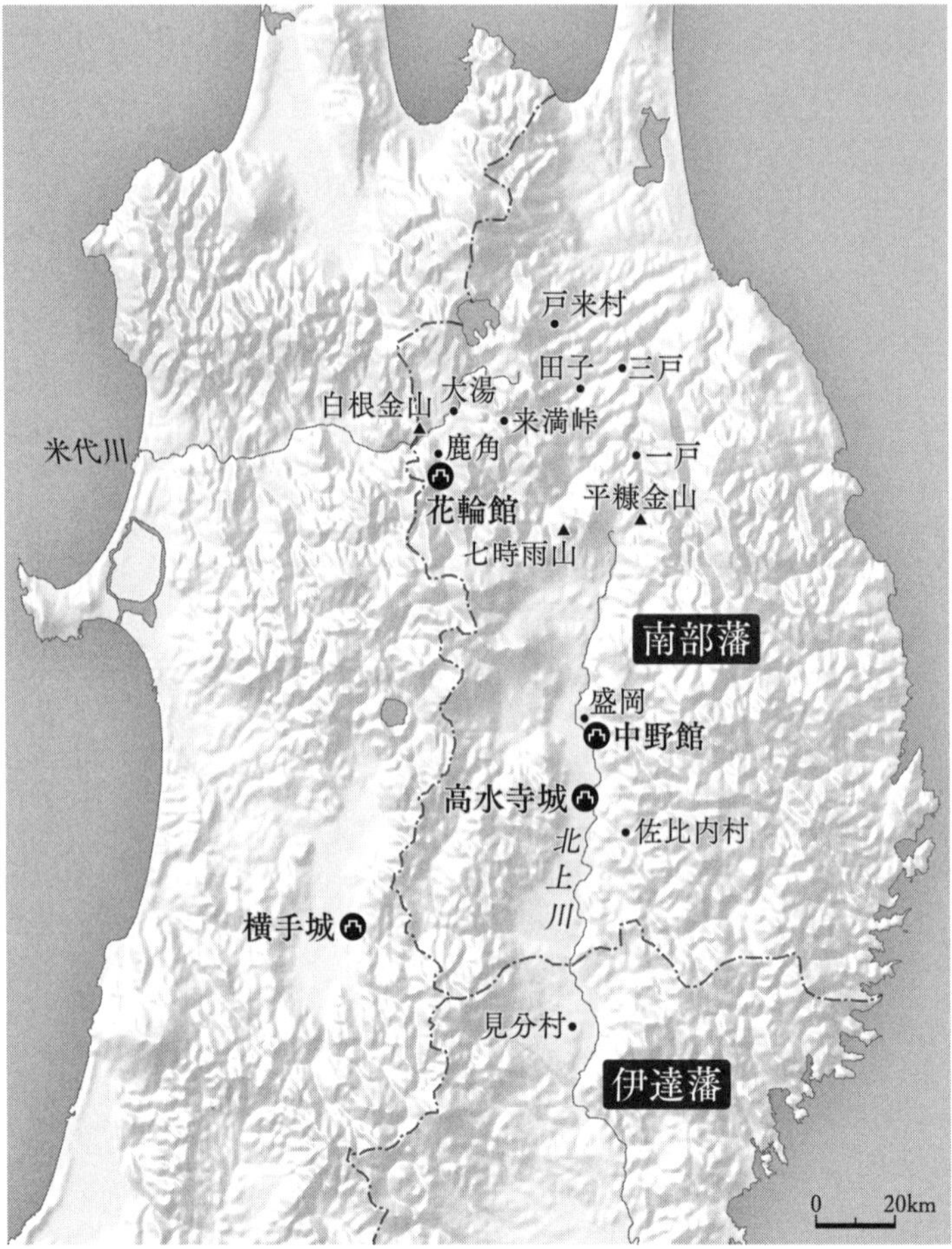
戸来村
田子
三戸
大湯
白根金山
来満峠
米代川
鹿角
一戸
花輪館
平糠金山
七時雨山
南部藩
盛岡
中野館
高水寺城
佐比内村
北上川
横手城
見分村
伊達藩
0
20km

雪渡《ゆきわたり》の黒《くろ》つぐみ

プロローグ　神の眼《め》

城を飲み込むほどの火炎が、火の粉を噴いて大きく舞い上がる。小野勘三郎《おのかんざぶろう》は、我が目を疑った。

先刻から怖気《おぞけ》が止まらないのは、吹き付ける雪のせいだけではない。初めて遭遇する戦場《いくさば》の緊張に、膝から力が抜けていくようだった。

出羽国《でわのくに》随一とされる堅牢《けんろう》な横手《よこて》城。その横手城の本丸から噴き出す朱色の炎が、搦手《からめて》側で立ち尽くす一同を照らした。

「なして、城内から火の手が？　敵は、大眼《たいがん》宗の連中は、大手側から武者溜《むしゃだまり》で食い止めたんで、ねがったのか？」

勘三郎が震える声で呟《つぶや》いた時、櫓《やぐら》の上から「ぐえっ」と潰れたような悲鳴が聞こえた。次の刹那、見張《みはり》役がグシャリと嫌な音を立てて、地面に落ちてきた。

見上げると、櫓を猿のように滑り下りる黒い影があった。櫓の縁では、物言わなくなったもう一人の見張役が、上半身をダラリと投げ出している。

勘三郎は、腰を抜かして尻餅を搗《つ》いた。あまりに唐突過ぎて、何が起こったのか、まるで分からなかった。

大導師・厳中《げんちゅう》を奪い返しに来た大眼宗の集団が、束になって横手城を取り囲んだとしても、大手門を突破できるはずがない。邪教の門徒が寄せ集まったところで、横手城の猛者に、太刀打ちできるはずがない。

ほんの少し前まで、そう高を括《くく》っていたのに——。

峻険《しゅんけん》な崖に面した搦手側には、馬方役と見張役の数名しか配置されていない。よもや、急襲を受けるとは予見していなかった。

「てっ、敵襲だぁ！　誰か、助けを……」

勘三郎の隣から、味方の叫声が聞こえた。が、声は虚《むな》しく途切れ、勢いよく血が飛び散った。

生温《なまぬる》い鮮血が、勘三郎の頬を濡《ぬ》らす。松明《たいまつ》が地面に転がり、悲鳴が四方八方から聞こえてくる。周囲は、阿鼻《あび》の巷《ちまた》と化した。

勘三郎は、尻餅を搗いたままガタガタ震えるだけで、声を上げることすらできなかった。瞬く間の出来事を前に、頭も体も鉛のように動かない。

ふと人の気配に振り返ると、蟀谷《こめかみ》に鈍い打撃を受けた。それから、さらに強い力で頭を強打されて、勘三郎は、地面に俯《うつぶ》せに倒れ込んだ。

顔を上げると、目の前に黒革の脛《すね》当《あ》てが霞《かす》んで見える。勘三郎を襲った人物だろうか。

勘三郎は、死を覚悟した。激しい痛みの走る頭からは、夥《おびただ》しい血がドクドクと流れ出ている知覚がある。止めを刺されなくとも、じきに息絶えるだろう。

敵と思《おぼ》しき黒い影は、一人ではなかった。倒れる前に見ただけでも、三人はいる。

その三人が警固するようにして、城内から出てきた集団を出迎えた。勘三郎には、もはや手足を動かす余力もなかった。

しかし、集団の中心にいる人物が、背中にやたらと大きな眼の紋が入った羽織《はおり》を着ている様子は分かった。

よもや、あれが噂《うわさ》に聞く、大眼宗の大導師・厳中か。黒革の脛当てを着けた敵勢が、捕縛された厳中を奪い返しに来たのか。薄れゆく意識の中で、勘三郎は確信した。

厳中と思《おぼ》しき人物は、慌てた所作もなく、ゆっくりと大股で歩いていた。身の丈は、六丈ほど。警固の三人と比べて、頭一つ抜きん出ていた。

不意に振り返った厳中の顔を、火勢を増した炎が照らす。勘三郎には、笑みを浮かべたように歪《ゆが》んで見えた。

それから、周囲の音も松明の明かりも次第に遠くに霞んでいった。赤く染まった血《ち》腥《なまぐさ》い雪の上で、勘三郎は、静かに目を閉じた。

第一章　七色の声、枯山を越える

一

暗い空を、黒い小柄な鳥が横切ったような気がした。

だがすぐに、左様なはずはないと思い直す。子《ね》の刻を過ぎる頃に飛び回る鳥など、梟《ふくろう》の他にはおるまい。

望月景信《もちづきかげのぶ》は、木立の隙間から、夜空を見上げた。

山の尾根から昇り始めた弦月《げんげつ》が、星空を鉄紺《てっこん》に照らす。葉を落とした幹と枝が、一段と黒い影になって、頭上に浮かび上がっていた。

北上《きたかみ》川の暗い川面《かわも》を見下ろすように聳《そそ》り立つ、南部《なんぶ》領志和《しわ》郡高水寺《こうすいじ》城（郡山《こおりやま》城）は、大手門を閉ざして静まり返っている。山頂に建つ本丸には、主殿と櫓の影がくっきりと浮かび上がっていた。

その主殿より南西の方向に郭《くるわ》を下ること、およそ五丈。中野館《なかのたて》と呼ばれる城代の屋敷《やしき》があった。

景信は、中野館より坂を下った木々の間で、息を潜めていた。獣しか通らぬほどの細道は、枯草と熊笹《くまざさ》に覆われている。

木綿の小袖の上から懐刀の感触を確かめた景信は、息を殺して耳を欹《そばだ》てた。だが、聞こえるのは、乾いた草木を揺らす木枯らしの音と、梟の不気味な鳴き声だけだった。

景信は、かれこれ四半刻《しはんとき》も、楠《くすのき》の陰で身を屈《かが》めている。窮屈な女物の小袖を纏《まと》っているせいで、背中や肩が凝り固まっていた。

何も好き好んで女の形《なり》をしているわけではない。侍女として中野館に潜入していた隣国の間《かん》者《じゃ》・紫野《しの》になりきって、密会相手の男を待ち構えていた。

景信は肩を揉《も》みながら、色白で細面の侍女を思い浮かべた。

（あの紫野とかいう侍女の申し開きは、嘘《うそ》だったんでねがべが）

高水寺城代であった中野正康《まさやす》の娘・佳世《かよ》の侍女を務めていた紫野は、どこか気弱そうで顔色も悪く、いつも背を丸めて廊下の端を歩くような娘だった。取り立てて相識のない景信にとって、思い出すのも難儀するほど影の薄い女である。

（んだども、女は、見た目では分からねぇ。あったな地味な女でも、人を誑《たぶら》かすんだからよ）

無口で従順な侍女が、黒脛巾《くろはばき》組と呼ばれる伊達《だて》領の間者だったとは、誰も思い至らなかった。

南部利直《としなお》の治める南部領と、伊達政宗《まさむね》の治める伊達領は、南北に国境を接している。泰平《たいへい》の世になりつつあるとは言え、乱世から続く因縁めいた対立が皆無となった訳ではなかった。

伊達家に仕える間者が黒脛巾組と呼ばれるのに対し、南部家に仕える間者を間盗役《かんとうやく》と呼ぶ。景信は、間盗役の一番衆だった。

欠伸《あくび》を噛《か》み殺した景信が、冷たくなった手足を摩《さす》っていた時――。

遠くで梟が鳴いた後、斜面を滑る足音が聞こえた。咄嗟《とっさ》に景信は、動きを止めた。

足音の主は、暗闇を迷う様子もなく下りてくる。枯草を掻《か》き分ける音は、景信の潜む楠に徐々に近付いて来た。

暗闇の中で目を見開いた景信は、被《かず》いた手拭いで顔を隠すように俯《うつむ》いた。

不意に足音が止まって、耳が痛いほどの静寂が俄《にわか》に訪れた。吸い込まれそうな沈黙の後、低い男の声が囁《ささや》いた。

「入りそめて　国ゆたかなるみぎりとや――」

紫野の白状した通り、符丁《ふちょう》となる上の句である。

景信は声色を変えて、下の句を続けた。

「千代とかぎらじ　せんだいのまつ」

喉から出たのは、控え目ながらも落ち着き払った女の声だった。半日前に習得した、紫野の声である。

景信は声色の名手だった。望月家は代々、声色遣いを生業としている。一子相伝の修練の末、景信は自在に老若男女《ろうにゃくなんにょ》の声を操ることができる。

景信の真似《まね》た紫野の声が闇に吸い込まれていく。紫野の自白により、今宵《こよい》、中野館の裏で間者の男と密会する手筈《てはず》が明らかとなった。

景信は、紫野になりすまして、密会相手の間者を間近に誘《おび》き出そうとしていた。

「暫《しばら》く振りだども、息災ねがったか？」

男の声は、思いの外に淡々としていた。

「はい。中野家は喪に服してらったので、ここ一年は、目立った動きもありませんでした」

景信は、紫野の声で淀《よど》みなく答えた。紫野と間者の男との連繋《れんけい》は半年振りという件も、予《あらかじ》め聞き出している。

「まんつ、城代が亡くなるなんて、寝耳に水だったたっちゃ。お陰で、お佳世の輿入《こしいれ》が、一年も延びたったのは、不測だったなはん」

男の言う通り、中野正康は昨年四十五歳で急逝した。当然ながら、娘である佳世の輿入も日延べされていた。

「して、今度こそ日延べされねぇべな？　お佳世の輿入は、明後日《あさって》で間違いねぇんだな？」

「間違いねぇでがんす。装束もあらかた整い、明後日には鹿角《かづの》さ向けて出立します」

佳世は間もなく大光寺《だいこうじ》正邦《まさくに》に輿入する。正邦は、同じ南部領の鹿角郡花輪館《はなわたて》城主である、大光寺正徳《まさのり》の養子に当たる。

紫野の声で答えながら、景信は紫野が潜入していた目論見《もくろみ》に考えを巡らせた。

紫野は侍女として佳世と共に花輪館に入る手筈となっていた。ひょっとすると、紫野の真の潜入先は、中野館ではなく花輪館であったのかもしれない。

「せば、中野館から花輪館さ向かう道程は？」

「奥州街道から鹿角道さ抜ければ、まだ雪も降ってねぇので、四、五日で着くはずでがんす」

景信は、淀みなく答えて、男の次の言葉を待った。

しかし、男はしばし押し黙ったまま、微動だにしない。嫌な気配に、景信も呼吸を殺した。

声色を変えて相手を騙《だま》すにも、限度がある。いくら声色を変えようとも、当然ながら姿までは紫野に成り代われない。景信は、楠の陰に身を隠したまま話を続けなければならなかった。

すると、紫野とは何かが違うと感じたのか、男が怪訝《けげん》な声で尋ねた。

「おい、紫野。なして、そこから出はって来ねぇ？　いい加減、顔を見せたらいがえじゃ」

男の硬い声に、景信は息を止めた。

（やはり、声だけでは、相手を謀ることは、できねぇべが。これ以上、怪しまれては不意打ちが叶《かな》わねぐなる。かくなる上は――）

覚悟を決めた景信は、小袖をガバッと脱ぎ、相手の眼前を覆うように投げ付けた。と同時に、間合いに飛び込んで行く。

不意を突かれた男は、しかし、咄嗟に後ろに飛んで、景信の一撃を紙一重で避けた。懐刀を握った景信の右手は、虚しく空を切った。

暗闇に、男の影が浮かび上がる。身の丈は五尺五分ほど、景信より僅《わず》かに小さい。引き締まった体軀《たいく》から発せられる殺気は、常人の比ではない。鍛錬を重ね、幾人も人を殺《あや》めてきた者の発する、静と動を併せ持った殺気だった。

「ふんっ、目敏《めざと》い野郎め！　どこで気付いた？」

景信は、大仰に悔しがってみせた。もう少し話を長引かせて、相手の目論見を引き出すつもりだったのだが。

「紫野は、そったに聡《さと》い女《おなご》でねぇ。道程まで淀みねぐ答えられるはず、ねがえっちゃ」

対する男は、狼狽《ろうばい》するどころか、一切の隙も見せずに、景信との間合いをジリジリと詰めてくる。

「して、紫野は、もう始末したのか？」

囚《とら》われて洗い浚《ざら》いを白状した紫野に成り代わって、景信がここで待ち伏せていたのだと悟ったのだろう。それでも男は抑揚のない声で尋ねた。

「あぁ、嫌《やん》だ、嫌《やん》だ。花も恥じらう若い女をすぐに始末だなんて、これだから、伊達の間者は。黒脛巾組ってのは、噂通り血も涙もねぇんだなっす」

景信が、おどけた声で返答すると、間髪を入れずに風の乱れる気配を感じた。何の前触れもなく、男が棒手裏剣を投げた。

景信は、瞬時に身を躱《かわ》して棒手裏剣を避ける。鋭い刃の風を削る気配が、頬を掠《かす》めた。

風を感じた刹那、微《かす》かに草根の臭いがした。手裏剣に毒薬の附子《ぶす》が塗りつけられているのだろう。刃が掠っただけでも深手となるに違いない。

だが、景信は相手の力量はさほど高くないと読んでいた。手裏剣に毒草を塗りつけるなど、浅慮な振舞である。誰に吹き込まれたのか知らないが、自傷する危険を考えれば、手練《てだ》れの間者は毒手裏剣など持ち歩かない。

　そもそも、精鋭な間者であったなら、景信の気配を察知して足音も立てずに忍び寄ってきたであろう。相手が紫野だと思い込んで油断していたとしても、詰めの甘い男である。

　景信は、ぺろりと唇を舐めて気を引き締めた。相手を甘く見ては、勝てる争いも負けてしまう。

「紫野は生かしてら。嘘だと思うんだば、俺さ従《つ》いて来たらいがえじゃ」

　景信が口の端をきゅっと引き上げると、男の声が怒気を含んだ。

「馬鹿か、おめぇは！　その減らず口、今すぐ利けねぐしてやる！」

　男は、瞬時に景信の間合いに入ってきた。黒い腕が蛇のように伸びてきて、景信を摑《つか》んだ。

　景信は男の腕を取り、自分の体ごと回転させた。が、腕を絡める前に、男は素早く身を引いた。黒脛巾組の間者だけある。

　足場の狭い坂で、互いの間合いを計り、じりじりと土を踏む音だけが聞こえた。焦りは禁物だが、景信が一人で相手を続けるにも限界がある。

（なんせ、生捕りが下知《げち》だもんな。討ち取るほうが、遥《はる》かに楽だじゃ）

　景信が、心中で密《ひそ》かに呟いた時、離れた所から微かな衣擦れの音が聞こえた。

「そうか、分かったたっちゃ。おめぇは好餌、俺は袋の鼠《ねずみ》なんだな」

　出し抜けに、男が低く呟いた。月明かりに浮かぶ男の眼光が、怪しく歪んだ。

　景信は、俄に焦った。ここで景信が待ち伏せていた目的は、単に情報を得るだけではない。

現れた相手を油断させた隙に、同輩が四方から挟み取る算段だった。男の言う通り、景信は好餌である。

目の前の男は、背後に迫る間盗役の気配を感じ取ったのだろう。観念したように、僅かに顎を上げた。

事実、今まさに景信の同輩が二人、男の背後から襲いかからんとしていた。それでも、棒手裏剣を自身の首に突き刺そうとしている男の動きには、わずかに間に合わない。

景信は、ありったけの声で叫んだ。

「あぁぁっ！　あったな所さ、一糸も纏わぬ裸の女《おなご》が！」

一瞬だけ、男の動きが止まった――かのように見えた。

だが一方で、同輩の二人も呆気《あっけ》にとられて固まっている。遠くで梟が「あほー」と鳴いた。

景信は体勢を低くして男に突っ込んでいった。もはや捨て身の攻撃であるが、あとは同輩の加勢に望みを掛けるしかあるまい。

同時に、棒手裏剣を持った男の手を押さえ込もうとした。重要な俘虜《ふりょ》にここで自害されては、敵の目論見を聞き出すことができなくなる。

しかし、男の力は景信と拮抗《きっこう》していた。仰向けになってもなお、自らに棒手裏剣を向ける男の両手を、景信はなかなか引き離せずにいた。固く摑んだ両手が、小刻みに震え出した。

次の瞬間、男は棒手裏剣からふっと手を離した。景信は、声を上げる間もなかった。

棒手裏剣は、真《ま》っ直《す》ぐ落下して、男の肩口にどすっと突き刺さった。男の手からも景信の手からも、ゆっくり力が抜けていく。

「この勝負、おらの勝ち逃げだな」

男は仰向けのまま、高らかに笑い声を上げた。手足を投げ出した男からは、もはや戦意は失われていた。

「おい、こいつは、なんじょした？　頭が、おかしねぐなったのか？」

同輩の一人が、怪訝な様子で男を覗き込んだ。もう一人は、まだ反撃してくると思っているのか、男の腕を乱暴にねじ伏せている。

「こいつの手裏剣には、毒が塗ってあったんだ。おそらく、附子だごった。夜明け前には、何を聞いても答えられねぐなるべし」

景信が低い声で答えると、同輩は途端に狼狽した。

「あいや、ほんとにが？　お前、なんつう手落ちしてらってぇ！」

「はぁ？　手落ちって、どったな意味や？」

同輩の非難に、景信も思わず声を荒らげた。

「お前が下劣な戯言《たわごと》を言うから、相手さ隙を与えたんだべじゃ！」

「俺の所為《せい》にする気だがぁ？　そもそも、おめだづが相手さ気付かれたのが、わがねんだべ！」

景信が同輩と口論していると、ねじ伏せられた男の高笑いが響いてきた。死を以《もっ》て口を割らずに済むならば、間者の本望であろう。

「噂には聞いてらったども、間盗役さ七色の声を持つ男が、真《まこと》にいだったとはなぁ。最期に、面白き芸当を見せて貰《もら》ったっちゃ」

男は景信を見て、満足そうに口を歪めた。今の景信にとって、この上ない嘲弄である。

「おい、いい気になんなよ。おめぇがくたばってもな、紫野が囚われてらんだぞ。おらほの連中は、女だからって容赦《ようしゃ》はしねぇからな」

景信は、組み伏せられた男の髪を鷲掴《わしづか》みにした。苦しそうに喘《あえ》ぎながらも、男の口元から笑みは消えなかった。

「ふん、嬲《なぶ》るなり責めるなり、好きに弄んだらいがえっちゃ。あの女は、ただの捨て駒だ。なんぼ痛めつけても、何も出てこねぇぞ」

男は愉快そうに下卑た笑い声を上げた。

「くそっ！　虚仮《こけ》にしやがって！」

景信は、腹癒《はらい》せに男の顔を地面に叩《たた》き付けた。自らに対する不甲斐《ふがい》なさと苛立《いらだ》ちは、却って募るばかりだった。

握り締めた拳に、爪が深く食い込む。景信は冷たく見下ろす弦月を恨めしく睨《にら》んだ。

二

景信が高水寺城に戻る頃、弦月は中空に昇り始めていた。

夜明けまでは、一時《とき》半。月の高さから瞬時に刻限を読む癖は、草の者に染み付いた性分である。

景信は、重い足取りを隠すことなく、若殿屋敷の階《きざはし》を上った。敵の間者を生け捕りにできなかった不覚により、足から床板にめり込みそうなほど体が重い。

（さぁて、何から弁明したら、責められねぐて済むべか）

此度《こたび》の任において景信は、上役へ注進する立場にあった。だが、頭の中で弁明を捏《こ》ねくり回せば捏ねくり回すほど、気が進まない。

障子の前に立ってもなお、景信は迷っていた。丑《うし》の刻も過ぎる時分に、上役を叩き起こして不本意な注進をするべきだろうか。

夜明け前に叩き起こされた上役の、不機嫌な顔が景信の頭の中に浮かんだ時――。

「……望月か」

部屋の中から、低くくぐもった声がした。咄嗟に「はいっ」と返事をして、景信は背筋をピンと張った。

「しくじったな」

じっとり絡み付くような声に、景信の喉元に苦いものが込み上げた。固唾を嚥下《えんか》して、景信は障子に手を当てた。

「失礼します」

景信が障子を開けて部屋に入ると、薄暗い部屋の中で、上役の浅沼《あさぬま》が、明かりも点《つ》けずに坐《ざ》していた。周囲に掻巻《かいまき》の類いは見受けられず、起き抜けではない様子が窺《うかが》える。

「お目覚めでやんしたか」

景信が尋ねると、浅沼は、顰《しか》め面《つら》で右眉を上げた。

「お目覚めだぁと？　おめぇの重苦しい足音で、こっちは最悪の目覚めだぁ。寝惚《ねぼ》けた戯言ぉ抜かしてんじゃねぇ！」

浅沼の矢継ぎ早な悪態に、景信は、早くも注進する意欲を半分近く削《そ》がれた。さらに浅沼お得意の嫌味攻撃は続く。

「大体よぉ、おめぇはいっつも間が悪ぃんだ。この前も、兵部《ひょうぶ》様さ目通り願ってらった時に、おめぇは遅参したったべじゃ。それでも間盗役の一番衆かぁ？」

他人の失態を必要以上に論《あげつら》う浅沼が、景信は苦手だった。なぜ、こんな人徳のない人間が、景信の上役であり、唐兵部《とうのひょうぶ》の側近なのか、未《いま》だに解《げ》せない。

南部家の隠密《おんみつ》集団として仕える間盗役には、唐兵部という頭目がいる。九戸《くのへ》政実《まさざね》の乱で武功を立てて、先代城主の南部信直《のぶなお》に取り立てられた唐兵部が初代で、当世の唐兵部は二代目だった。

浅沼が二代目唐兵部の側近となったのは、つい数年前だと聞く。詳しい経緯は知らないが、風聞では、己の才覚のみで側近までのし上がったという。景信が浅沼に仕えるようになったのは、ほんの一年半前だった。

「で、失態を注進しに来たのは、おめぇ一人か？　生け捕りに失敗した他の連中は、なんじょした？」

浅沼は、暗がりで細い目を爛々《らんらん》と光らせながら尋ねた。

「他の連中は今、捕らえた黒脛巾組の介抱さ当たってらので、手前が一人、取り急ぎ注進に参りました」

「ほほぅ、捕らえたってが？　せば、敵方の間者を生け捕りにできたんだな？」

「それがぁ、捕らえたは捕らえたのですが、すでに虫の息で……」

景信は、事の次第を、順を追って上申した。紫野との密会に現れた男は、黒脛巾組に違いない。だが、声色で話を引き出す前に勘付かれて、組み討ちになった。

さらに男は、毒を仕込んだ武具を持っていて、最後はその武具で自傷した。毒の種類は附子と思われ、屋敷に担ぎ込んだものの、もはや白目を剝《む》いて、訊問《じんもん》に応じるどころではない、と。

ただし、相手の下心に付け込んで隙を作ろうと試みたが失敗し、むしろ事態を悪化させた景信の失態は伏せて――。

「せば、何や。おめだづは、不手際でむざむざと、相手さ自害を許したったんだが？」

景信の注進が最後まで終わらないうちに、浅沼は、堪えきれない様子で口を開いた。

「申し訳《おもさげ》ねがんす。んだども、決して不手際だとは……」

「んだば何や？　おめだづが能無しだったのが？　それとも、相手がよっぽどの手練れだったのが？　三人も揃《そろ》ってらったのに、なんつうザマだ。これだば、猿さ頼んだほうが、マシだったじゃ」

景信の弁明を遮って、浅沼は、くどくどと扱《こ》き下ろした。一度始まったら、浅沼の滝のような嫌味は止まらない。

（んだから、嫌なんだよ。こいつさ注進すんのは）

景信は、嫌悪を面《おもて》に出さないよう努めた。滝行する修験僧の気分だ。

「おめぇは、事の重大さが、まるで分かってねぇな。んだがら、そったにお気楽な注進を、のうのうとできるんだ。聞いてらのが？」

浅沼は、景信の心中を見抜いているかのように、ぐいっと顔を覗き込んできた。

「はい、聞いております。相手を生け捕りにできねがった責めは、手前さあります。いかなる沙汰にも従う所存です」

「いかなる沙汰にも、だぁ？　せば、その首がなんじょになっても、いいってが？」

浅沼の陰湿な声に、より一層、悪意が滲む。景信は、頭を掻きながら苦笑した。

「いやぁ、なんぼなんでも、首までは勘弁していただきてぇども」

「んだがら、それが分がってねぇ、って言ってらんだ！」

雷のような浅沼の声が、ぴしゃりと飛んできて、景信は、咄嗟に首を竦《すく》めた。

「おめぇ、今年でなんぼになる？」

「へっ？　手前ですか？　今年で十七になります」

藪《やぶ》から棒な浅沼の問に、景信は、目を瞬《しばた》きながら答えた。

「せば、岩崎《いわさき》合戦の頃は、生まれてもねぇわけだ」

「岩崎合戦ですか？　話っこなら、概《おおむ》ね聞いてらども」

岩崎合戦とは、今から二十五年前の慶長《けいちょう》五（一六〇〇）年に、和賀忠親《わがただちか》が起こした反乱である。和賀氏は元々、奥州和賀郡を治めていた領主だったが、豊臣秀吉《とよとみひでよし》の奥州仕置によって領地を没収された後、伊達政宗の庇護《ひご》に走った。

奥州仕置で没収された和賀郡は、南部信直に与えられ、以来、南部領と伊達領の境になっていた。

「岩崎合戦はな、南部領侵攻を狙った陸奥《むつ》守（政宗《まさむね》）殿が、和賀を焚《た》き付けて起こした兵乱だ。戦乱のどさくさに紛れて旧領を奪還すれば、いずれ東照宮《とうしょうぐう》（家康《いえやす》）様にも所領を安堵《あんど》してもらえるだろうと、和賀さ吹き込んでな。おめぇも、そのぐれぇは、知ってらべ？」

「知ってらも何も、その話は、十回以上も聞かされて……」

景信が呟くと、浅沼は、鬼の形相で「あぁ？」と凄《すご》んだ。

「いやいや！　何も言ってねぇでがんす。確か、浅沼様は、若ぇ頃に岩崎合戦さ加勢したったんですよね？」

「んだぇ。おらは、支城の花巻《はなまき》城を守ってらった。あの時はな、御屋形様を始めとする名だたる武将は、出羽合戦さ出陣してらったふんで、領内は手薄だったんだ。そこさ和賀が攻めて来たったのす」

得意になって講釈を始めた浅沼は、いつものように、花巻城での奮闘を語り出した。

ここは気持ち良く往年の武勇伝を語らせて、此度の手落ちを大目に見てもらおう。景信は、「それでそれで」と合いの手を入れた。

「和賀軍は夜襲を掛けてきたったふんで、花巻城は、あっという間に攻められてよ。あわや本丸が陥落するって時に、ようやく援軍が駆け付けてなはん。おらは、九死に一生を得たったのだ。その時に、ほれ。指っこ二本ねぐしてよ」

浅沼は自慢げに左手を差し出した。浅沼の左手の小指と薬指は、根元からない。

「せば、浅沼様は花巻城を無事に守り通したんですね。その左手は、むしろ名誉の傷ですなはん」

「いや、おらは本分を全うしたまでだ。あの時、和賀軍を退却させて、花巻城を守ったのは北《きた》松斎《しょうさい》様だ。まんつあの方こそ、南部随一の名将だごった」

北松斎こと北信愛《のぶちか》は、南部信直の忠臣で武勇にも知略にも秀でた名将だ。南部に仕える者で、信愛の武功を知らぬ者はおるまい。

だが、いかに信愛が南部の礎を築いた名将だろうが、信直が南部中興の祖として崇《あが》められていようが、同時代を生きていない景信には、昔話の人物でしかなかった。血で血を洗う戦国の乱世など、まるで遠い御伽噺《おとぎばなし》のようだ。

恍惚《こうこつ》として往時を語る浅沼を、景信は冷めた目で眺めていた。

「して、おめぇは分かってらんだが？　此度の失態が、岩崎合戦の二の舞になりかねねぇほど、重大な事態だって。この件が御屋形様のお耳さ入ったら、どれほど不興を買うと思ってらってぇ?」

(ちっ、やっぱり思い出しやがったか)

胸裡《きょうり》で毒づきながら、景信は、神妙に頭《こうべ》を垂れた。

「はっ、申し訳ございません。なれど、岩崎合戦の二の舞とは、ちと大仰ではないでしょうか。結局、和賀一族の兵乱も失敗に終わり、裏で操ってらった陸奥守殿も、東照宮様よりお咎《とが》めを受け、百万石のお墨付を反故《ほご》にされたったはず。陸奥守殿が、今さら御上《おかみ》の意向に反して、再び南部領さ食指を動かしてくるとは思えません」

「んだがら、おめぇは岩崎合戦を、陸奥守殿を知らねぇ、って言ってらんだ」

浅沼は、地を這《は》うような低い声で景信の意見を制した。景信がぐっと声を呑《の》んで浅沼の顔色を窺うと、浅沼はさらに続けた。

「そもそも、陸奥守殿はなぁ、太閤《たいこう》様の時代より、何度も領地替えの憂き目に遭い、領地拡大の野心は、誰よりも捨て切れねぇ御仁なんだ。誰も思い付かねぇ大胆な策や、人を人とも思わねぇ無慈悲な裁定を下す手腕は、陸奥《みちのく》随一。いざとなったら尻尾切りして、自分だけ言い逃れするなんて、今まで何度もやってきたった。現に、兵乱さ失敗した和賀一族は、箝口《かんこう》のため陸奥守殿に葬られたべじゃ」

反乱に失敗した和賀忠親は、表向きは切腹したと言われている。だが、政宗に暗殺された経緯は、周知の事実だった。

それでもなお、景信には、此度の黒脛巾組の潜伏が、岩崎合戦の二の舞となるとは、とても思えなかった。

　そもそも、隣国の間者が忍び込むなど、さほど珍しい事態ではない。ましてや、政宗は徳川《とくがわ》家光《いえみつ》が三代将軍になる際の後見人まで引き受けている。今さら、御法度とされている領地の拡大になど、手を出すはずがない。

（浅沼のこん畜生め。何が何でも、俺の失態を誇大に解釈したいんだな。とことん底意地の悪い奴《やつ》だ！）

　景信は、俯きながら、気取られないように小さく舌を出した。

「んだがら、さっきから何遍も言ってらのだ。紫野が中野館さ入り込んでらった意味は、大きい。ただの偵察だったら、わざわざ見つかる危険を冒してまで、城内で同輩の目付と密会なんかしねぇべじゃ。その密会相手をみすみす死なせたおめぇの失態は、南部領を危うくする背徳行為だぞ」

「密会相手は、まだ死んではいません」

　腹に据えかねた景信が、口を尖《とが》らせて反駁《はんばく》すると、浅沼は、目を三角に吊《つ》り上げた。

「おめーは、いちいち余計な一言が多いんだよ！　まんつ素直に『はい、分かりました』って言えねぇってが！　ホントに可愛《かわい》げのねぇ奴だな！」

「はい、分かりましたぁ」

　景信が抑揚のない声で返答すると、浅沼は音もなく鎧通《よろいどおし》を抜いて、景信の鼻先で寸止めした。

「もういい、おめぇの首で落とし前を付けてやる。兵部様も、それで納得してくれるべ」

「戯れです！　嘘、妄言！　浅沼様、どうか落ち着いてくなんせ！」

だが、鼻息も荒く景信を睨み付ける浅沼は、鎧通を納める様子もなかった。ともすると、本気で首を刎《は》ねかねない殺気だ。

「分かりましたっ！　せば、手前が紫野を転ばせてみせます。それで此度の失態は、ねがったことにしてもらえねぇべか？」

景信は、手を合わせて懸命に懇願した。転ばせるとは、つまり南部側の間者に仕立てるという意味だ。

「紫野を転ばせる、ってぇ？　おめぇが、かぁ？」

浅沼は、値踏みするような目で、景信を上から下まで眺め回した。それでもなお、鎧通は景信に向けられたままだ。

「紫野だって、むざむざ殺されたくはねぇはず。悪いようにはしねぇと言い聞かせれば、心変わりを起こすに決まってます」

強い口調で断言すると、浅沼の目が怪しく光った。

「なるほど、心変わりねぇ。確かにおめぇは、女さ好かれそうな面《つら》してらもんなぁ」

絡み付く口吻《こうふん》で揶揄《やゆ》した浅沼は、ようやく鎧通を鞘《さや》に納めた。

「せば、今から紫野を連れて来る。手荒な挙動をしようが、色欲で丸め込もうが、なんじょしてもいい。転ばせてみろ」

にやにやと相好を崩しながら、浅沼は部屋を出た。

「ふんっ、相変わらず、嫌な野郎だじゃ。俺はおめぇと違って、女を甚振《いたぶ》る嗜好《しこう》はねぇんだよ」

浅沼の足音が遠ざかると、景信は小声で悪態を吐いた。

三

二人の男に両脇から抱えられた紫野は、引きずられるように連れて来られた。

項垂《うなだ》れた顔は、長い髪で覆われて見えないが、血色の失《う》せた青紫の唇が垣間見《かいまみ》える。後ろ手に縛られた紫野は、もはや抵抗する意すらないのか、景信の前に引っ立てられると、糸の切れた傀儡《くぐつ》のように膝から頽《くずお》れた。

男たちが去って、部屋には景信と紫野の二人きりになると、景信は早速、声を掛けた。

「なんじょだぇ？　その様子だば、あれから随分と痛めつけられたんだなぁ」

景信は、紫野の声色を習得するために、昨日、僅かだが顔を合わせている。もっとも、ほとんど拷問に近い訊問の最中、遠巻きに眺めていた景信を、紫野が覚えているか定かではないが。

俯いたままの紫野は、身動《みじろ》ぎ一つしなかった。襦袢《じゅばん》を一枚羽織っただけの細い肩が、微かに震えている。

「入りそめて、国ゆたかとなるみぎりとや」

景信が密会相手の男の声を真似ると、紫野はようやく顔を上げて、射るような目で睨んだ。

「水月《すいげつ》を、なんじょした？」

「ふうん、あいつは水月っつうのか。何たら、顔さ似合わねぇ綺麗《きれい》な通り名だこと」

景信がおどけた声で答えても、紫野の鋭い目つきは変わらなかった。侍女として目立たないよう振る舞っていた女とは、思えないほどの豹変《ひょうへん》振りだ。

「水月はもうこの世さいねぇ。んだから、安心しろ。おめぇの目付は、いねぐなったぞ」

景信が柔和な声で囁くと、紫野の目に微かな戸惑いの色が見えた。水月が目付だったという景信の読みは、当たりだったようだ。

敵地に潜入させた間者を見張るため、大概、連絡役となる目付が付けられる。間者が、万が一にも離反したり、怪しい動きを見せた場合に容赦なく葬り去るためだ。

「しかし、女は化けるとは、よく言ったもんだな。おめぇが水月からの手簡を完全に始末してらったら、誰もおめぇが黒脛巾組だなんて、思わねがったべな」

景信は紫野の変わり身の巧妙さを褒めたつもりだった。だが紫野は、手簡の湮滅《いんめつ》に手間取って、正体が露見した失態を揶揄されたと思ったのか、今にも噛み付きそうな顔で景信を睨み続けていた。

「せば、囚われついでにもう一回、化けてくれねぇべが？」

徐《おもむろ》に立ち上がった景信は、紫野の背後に回り込んで、両手を縛っていた縄を解いた。それでもなお、身を固くしたままの紫野は、警戒を解こうとしない。

「もう一回、化ける、とは？」

恐る恐る振り返った紫野に、景信はゆっくり噛み砕くように言って聞かせた。

「黒脛巾組なんて辞めて、間盗役に化ける気はねぇか、って言ってらのす」

切れ長な紫野の目が、驚きで見開かれた。景信は、片膝を突いたまま紫野の顔をまじまじと覗き込んだ。

細面で決して器量は悪くない。だが、右目の上は青く腫れ上がり、薄い唇の端から血が滲《にじ》んでいる。細い指のいくつかは、数ヵ所ほど爪が剝がれ、慌てて隠した胸元には、いくつもの生傷が見えた。

「申し訳《おもさげ》ねぇなっす。女の扱いも知らねぇ、下賤《げせん》者ばかりで」

景信が紫野の肩にそっと手を置くと、細い肩が大きく震えた。

「おっと、思い違いしねぇでけろ。俺は、嫌がる女を無理やり痛めつける嗜好はねぇ。おめぇとは、対等に話がしてぇだけだ」

景信は紫野と目の高さを合わせた。それでもなお、紫野の目は猜疑《さいぎ》と怯《おび》えの色に満ちていた。

「俺が言いてぇのは、間盗役の連中も、敵方の間者と知って此度のような手酷《てひど》い仕打ちをしたったども、同輩となれば話は別だ。今までの経緯は水に流すべし。それに、意外と優しい奴が多いんだえ。もちろん、俺も含めてなはん」

景信が目配せすると、紫野は慌てて目を逸《そ》らし、横を向いた。

「もし、嫌《やんた》だと言ったら、なんじょする？」

「それは、無念だなっす。せば、さっきの男たちに、また連れて行ってもらうしかねぇな。さっきまでなんじょな仕打ちを受けてらったか知らねぇが、おめぇは地獄の続きを見る羽目になるごった」

冷たく言い放った景信は、腰を上げて連子窓から月を眺めた。小さくなった弦月が、紺青の空に浮かんでいる。

紫野は俯いたまま、じっと沈思していた。解けた長い髪が、青白い横顔に影を落としている。

「悪ぃ話でねぇと思うどもな。どのみち、おめぇにはもう戻る道はねぇ。間盗役に転ぶか、むざむざ嬲り殺されるか、二つに一つだ」

景信は、哀れみを込めて紫野を見下ろした。

紫野のような若い娘が、自ら望んで間者になるとも思えない。おそらく紫野は、止むに止まれぬ所以《ゆえん》の末に、黒脛巾組の女間者に成り果てたに違いない。

景信も、孤児を間者に育て上げる話はよく耳にする。戦乱や疫病で親を亡くした年端もいかない子供に、間者として生きる術《すべ》を叩き込み、敵地へ潜り込ませる。間盗役でも、孤児を集めて間者としての稽古を付ける屋敷があった。

紫野もそういった孤児の成れの果てかもしれないと思うと、景信は手荒な振舞をする気にはなれなかった。

「だいたいす、黒脛巾組さ忠節を尽くす義理があるってが？　水月はな、おめぇを愚鈍な捨て駒呼ばわりしたんだぞ？　煮るなり焼くなり嬲るなり、好きにしろ、ってな。そったな奴のために、おめぇ一人が血反吐《ちへど》を吐くことは、ねぇよ」

「忠義を尽くすつもりは、ねぇ。んだども、おらが転べば酷い目さ遭う身内がいるんだ」

紫野は、冷たい床板に目を落とし、絞り出すような声で呟いた。

「せば、おめぇは、黒脛巾組に成りすましながら、間盗役さ内通すれば、いがえじゃ。おめぇが間盗役さ転んだ事実は、俺を含めたごく僅かな同輩にしか知らせねぇ。体の傷も、その辺で滑落したって顚末《てんまつ》にして、申し合わせどおり、お佳世様の輿入さ同行すればいい」

景信が告げると、紫野は顔を上げて、じっと見つめ返してきた。それから、ゆっくりと立ち上がり、景信の目と鼻の先まで迫ると、急に妖艶な目付きになった。

「ねえ、なしてそったに、おらさ優しくしてくれるのす？　さっきは嫌がる女を無理やり痛めつける嗜好はねぇ、って言ったったども」

景信の首に手を回した紫野は、徐に耳元まで顔を近づけた。景信は、紫野の動きを警戒しつつ、拒絶もしなかった。

「女のほうから誘ってきたら、なんじょするのす？　ほうら、こったなふうに」

紫野は、腰をくねらせて景信にぴったり体を寄せてきた。薄い襦袢越しに、柔らかい肌の温《ぬく》もりが伝わる。

それから、細い指が景信の胸元を伝い、腰の周りを弄《まさぐ》り出した。紫野の熱い息遣いが、景信の唇のすぐ傍《そば》まで迫った時――。

紫野は素早く、景信の棒手裏剣を抜き取った。咄嗟に離れた景信に、紫野は迷いなく棒手裏剣を振り下ろす。

横に身を翻した景信は、紫野の右腕を外側から摑んだ。しかし、敵も然《さ》る者、黒脛巾組たる者。紫野は、後ろ蹴りで景信の股間を狙ってきた。

海老《えび》のように後ろに飛んだ景信は、不覚にも手を離してしまう。くるりと反転した紫野は、間髪を入れず景信の懐に飛び込んできた。

紫野の突き出す棒手裏剣を腕ごと搦め捕った景信は、飛び込んできた勢いそのままに投げ飛ばした。棒手裏剣は闇に舞い、紫野は、背中から床にどうと落ちた。

「まだ、そったな力が残ってらったとは、大したもんだなぁ」

景信は、紫野の手を後ろに捻《ひね》って床にねじ伏せた。苦痛と屈辱に歪んだ紫野の横顔に、さっきまでの艶然さは、まるでない。

「あぁぁ、くそぉ、殺せぇ！　おらを早ぇぐ殺せばいがえじゃ！　どうせこのまま生かしたって、用なしになったら始末するつもりだべ？　だったら、さっさと殺してけろ！」

髪を振り乱して絶叫する紫野は、自暴自棄の末に錯乱していた。目を大きく見開いて、口から泡を飛ばす姿は、心の箍《たが》が外れたかのようだ。

「んだな。おめぇを殺めるのは、容易《たやす》い。このまま首っこ、へし折ってしまえばいいもんな」

静かに囁いた景信は、紫野の首にそっと手を掛けた。観念した紫野は動きを止め、静まり返った部屋に、荒い息遣いを響かせた。

「んだどもなっす、俺は、嫌味な上役と申し合わせしたったんだ。おめぇを間盗役さ転ばせる、ってな」

景信が手を離すと、紫野は力なく床に俯せた。やがて紫野の背中は、嗚咽《おえつ》と共に大きく波打った。啜《すす》り泣《な》きというより、慟哭《どうこく》に近い泣き方だ。

「なぁ、頼むじゃ。俺さ免じて、間盗役さ転んでけねぇべか？　俺の上役ってのが、たんだ嫌な奴でよぉ。おめぇが転ばねがったら、きっと鬼の首でも取ったようにふんぞり返って、ほれ見たことかと手を叩いて喜ぶんだ」

景信の心中に、嘲笑する浅沼の顔が浮かんだ。景信が約定《やくじょう》を果たせなかったと知れば、喜色満面で仕置を下すに違いない。

景信は、拝み倒してでも紫野を転ばせたかった。

「なは、この通り。俺の頼みっこ、聞いてけろ！」

片目をぎゅっと瞑《つぶ》った景信は、紫野に向かって手を合わせた。紫野は狸《たぬき》にでも化かされたような唖然《あぜん》とした顔で、しばし景信を眺めていた。

「一つ、聞いてもいいか？　おらは、水月の言う通り、捨て駒同然だ。転ばせたところで、大した内情も知らねぇ下っ端す。それでも、いいってが？」

紫野の心が、徐々に傾き始めている。手応えを感じた景信は、合わせた手を静かに下ろした。

「いいでば。間盗役はなぁ、女の同輩が少ねぇんだ。俺を誑かして棒手裏剣を奪おうとする胆力のある女だば、大歓迎だじゃ」

だが、景信が快諾してもなお、紫野の顔は晴れない。むしろ悲壮を滲ませた目を床に落として、何かを逡巡《しゅんじゅん》しているようだった。

「さっき言ってらった、身内の憂慮か？」

景信が尋ねると、紫野は細い顎を引いて微かに頷《うなず》いた。

「おらは、郷里さ大事に想う人を置いてきたった。おらが転んだら、そいつがなんじょな目に遭うか……」

「それは追々、考えるべ。おめぇが転んだ顛末は、絶対に漏らさねぇと誓うからよ」

紫野はしばらく口を結んで俯いていたが、やがて小さく「分かった」と呟いた。

「せば、同輩として、よろしくなはん」

紫野が見せた迷いを、景信とて見過ごした訳ではない。ただ、今はこれ以上、葛藤を深めさせるべきではないと考えた。

「んだども、なしておめぇは、中野館なんぞに侍女として忍び込んでらったのす？　南部領の内情を知りたいんだば、中野館と目と鼻の先にある、高水寺城に潜入したほうが、手っ取り早いんでねぇの？」

景信は早速、核心に迫った。紫野は少し言い淀んでから、声を潜めて答えた。

「おらの真の潜入先は、中野館でねぇ。輿入するお佳世様と一緒に、花輪館さ同行する手筈となってらった」

「その後は、なんじょだ？　同行して、おめぇは花輪館で何をするつもりだった？」

詰問に聞こえないよう、努めて穏やかな声で尋ねた。考えるように目を泳がせた紫野は、首を傾《かし》げながら答えた。

「んだがら、おらは何も知らねぇ。花輪さ行ったら、向こうで同輩から次の下知を受ける手筈だふんで」

「なるほどね。せば、花輪さ着いてからのお楽しみ、っつうわけか」

景信は納得する素振りを見せながら、心裡《しんり》では違う所感を抱いていた。

（この女、まだ嘘を吐いていやがるな）

しかし今は、間盗役に転んだだけで良しとするべきだ。

いずれ時を掛けて、紫野の内情にもっと入り込むつもりだった。今はまだ、景信も間盗役も、完全には信用されていまい。

もっと心を開かせれば、自《みずか》ら真実を話すだろう。景信は、頭の中で思案を巡らせた。

「せば、まずはその傷を怪しまれねぇ程度に隠せ。なんぼ滑落したって言い張ったって、輿入にそったな酷い顔の侍女は連れて行かれねぇべじゃ」

景信は、紫野の腫れ上がった瞼《まぶた》をそっと手で覆った。さっきまで青白かった顔色は、幾分か血色が良くなったように見えた。

「あんた、名は？」

腰を上げた景信に、紫野が尋ねた。

「ノブ。一番衆の声色遣いって言ゃぁ、間盗役で知らねぇ者はいねぇじゃ」

景信が答えると、紫野の口元が微かに緩んだ。やはり、女は化けるのが得意だ。間盗役に転ぶと言いながらも、腹の内を見せない紫野を見て、そう思った。

四

景信が、浅沼に再び注進へ行く頃には、東の空が白み始めていた。

白い息を吐きながら、紫野が間盗役に転んだ顚末を伝えると、浅沼はあからさまに不機嫌な顔付きになった。

「なぁんだ。ようやく、おめぇを御陀仏《おだぶつ》にできると思ったのによ。紫野をまんまと転ばせたってが」

景信の注進を聞き終えた浅沼は、口を開くや否や言い放った。戯言か本心か知れないが、仏頂面を苦々しく顰《しか》めている。

「して、あの女間者……って、いちいち女間者と呼ぶのは面倒だな。単に〝くノ一〟でいいべ。紫野とか言う〝くノ一〟は、何て言ってらった？　何が狙いで、お佳世の侍女なんかに成りすましてらったって？」

「紫野の狙いは中野館ではねぐて、お佳世様の輿入先である鹿角の花輪館さあるようです。縁談が持ち上がった頃から、中野館に狙いを定めて潜入してらったようで」

景信が言い終わらないうちに、浅沼は厳しい口吻で問い詰めた。

「紫野の狙いが花輪館さあるのは、百も承知だでば。おらが知りてぇのは、これから寒くなる神無月《かんなづき》の下旬に、むざむざ雪に閉ざされて身動きでぎねぐなる花輪館さ入って、何をするつもりだったのが、って顚末だぁ」

「それは分かりません。紫野も花輪館さ入ってから、下知を受ける手筈になってらったようです」

景信が淀みなく答えると、浅沼は片眉を吊り上げ睨み付けた。

「おめぇ、そったな甘い返答を聞いて、『んだなっす』って、おめおめ引き下がったってが？　さては、真に睦《むつ》み合ってらったな？」

「手酷く痛めつけた敵方のくノ一を相手に、睦み合う気なんて露ほども起きねぇでがんす。そもそも手前も、紫野の嘘は、勘付いていました。んだども、転ぶと決めたからって、最初から何もかもベラベラと喋《しゃべ》るわけでねぇべし。まずは同輩として心を許すようになってから、徐々に手の内を引き出していけばいいかと」

「かーっ！　ほとほと甘っちょろい奴だこと。敵のくノ一を相手に、何をそったな情けを掛けてらってぇ？　この期に及んで嘘を吐くようだば、その場で息の根を止めてやればいがったんだ」

これでもかと悪口を並べ立てた浅沼は、鼻息も荒くふんぞり返った。景信は、内心で湧き出る嫌気を気取られぬよう、淡々と答えた。

「息の根を止めるのは、いつでもできます。今は、あえて紫野を泳がせて、動きを探るが賢明でねがべが」

「なぁーにを偉そうに、この！　ほいほいと泳がせて逃げられたら、元も子もねがえじゃ」

憎まれ口を叩きながらも、浅沼の表情は激怒している様子ではなかった。この程度の嫌味は、浅沼にとっては、清々《すがすが》しい朝の挨拶のようなものである。

「それにしても、鹿角さ目を付けるってこたぁ、やはり狙いは白根金山《しらねきんざん》だべが」

浅沼は、低い声で呟いた。

鹿角郡大森山《おおもりやま》一帯は、古くから金脈に恵まれた地だった。花輪館からは、二里ほど北の位置にある。

伝記によると、東大寺の盧舎那仏《るしゃなぶつ》鋳造に当地の金が献上されたとか、平泉《ひらいずみ》に黄金の都を築いた藤原《ふじわら》氏も鹿角より金を調達したとか、幾分かの誇張を以て伝えられている。

白根金山もこの大森山一帯の鉱山の一つで、慶長三（一五九八）年に北信愛の養子・十左《じゅうざ》衛門《えもん》が開山した、南部領随一の金山である。巷説《こうせつ》によれば、開山当時は、三十日で運上金七十枚（一枚＝十両＝四十匁《もんめ》）の産金が見込まれていた。

運上金とは、領主に納める税の一種で、概ね産金の一割を上納するのが慣例だった。伊達領屈指と言われる玉山《たまやま》金山でさえ、三十日で五十枚の運上金と聞く。

白根金山周辺では近年、多くの間歩《まぶ》（坑道）が掘られ、白根千軒《しらねせんけん》と呼ばれる一大金山町が賑《にぎ》わいを見せている。日本開闢《かいびゃく》以来の産金地と謳《うた》われる白根金山は、今や南部領の財政を支える肝要な鉱山だった。

「黒脛巾組は、白根金山の産金を狙ってら、とでも？」

「それだば、わざわざ中野館さ、紫野を潜入させる意図が分からねぇべ」

浅沼は蛇のような目で虚空を睨み、考えを巡らせていた。重苦しい沈黙が続く。

「……もしかすっど、伴天連《ばてれん》宗が絡んでらのかもな」

「伴天連宗、ですか？」

景信が呟くと、浅沼の三白眼が、鋭く射貫《いぬ》いてきた。

「おめぇも知ってらべ？　かつて伴天連宗を容認してきた陸奥守殿が、五年前に掌《てのひら》を返し、禁教に踏み切った経緯を」

「無論、知ってがんす。陸奥守殿が禁教令の高札を掲げる前は、奥州の伴天連門徒は、挙《こぞ》って伊達領に逃れてらったふんで」

徳川家康が禁教令を公布したのは、今から十二年前の慶長十八（一六一三）年。以来、諸国の伴天連門徒は厳しく処罰され、各地で見せしめの処刑が行われてきた。

処罰の矛先は、伴天連門徒だけに止まらなかった。伴天連門徒を匿《かくま》った領主や大名も、改易や切腹の憂き目に遭うという容赦のない沙汰まで出た。

公儀の誅罰《ちゅうばつ》を恐れた南部利直は、いち早く禁教令に従い伴天連門徒を弾圧してきた。

一方の政宗は、禁教令をのらりくらりと躱し、あまつさえ容認する構えを見せていた。風聞によれば、領内の見分《みわけ》村に伴天連門徒を匿い、庇護していたと聞く。

「んだども、陸奥守殿が禁教令に踏み切って以降、伊達領内の伴天連門徒は南部領や佐竹《さたけ》領さ逃げ込んで来てらんだ。特に白根金山には、諸国から逃れて来た伴天連門徒が大勢いると聞くじゃ」

浅沼は、さも不快そうに頬を引き攣《つ》らせながら吐き捨てた。

「それと、もう一つ。おらの聞いた話だば、一昨年、伴天連門徒で名高い後藤寿庵《ごとうじゅあん》が領地の見分村から出奔したったそうだ」

「後藤寿庵？　確か、陸奥守殿の直臣《じきしん》で、伴天連宗の庇護者だった者だなはん。処罰でねぐ出奔とは、如何《いか》なる沙汰だべ」

景信は、知りうる限り寿庵について思い出した。

熱心な伴天連門徒だった寿庵は、政宗より見分村を知行地《ちぎょうち》に賜り、伴天連宗の天主堂を建てた。見分村には、諸国より伴天連門徒が集まり、家臣らもほとんどが伴天連門徒だった。

「出奔、つまり逃がしたったって顛末だぁ。現に、寿庵が横死したっつう風聞は、どこからも聞かねぇもの。陸奥守殿も、出奔した寿庵さ追っ手を差し向ける処断は、行ってねぇ」

庇護してきた伴天連門徒たちが、ある日を境に迫害の憂き目に遭う。失意のまま領地を去った寿庵は、如何なる胸中だったのか。

景信は伴天連宗に憐憫《れんびん》の念など微塵《みじん》も抱いていないが、領主であり、政宗の忠臣であった寿庵の以後が気になった。

「紫野の花輪館潜入、寿庵の出奔、伴天連門徒の白根金山集結。おらは、鹿角が焦臭《きなくせ》ぇと思うでば」

　こう前置きした後、浅沼は軽やかに言い放った。

「せば、おめぇ。鹿角さ行け。伴天連門徒が騒動を起こす前に、内情を探って来ぉ」

「はぁ？　手前が、でがんすか？　藪から棒に、何を言うかと思えば」

　思ったままを口にすると、浅沼の額に青筋が浮かんだ。

「おめぇは上役に対する口の利き方が、まるでなってねぇんだよ！　おらが若ぇ頃はな、上役の下知さ背いたら、その場で斬り捨てられて当然だったじゃ」

　再び懐から鎧通を抜いた浅沼は、景信の目前に突き付けた。

「それとも、何や。卑しい身分からのし上がったおらを、どっかで侮蔑してらんだべ。あぁ？」

「め、滅相もねぇ！　手前が、どれだけ浅沼様をお慕い申し上げてらか、紙さ書いて額さ貼りてぇくらいでがんす」

　懸命に弁明しながら、景信はその実、本心を読まれまいと躍起になっていた。

　望月家は代々、南部家隠密の間盗役として仕えてきた。一説によると、初代南部光行《みつゆき》に随行して、甲斐《かい》より陸奥に下った末裔《まつえい》とされている。

　面従腹背が面に出てしまうのは、自分のほうが家柄が上だと、胸中で思っている所為だ。

「うるせぇ、このトンチキが！　おめぇなんかな、声色がなけりゃ、ただの使いっ走りだぁ。大した腕っ節もねぇくせに、思い上がるんでねぇでば！」

「そりゃ、随分とひでぇ言い草でねがべが。お言葉だども、声色の遣い手は、間盗役には望月家しかおりません。腕っ節など、ねぐたって、代々一番衆を仰せつかっております」

景信が負けじと言い返すと、浅沼は鎧通を右へ左へ突き出してきた。景信も、動きに合わせて左へ右へ切っ先を躱す。

「減らず口を叩くんでねぇ！　確かに、おめぇの親父は武勇に優れた手練れだじゃ。御屋形様の影を務め、信も厚い。んだども、おめぇは、なんじょだ？　戦の場数も踏んでねぇわ、大した手柄も上げてねてぇわで、単なる親の七光りでねってが？」

浅沼の言葉が的を射ていたので、景信は、返答に窮した。

景信の父・信義《のぶよし》は、並ぶ者のない声色遣いだった。信義が声色を遣うと、本人以上に本人らしいとまで言われるほどだ。

嫡男である景信は、幼少時より、声色の全てを叩き込まれた。声の出し方から変え方、声の聞こえ方と伝わり方の些細《ささい》な違いや、喉仏を動かす術など、鍛錬に日々明け暮れた。

しかし、声色を習得すればするほど、信義の偉大さは巌鷲山《がんじゅさん》（岩手山）のように大きく遠く感じられた。間盗役で雑用のような働きしかしていない景信とは、大違いだ。

「ほれ、余所見《よそみ》してら場合でねがえじゃ！」

浅沼の声で我に返ると、鎧通の切っ先が、景信の目前に迫っていた。浅沼は、腕を振り出す力を加減するつもりはなさそうだ。

体を右に反転させた景信は、紙一重で鎧通を擦り抜けた。

ドスッと鈍い音がして、鎧通が壁に突き刺さる。景信と浅沼は、しばし動きを止めたまま固まっていた。

先に口を開いたのは、浅沼だった。

「おめぇも親父のように名を上げてぇんだば、此度の失態を手柄で返せ。伴天連門徒が、おかし《ひょんた》な動きをしてねぇか、紫野と共に鹿角さ潜入し、探って来ぉ。いいな？」

浅沼は有無を言わせぬ鋭い眼光で、景信を睨んだ。景信の諾否になど、まるで耳を貸すつもりはなさそうだ。

「いやいや、ちょっと待ってくなんせって。確かに紫野を転ばせたのは、手前でがんす。んだども、鹿角さ同行するなどとは……」

慌てて辞退しようとした景信の声を遮って、浅沼は、わざとらしく大仰に言い放った。

「紫野が同輩として心を許すようになってから、徐々に手の内を引き出す、ってさっきおめぇが言ったったべじゃ。それはつまり、鹿角さ自分も同行するって意味だべ？　いやぁ、おめぇから紫野に従いて行くと言い出してくれて、いがったいがった」

浅沼は、嬉々《きき》として鎧通を壁から引き抜いた。

「霜月になれば、鹿角は雪と氷で閉ざされる。雪が降れば、山越えは叶わねぐなるべし。そうせばおらは、春までおめぇの顔を拝まねぐて済むじゃ。何たら清々すること！」

相好を崩した浅沼は、悪意の篭もった目で景信を見下ろした。浅沼の賊心を感じた景信は、奥歯をギリッと嚙み締めた。

「て、手前が一人、鹿角さ入るんですか？」

「何だ？　不服か？　さっきまでの軽口はなんじょしたってぇ？」

「手前は、鹿角に覚えはねぇでがんす。それに、お佳世様は明日には輿入のため中野館を出立します。なんぼなんでも、性急でねがべが」

景信が懸命に申し開きをすると、浅沼は、ますます悦に入ったように口元を綻ばせた。

「間盗役一番衆のくせに、随分と弱腰だなはん。他人の声はすぐに真似できる声色遣いが、行《こう》李《り》一つの支度もすぐにできねぇ、ってか？　それに、追って誰か一人、向かわせるでば。そいつと組んで、鹿角で黒脛巾組と伴天連門徒の動きを探れ。いいな？」

独断で話を纏めた浅沼は、景信の目の前でぱちんと手を叩いた。

「誰か一人って、足手纏いの余者を寄越す気で、ねがんすよね？」

「なぁんだ、分かったってが？　うひひひ、嘘だでば！　まぁ、先発して楽しみに待ってろじゃ。とびきり腕の立つ輩《やから》を行かせてやるからよ」

一頻《ひとしき》り笑い声を上げた浅沼は、部屋を後にしようと足を踏み出した。

「そうそう、此度の件は、兵部様も憂慮しておられたぞ。紫野が花輪館さ入って、黒脛巾組の下知を受ける手筈となってらんだば、すでに鹿角さ伊達の息の掛かった者どもが大勢、潜伏してらってな」

底意地の悪い浅沼の狐目《きつねめ》が、満足そうに細められる。

「黒脛巾組は手強《てごわ》いぞ。おらの手をこったにしたったのも、黒い脛当ての連中だったからな」

浅沼は薬指と小指のない左手を掲げて見せた。二本の指があった箇所は、大きく抉《えぐ》られ、皮が捩《ねじ》れた傷跡が痛々しい。

冷たい床板から景信の背中に掛けて、寒気がひたひたと這い上がってくるようだった。

「せば、武運を祈るじゃ。がはははは！」

浅沼は鷹揚《おうよう》に部屋を出て行った。嫌味な笑い声が、濡《ぬ》れ縁《えん》を遠ざかっていく。

口を半開きにしたまま取り残された景信は、寝不足の重い頭でぐるぐる考えた。さて、何の支度から取りかかるべきか——。

五

佳世の一行が、鹿角に向けて中野館を出たのは、夜明けから一刻ほど後だった。穏やかな冬の日差しを浴びて、佳世の乗る女乗物《おんなのりもの》と、侍女や警固、それに牛飼いのお供ら総勢九名は、奥州街道を北上した。

脛巾脚絆《きゃはん》に網代笠《あじろがさ》を被《かぶ》り、旅人の出《い》で立《た》ちに扮《ふん》した景信は、丘の上から佳世の一行を眺めていた。目を凝らせば、草色の小袖に括袴《くくりばかま》を穿《は》いた紫野の姿も見える。

輿入の一行を遠くに眺めた景信の眼前を、不意に一羽の黒い鳥が横切った。

大きさにして七寸ほどの黒い鳥は、黒松の枝に止まり、甲高く明るい声で鳴いた。胸から腹にかけては白色で、黄色い嘴《くちばし》を持つこの鳥の名は、黒つぐみと言う。

望月家の家紋は、羽を広げた黒つぐみに九曜紋が描かれている。主君である南部家が、九曜を描いた対《むか》い鶴紋を家紋としているため、南部家に仕える望月家にも、九曜紋の使用が許された。

声色を大成させた曾祖父《そうそふ》は、黒つぐみを望月家の家紋と決めた。黒つぐみは、様々な声を遣い分ける。さらに、他の鳥の鳴き声を真似て、自分の囀《さえず》りに織り込むことから、声色遣いの望月家に相応《ふさわ》しいと考えられた。

（んだども、なしてこの時季に、黒つぐみが？）

黒つぐみは、晩春から晩秋にかけて見られる渡り鳥だ。神無月も二十三日のこの時季に、渡りもせず奥州に残っているとは、珍しい。

望月家に吉報を齎《もたら》すと言われている、黒つぐみ。美しい囀りを響かせて、黒松の枝から飛び去った黒つぐみを、景信は目を細めて見送った。

一行から姿が見えないよう間を空けながら、中野館より北進すること、四里。

盛岡《もりおか》の城下町で、一行は茶屋に立ち寄った。茶屋と言っても、木陰に庇《ひさし》と床几《しょうぎ》が並べられた簡素な店だが、荷を下ろして寛《くつろ》いでいた。

景信はこの好機を見逃さず、客の一人を装って店に入ると、紫野の隣に腰を下ろした。

それから、網代笠をわざと紫野の足元に落とすと、拾ってもらうついでに手簡を手渡した。

景信を認めた紫野は、しかし、顔色一つ変えない。笠をゆっくり拾い上げ、誰にも気付かれることなく手簡を受け取った。

「申し訳《おもさげ》ねぇなっす。ありがとがんす」

手簡には、今宵、宿を抜け出して来るよう書いてある。景信は鹿角に入る前に、紫野と詳細を取り決めておきたかった。

やがて一行は、景信より先に店を後にした。括袴の内側に手簡を仕舞う紫野を見届けた景信は、冷めた茶を啜《すす》って口元を緩めた。

てっきり、城下で宿を取り、ゆっくり物見遊山でもするのかと思った。だが、一行は先を急ぎ、夕顔瀬《ゆうがおせ》を舟で渡河し鹿角道へ入った。

鹿角道は、盛岡城下より北西へ延びる街道で、南部領と佐竹領を結んでいる。盛岡城下より、岩手郡、鹿角郡と北西へ進んだ後、米代《よねしろ》川沿いに西へ続き、扇田《おうぎた》より先は羽州《うしゅう》街道と合流する。

鹿角道の次の宿場・田頭《でんどう》までは、盛岡城下より七里以上も先である。このまま歩を緩めず、日のあるうちに一本《いっぽん》木原《ぎはら》を越えて、田頭まで向かうようだ。

「おいおい、無理すんなって。この先は、一本木原だじゃ」

ひたすら北西へ進み続ける一行に、景信は、遠くから小声で独りごちた。

巌鷲山の裾野に広がる一本木原は、荒涼たる原野がひたすら続き、巌鷲山から強風が吹き下ろす難所の一つである。遮る物のない一本道を、肩蓑《かたみの》を纏って俯き加減で歩く一行に、冷たい風が容赦なく吹き付けた。

時折、荷を運ぶ牛が強風のあまりその場にへたり込みそうになる。その都度、牛飼いが懸命に鞭《むち》打って奮い立たせる様子が、遠くに小さく見え隠れしていた。

背の低い草木が強風に平伏《ひれふ》し、遮蔽物がほとんどない一本木原で、佳世たちに迂闊《うかつ》に近付くことはできない。だが、おそらく誰もが口を真一文字に結び、ひたすら風に逆らって前進しているのだろう。

景信も、頰被《ほおかぶ》りで鼻と口を覆い、網代笠が飛ばされないよう歩くのがやっとだった。それでも、先を急ぎたい一行の思惑はよく分かる。

鹿角道の真の難所は、田頭の先にある七時雨山《ななしぐれやま》である。晴れならまだしも、雨に見舞われれば、泥濘《ぬかる》んだ悪路に倍以上もの刻を要する。さらに、雪ともなれば峠越えは叶わなくなる。

天候に恵まれているうちに、多少の無理をしてでも先を急ぎたい胸中は、誰でも同じであろう。七時雨山での辛苦を先取りせんとばかりに、一同は一心不乱に歩み続けた。

やがて、山々の黒い影が鴇色《ときいろ》の空にくっきり浮かび上がる頃、遠くに田頭の明かりが点々と見えた。

かつて田頭城のあった館山《たてやま》の麓には、十数軒の旅籠《はたご》が並び、人の往来が盛んな様子が窺える。ここ数年の鹿角道における宿場町の賑わいは、ひとえに白根金山の隆盛の賜《たまもの》だった。

紫野と町外れで落ち合ったのは、人馬も寝静まった夜更けだった。手簡に記した亥《い》の刻を少し遅れて、紫野は早足でやって来た。

「あんたから呼び出してくるなんて、思ってねがったっちゃ」

小声で囁いた紫野は、ぎこちなく微笑した。仄《ほの》かな星明かりが、紫野の白い頬や首筋を浮かび上がらせている。

「その様子だば、随分と怪我《けが》はいぐなったんだな。あの後、屋敷さ戻って、館の者さ怪しまれねがったが？」

景信は、すっかり生気を取り戻した紫野を見て、安堵した。懸念していた右目の腫れも、ほとんど引いている。

「まぁね、怪しまれねがったと言えば嘘になるども、そこは、なんじょにか言いくるめたじゃ」

下げ髪を揺らしてあっけらかんと微笑《ほほえ》む姿は、どこにでもいる若い侍女そのものだった。つい一昨日まで、激しい拷問を受けていたとは、とても思えない。

「そいつは結構。とにかく、間盗役が絡んでら内実は、お佳世様にも大光寺家にも、誰さも知られてわがねぇからな」

「分かってらでば。ついでに、おらが間盗役さ転んだことも、内密にしてけろじゃ」

笑みを消した紫野は、景信の目をじっと見据えた。「分かってら」と大きく頷き返す。

「手短に話す。俺はこの先、おめぇだづを追って花輪さ入る。物売りか行者か乞食か、とにかく素性の知られねぇように成りすましてな。おめぇは黒脛巾組から動きがあったら、すぐに俺さ知らせろ。その時の伝達方法を、予め決めておく必要がある」

「あぁ、はいはい。早速、お役目の話ね」

　口を尖らせた紫野は、少し拗《す》ねたような目を景信に向けた。

「おめぇから俺さ知らせがある時には、外から見える木の枝に、朝一番で白い布か紙を結び付けろ。その時、布の中さは何も書くなよ。その布を結んだ日の午《うま》の時に、俺は館の外を彷徨《うろつ》いてる。なんじょにか子細を取り付けて、表さ出て来い」

「そったに粗雑な取り決めで、うまく行くべが？　誰かさ見られたら、なんじょするってえ？」

「しつこい物売りに声を掛けられたとか、親戚にそっくりな乞食だったんで思わず話を聞いてらったとか、なんじょにでも言い繕えばいがべ。人を誑かす術は、おめぇのほうが得意だべじゃ」

　すると紫野は、微かに目を細めて景信を眺めた。気を悪くしたのだろうか。

「ふぅん。人を誑かす術って、例えば、こないだのこういうこと？」

　徐にすり寄ってきた紫野は、細い腕を景信の背中に回して耳元で囁いた。景信の頭に一昨日の光景が蘇《よみがえ》る。

　思い出した時には、紫野の手は景信の棒手裏剣に伸びていた。だが、景信とて間抜けではない。

「あのな。同じ手を二度も食うか！　大概にしろでば！」

　紫野の腕を摑んで目の前で睨みを利かせると、紫野は興醒《きょうざ》めしたように腕を振り払った。

「なによ！　おらの声を盗んだくせに、偉そうにして！」

「盗んだなんて、人聞きが悪ぃなはん。声色は、他人の声を真似て、なんぼだじゃ」

「おらは、声を遣っていいだなんて、一度も許してねぇがらな」

紫野は、不満そうに声を尖らせた。やれやれと嘆息して、景信は頭を押さえた。

(やはり、一朝一夕で心を開くような女じゃねぇか)

逡巡した挙げ句、景信は、思い切って紫野の声色を遣った。

「いがえっちゃ。声なんて減るもんでもねぇ。おらは、この声が気に入ってらっちゃ」

景信が突然、女の声で喋ったのが、よほど意外だったのか。紫野は、怒りも忘れて目をぱちくり瞬かせている。

「なに、それ？　もしかして、おらの声？」

「んだぇ。可愛《めんけぇ》い声だべ？」

景信が元の声に戻ると、紫野は口元を引き攣らせて、怒っているような笑っているような顔をした。

「嘘だぁ。おら、そったな声してねぇぞ」

「いや、これがおめぇの声なんだって。自分さ聞こえる声と、他人さ聞こえる声は、違って聞こえるもんなんだ。自分の耳さは、声が内側から直《じか》に当たって響くんでな。つまり、人は自分の声を他人と同じように聞くことは、できねぇのす」

「せば、あんたはなんじょして、自分が出してら声が、おらの声と同じだって分かるの？　自分が出した声を他人と同じように聞くことができねぇのは、あんたも同じだべ？」

相手の手の内を探る癖は、間者の性分なのだろう。だからと言って、景信は、おいそれと家伝の秘術を明かすつもりはなかった。

　そもそも、紫野が本当に間盗役に転んだかどうかすら、未だ判然としない。今だって、景信から声色の仕組みを探り出して、いずれ黒脛巾組に持ち帰るつもりかもしれない。

「そったに言うんだば、教えてやってもいいぞ。んだども、タダで教えるわけにはいかねぇな」

「おらさ、取引しろってこと？」

　紫野は、警戒するように、顎を引いて景信を睨んだ。

「俺が言いてぇのは、おめぇがまだ何か隠してらんでねってが、ってことだ。おめぇが何のために花輪館さ忍び込むつもりだったのか、全て包み隠さず話してけだら、俺も声色の続きを教えてすける」

「この期に及んで、まだおらを疑ってらの？　んだがら、おらは鹿角で次の下知を受ける手筈になってらんだ。それまでは、何も知らされてねぇ」

　紫野は、懸命に潔白を訴えたが、その手は食うまい。疑いを払拭しえない景信は、紫野の顔色をじっと窺った。

「あのね、おらはただの使いっ走りなの。水月も言ってらんだべ？　おらは単なる捨て駒だって。真だじゃ」

　景信が何も答えずにいると、紫野は鼻の穴を膨らませてベラベラとよく喋った。大仰な身振り手振りが、余計に怪しい。

（情けを掛けねぇで、拷問に拷問を重ねて口を割らせたほうが、いがったべが）

景信の頭に、「ほとほと甘っちょろい奴だ」と言い放った浅沼の顔が浮かんだ。確かに、痛めつけられた紫野を見て、どこかで仏心が出たのは事実だ。

景信は紫野に揺さぶりを掛けるべく、別の問い掛けで訊問した。

「せば、おめぇんとこの御屋形様について、知ってる限りの話を教えてけろ」

「おらほの御屋形様？　黒脛巾組の頭目のこと？」

「いや、違《ちげ》ぇ。俺が聞きてぇのは、伊達の陸奥守様のことだ」

すると紫野は、ぷっと小さく吹き出した。

「おらみてぇな下っ端の女間者が、陸奥守様について知ってらと思う？　お目通りどころか、声も足音も聞いた例《ためし》がねぇっちゃ」

話をはぐらかそうとする紫野だったが、景信も譲らない。じりっと一歩ほど詰め寄って、紫野を睨み付けた。

「陸奥守様の下知により、月浦《つきのうら》港に巨大船が作られ、使者が濃毘数般《ノビスパン》（メキシコ）さ渡った一件は、誰でも知ってら。黒脛巾組のおめぇが、知らねぇとは言わせねぇぞ」

景信が切り出したのは、慶長十八（一六一三）年に政宗が南蛮国へ遣わした、交易使節船の話だった。月浦港を出港した巨大船「さん・ふぁん・ばうちすた号」は、百八十人以上の家臣や商人らを乗せて、濃毘数般《ノビスパン》から奥南蛮（ヨーロッパ）へ渡った。

「その話だば、おらだってもちろん知ってらじゃ。んだども、もう何年も前だべ？　その頃おらはまだ、禿《かむろ》の童子《わらし》っこだったたっちゃ」

「確かに、出港したったのは十二年前だども、使者が戻って来たのは、つい五年前だべ。その後、この使節団について、何の音沙汰もねぇのは、なしてだ？　本来なら、大手柄とされて加増されてもいいはずなのに、褒美どころか帰国すら静観してらべ。その経緯を、何か知らねぇってが？」

「そりゃあ、このご時世、伴天連国さ使者を送ったなんて、大っぴらに言えるはずねがえっちゃ。出港したった頃は、伴天連宗さ寛容だった徳川様も、今じゃ伴天連宗は御法度にしてらもの」

「せば、帰国した使者たちは、なんじょしてらのす？　陸奥守様の近臣となってらんだが？」

すると、紫野はふっと目を逸らして何かを考えるような間を置いた。景信はこの仕草を見逃さなかった。

「帰国した者だづは、各々の領地さ帰ったと聞いだった。陸奥守様の側さはいねぇ」

「真にか？　俺には、どうも腑《ふ》に落ちねぇな」

「何が、どう腑に落ちねぇわけ？」

紫野は、不満を湛《たた》えた目を景信に向けて、鼻から大きく息を吐いた。

「出港するまでは、伴天連の大導師を領内さ招き入れたり、領内での天主堂の普請を許したり、伴天連宗にいたく関心のあった陸奥守様だべ。なんぼ御公儀が伴天連追放の儀を唱えたからって、長い年月と大金を注《つ》ぎ込んだ異国との交易を、あっさり諦めるとは思えねぇ」

「んだがら、おらが知るわけねがえ。雲の上の御方の思《おぼ》し召《め》しなんて、おらには考えも及ばねえっちゃ」

ぷいと顔を逸らした紫野の横顔に、僅かな陰りが見えた。外聞と内心が、面の皮一枚で鬩《せめ》ぎ合っているようだった。

「やっぱり、おめぇはただの使いっ走りだな。嘘を吐くのが下手だ」

景信が苦笑交じりに呟くと、紫野は、くわっと目を尖らせて、食って掛かってきた。

「んだがら、おらは嘘なんか吐いてねぇでば！　おらが、そったに信用ならねぇわけ？」

紫野の高い声が、寝静まった宿場に響く。景信は、咄嗟に紫野の口を手で覆った。

案の定、程なくして遠くで足音が聞こえた。誰かが外の気配を窺っているのだろう。

景信は物陰に身を隠して、早口で伝えた。

「とにかく、明日は七時雨越えだべ？　体に障るから、早ぇぐ寝ろ。それと、黒脛巾組から動きがあったら、例の方法ですぐに知らせるんだぞ。分かったな」

紫野はまだ何か言いたそうにしていたが、景信は身を翻して足早に立ち去った。頬を切るような冷たい風を纏って、枯草に覆われた暗い叢《くさむら》に飛び込んだ。

六

七時雨山は三千五百尺に過ぎない山だが、急峻《きゅうしゅん》な山道や悪天候のため、草の者でも二時は掛かる難所だ。荷牛を連れた佳世の一行ならば、三時以上は優に掛かるだろう。

七時雨の地名の由来は、一日に七度も時雨が降るほど天気が変わるためだという。その名の通り、景信が麓に差し掛かった頃は小雨《こさめ》が降っていて、険峻《けんしゅん》な山道を半時ほど登ると、晴れ間が見えた。

山肌からは、湯気を吐くような霞《かすみ》が空に向かって立ち上り、振り返れば、来た道が霧で白く煙っていた。見渡す限り、葉を落としたマンダの木と熊笹が生い茂り、鼠の子一匹も見当たらない。

佳世の一行は、しばらく先を進んでいるだろう。今頃、助け小屋の辺りで、車《くるま》之《の》走《はしり》峠《とうげ》越えに備えて休んでいるかもしれない。

景信の耳には、濡れた枯草を風が揺るがす音と、泥濘を歩く自らの足音しか聞こえなかった。耳が静寂で研ぎ澄まされていた。

そのため、景信は先刻より後を尾いてくる微かな足音を聞き逃さなかった。

ただ奇妙なことに、この足音は、一定の拍子で聞こえるのに、どんどん近付いてくる。ともすると、同じ歩度にして、景信との間を一歩一歩と縮めてくるようだ。

（こいつ、草の者だな）

景信の背中に、緊張の糸が張り詰めた。

景信とて、決してゆっくり登っているわけではない。間盗役の名に懸けて、そこいらの武士よりは速く歩いているつもりである。

その景信の背後から、速くも遅くもない足音で確実に迫ってくる者がいるとすれば、同じ草の者に違いない。

考えられるのは、紫野に下知を与える黒脛巾組か。しかも、早駆けの遣い手として面倒な相手であろう。

（足音から察するに、相手は一人。逃げたところで、あっさり追いつかれるべな）

覚悟を決めた景信は、足を止めて振り返った。

次の刹那、霧の中から鋭い殺気を感じた。黒い影が、目の前にぬっと姿を現す。

現れたのは、子供のように小柄な男だった。てっきり、鍛え抜かれた手練れだと思っていた景信は、拍子抜けした。

（なんだ、こいつ。童子《わらし》かぁ？）

景信が驚く間もなく、男は、素早く間合いに入り込み、膝に蹴りを入れてきた。ガクッとその場に崩れ落ちそうになったところへ、今度は目潰しが襲い掛かる。

景信は横へ体を捻りながら後ろに逃《のが》れた。しかし、大石の転がる細道で、足元が思うように定まらない。

男はさらに下から顔面を蹴り上げた。咄嗟に額で蹴りを受けたが、打撃は免れない。

目の前に星が瞬き、頭がクラクラする。それでも景信は辛《かろ》うじて持ちこたえ、懐の棒手裏剣に手を伸ばした。

「てめぇ、黒脛巾組か？　それとも、物盗《ものと》りか？」

男を睨み付けた景信は、足を踏ん張り棒手裏剣を構えた。額から、生温い血が伝う。

すると、男はぱっと破顔した。

「いんや、おらは、豆助《まめすけ》。あんたと同じ、間盗役だじゃ」

満面の笑みを浮かべる男からは、すでに殺気は感じられない。白い歯を見せて笑う様子は、屈託のない童子のようだ。

「はぁ？　間盗役だってぇ？　嘘こぐでねぇ！　せば、なして俺を襲った」

「おらと組む相手が、なんじょな力量だか、まずは腕試ししたのす。へっぽこ野郎と組むなんて、真《ま》っ平《ぴら》御免だからな」

豆助と名乗った男は、悪びれる様子もなく、ニコニコ微笑みを浮かべている。景信の頭に、かっと血が上った。

「腕試しだぁ？　俺の額を割っといて、よくもまぁ、抜け抜けと言いやがったな！」

景信は、唾を飛ばしながら額を指差した。怒り心頭になればなるほど、ドクドクと血が溢《あふ》れる気がする。

確かに浅沼は、追って誰か一人を助《すけ》っ人《と》として向かわせる、と言った。だからと言って、こんな餓鬼の使いと組むなんて、どう考えても嫌である。

「気にすんな。ただの掠り傷だ。唾っこ付けとけば、治るべじゃ」

口角を上げて悪戯《いたずら》っぽく笑う豆助に、景信の堪忍袋の緒が切れた。

「んだとぉ？　てめぇ、言わせておけば、この！　餓鬼だからって、容赦しねぇぞ！」

景信は豆助の胸倉を摑み、ぐっと持ち上げた。このまま一発ガツンと殴らなければ気が済まない。

だが豆助は、表情一つ変えずに、泰然と景信の腕に手を掛けた。

次の刹那、景信の腕に激痛が走った。景信は、「いでぇっ！」と叫んで慌てて手を引っ込めた。

何が起こったのか瞬時には分からなかったが、よく見ると豆助の掌に、角手《かくて》が仕込まれていた。鉄製の棘《とげ》が仕込まれた手で握られれば、道理で痛いはずだ。

「てめぇ、卑怯《ひきょう》だぞ！」

「何が卑怯だってぇ？　人を見かけで判断しては、わがねぇでば。おらが同輩でねがったら、あんたは今頃、あの世さ行ってらごった」

豆助は、音もなく景信の鼻先に寸鉄を突き付けた。柔和な表情から殺気は読み取れないのに、寸鉄の先には、研ぎ澄まされた戦意が込められていた。

「浅沼様が寄越した助っ人っつうのは、おめぇだか？」

「んだぇ。よろしくなはん、望月のオッサン」

寸鉄を引っ込めた豆助は、黒目がちな丸い瞳で景信に目配せした。四尺半ほどの小柄で細い体軀に、慈姑《くわい》頭の惣髪。変声前の高い声は、どこからどう見ても、元服前の童子にしか見えない。

景信の頰が、ピクピクと引き攣った。

「ふんっ！　見かけで判断するなって言うんだば、本当に、おめぇが浅沼様の下知を受けた間盗役だって証《あかし》を見せろでば。だいたい俺は、今まで間盗役で、おめぇの顔なんか見た覚えはねえぞ」

「あー、はいはい。下知状だべ。少し《べっこ》待ってけで。今、探すふんで」

行李を解いた豆助は、大儀そうに中身を漁《あさ》った。程なくして、クシャクシャになった書状が一通出てきた。

「これが、下知状だじゃ。ほれ、ここさ浅沼様の花押《かおう》があるべ？」

豆助の差し出した書状には、間盗役一番衆の望月なる男を追って、共に鹿角に入るべしと書かれている。五行にも満たない短い下知だったが、紛れもなく浅沼の筆跡と花押だった。

景信は、「浅沼六郎」と末尾に書かれた文字と、澄まし顔の豆助を交互に見た。

「浅沼様は、この下知をおめぇさ出した際、何と言い渡した？」

「黒脛巾組と伴天連門徒の策謀を探るため、鹿角さ向かった同輩がいるふんで、おらも後を追って、助力するよう言われたじゃ」

豆助は、口笛でも吹くように、すらすらと淀みなく答えた。

「おめぇ、その下知だけで、よく俺が一番衆の望月だと分かったな。それとも、鹿角道を北上する旅人を、片っ端から襲ったのか？」

景信は書状を左手に持ち替えて、半歩だけ足を後ろに引いた。豆助に得体の知れない胡乱《うろん》さを覚えたからだ。

「あははは、峻険な岩山をあったな早足で登る輩は、草の者に違いねぇべ。敵方なら背後から奇襲を掛けるつもりだったし、同輩なら腕試しするつもりだった」

「俺が同輩だと、なして分かった？」

「んだって、あんたは、俺を見て『黒脛巾組か？』と尋ねたべ。いきなり襲って来た相手に、『同輩か？』なんて聞く馬鹿は、いねぇべじゃ」

豆助は終始にこやかに、穏やかな口調で喋り続けた。口元から覗く白くて小さな歯が、碁石のように輝いた。

それでも景信は、額の痛みと豆助への疑念を払拭できなかった。

「あんたが、おらの面《つら》を知らねぇのも、当然だでば。おらは浅沼様子飼いの直臣で、いわば秘《ひ》蔵《ぞ》っ子《こ》だからなはん。間盗役としての御役目は、此度が初めてなのす」

「はーん？　初めての割には、随分といい胆力してらじゃ。年長者に対する心構えが、まるでなってねぇでば」

「いやぁ、それほどでもねぇどもな」

景信が悪態を吐いても、豆助はどこ吹く風で、なぜか少し照れたようにはにかんでいる。

呆《あき》れ果てた景信の目が、ふと手に持ったままの下知状に留まった。

最前は表面にばかり気を取られていたが、裏面に目を遣ると、一角に黒い染みが広がっている。よく見ると、黒い染みは血痕だった。

「その染みが気になるって顔してらなぁ。それは、血痕だじゃ」

景信の目付きに気が付いたのだろう。豆助は、聞いてもいないのに先回りして答えた。

「血痕は、分かってらでば。なして下知状さ血痕が付いてらのす？」

「昨日、おらは別の男を背後から襲ってす。あ、そいつはもちろん敵方だったどもな」

「敵方って、黒脛巾組か？」

景信が声を上ずらせた途端、下知状にポタリと血が滴り落ちた。思わず額を手で拭う。

「おそらく、んだべな。目印の黒い脚絆は巻いてねがったども」

「おいおい、襲っておいて、おそらくはねがべ。そいつさ、ちゃんと訊問しねがったのが？」

「訊問する間もなく、絶命したもんや。んで、下知状さそいつの血が付いたんだ。んだから、おらは、懐さ下知状を仕舞っておくのは、わがねぇと思ってす。行李さ入れてらったら、クシャクシャになってしまった」

豆助は、自らの失態をひけらかすように、ケラケラ笑った。目元を細く綻ばせた顔だけ見れば、邪気のない子供のようだ。

だが景信は、豆助が笑えば笑うほど、不気味さを覚えた。

こいつは、敵方の一人をあっけなく始末したのに、そんな些事《さじ》は取るに足らないと言わんばかりに、むしろ下知状の汚れを気に懸けている。豆助にとって、人の命は紙切れ一枚よりも軽いのだろうか。冷淡な言動が、初めての役目にそぐわない気がした。

「始末した敵方は、その一人だけか？」

景信の問い掛けに、豆助は、「んだ」と短く答えた。

「一人で二人組さ襲いかかるほど、おらも向こう見ずでねぇからな」

豆助は、得意そうに付け加えたが、敵方をあっさり始末するのは、天晴《あっぱ》れな手腕とは言いがたい。上手《うま》く立ち回って、相手の動きを探る方策は、なかったのか。

(或《ある》いは、紫野さ下知を伝える目付役だったかもしれねぇのに)

景信は、豆助の大胆で軽率な手口を苦々しく思った。初めての役目に舞い上がって、己の力量をひけらかそうとしているだけの若輩者に過ぎない。

「せば、おらが浅沼様から下知を受けた同輩だって、分かってくれたなはん？　いい加減、その下知状を返してもらっていがべか」

豆助に促されるまま、景信は下知状を手渡した。だからと言って、景信は、豆助を同輩として信用したわけではない。

どれほど腕が立つ秘蔵っ子か知らないが、手放しで気を許せる相手ではない。豆助の野兎《のうさぎ》にも似た横顔を眺めながら、景信は心の緒を引き締めた。

「それにしても、ひでぇ顔だなっす」

豆助は景信の顔を眺めて、呆れたように呟いた。

「んだから、誰にやられたと思ってらって！　おめぇが加減なく蹴り上げるからだべじゃ！額で受け止めてねがったら、俺はあの世行きだったかもしれねぇんだぞ」

景信が唾を飛ばしながら反駁すると、豆助は徐に白い布地を差し出した。

「ほれ、これで縛っておけ。そのうち血も止まるべじゃ」

景信は目の前に差し出された布と、豆助の顔を見比べた。円《つぶ》らな目には一点の曇りもなく、口角の上がった薄い唇には、後ろめたさは感じられない。

それでも、布を受け取る手を躊躇《ためら》った。

「その布さ、毒でも仕込んであるんでねぇだろうな」

「あぁ、なるほどなはん。そういう手もあったかぁ」

膝を打った豆助は、真顔で虚空を見上げて、考えるような仕草をした。が、すぐに人懐こい笑みを向けて、小さく舌を出した。

「なーんてな。嘘だじゃ。その布は、更の生地だ。有り難く使っていいぞ」

強引に押し付けられた白い布地に目を落とし、景信は、しばし考えていた。

景信の背後から忍び寄り、霧の中から現れた時、豆助の殺気は本物だった。豆助は、腕試しと言いつつ、あわよくば景信を亡き者にしようと目論んでいたのではないか。

ひょっとすると、浅沼は豆助を景信に同行させながら、裏で別の下知も下したのかもしれない。例えば、以前から何かと馬の合わない景信を、どさくさに紛れて始末するように、とでも――。

「おぉい、いつまで惚《ぼ》けてらってぇ。打ち所でも悪かったのか？」

沈思していた景信は、豆助の声で我に返った。いつの間にか行李を背負った豆助が、首を傾げて景信を眺めている。

「うるせぇ。おめぇにだけは、言われたくねぇでば」

渡された布を額に縛り付けた。痛くも痒《かゆ》くもなく、至って並みの布地だった。

「せば、行くべか。モタモタしてっと、また雨さ降られる。詳細は、歩きながら聞かせてけろ」

景信は先を急ぐ豆助の背中に、浅沼の眼光を見た気がした。蛇のように執拗《しつよう》で、絡み付くような三白眼を。

七

車之走峠を越え、無事に七時雨山を下りると、程なくして荒屋《あらや》の宿場に至る。

荒屋に出た際も、盛岡城下に比べて一段と冷え込みを感じた。だが、荒屋から田山《たやま》、湯瀬《ゆぜ》と西に進むにつれ、一山越えるごとに寒さが厳しくなった。

こうして五日掛かりで鹿角郡に入り、花輪城下に着く頃には小雪が舞っていた。

花輪館は東西を川に挟まれ、急崖の上に建つ平山城である。かつて、出羽の安東《あんどう》氏と南部氏で領地争いをしていた時代から、花輪館は要害とされてきた。

その後、鹿角郡は豊臣秀吉の奥州仕置によって、南部信直に安堵された。

南部信直が、大光寺正親を城主に命じたのは、奥州仕置と同じく今から三十五年前の天正十八（一五八五）年。以後、大光寺家が代々花輪館の城主に就いていた。

現在の城主は、大光寺正親の嫡男である正徳。佳世が嫁ぐ正邦は、次代城主に当たる。

佳世の一行が、花輪館の大手門を潜った様子を見届けて、景信と豆助は城下に下った。

「さぁて、花輪さも着いたことだし、こっからは別々に動くべか」

景信は、いつまでも後にくっついてくる豆助に切り出した。何を考えているのか未だに判然としない豆助が傍にいると、少しも心が安まらない。

「なしてす。おらは望月のオッサンと組むように、浅沼様から命じられたんだぞ。おらが目を離した隙に、尻尾を巻いて逃げ帰ったなんて顛末になったら、浅沼様さ合わせる顔がねがえじゃ」

「あのなぁ、安心しろでば。俺は、逃げも隠れもしねぇし、尻尾も生えてねぇっつーの。いつまでもおめぇのお守りをするのは、真っ平なんだよ！」

景信が苛立ちを顕わにしても、豆助は涼しい顔で飄々《ひょうひょう》としていた。日に焼けた頬には、好奇の色が浮かんでいる。

「はーん、さては、おらを置いて一人で女郎部屋さ行く気だな？」

「ちげーでば！　とにかく、今日は花輪の町を偵察だ。二人で同じ所を探るより、各々が別に動いた方が具合がいがえじゃ」

「ほれ、やっぱり一人で女郎の偵察さ行く気だじゃ。そったな金があるんだば、おらさ旨《うめ》ぇモンの一つでも食《か》せてけろでば」

「なして、おめぇさ旨ぇモンなんか食《か》せてやらねば、わがねって。間盗役なら草の者らしく、水渇丸《すいかつがん》でも舐めていやがれ」

「あーぁ、おらを縁も所縁《ゆかり》もない寒空の下さほっぽり出すなんて、何たら薄情な奴だこと。浅沼様さ言いつけてやるぞ！」

豆助は、手足をジタバタさせて忿然《ふんぜん》と反駁した。他人の目には、年端もいかない子供が駄々を捏ねていると映るだろう。

どこまでも食い下がる豆助を相手にすることが、景信は次第に面倒になってきた。

「あー、うるせぇ！　勝手にしろでば！」

景信は豆助に背を向けて、花輪の町を歩き出した。

鹿角郡は、佐竹領と津軽領に接した国境である。そのため、一国一城令が出た後も、花輪館は要害として取り壊しを免れた。

人の往来は盛んで、行き交う人々には、寒さを物ともしない活気があった。大路には、橇《そり》やカモシカの毛皮といった、雪に備える品物を並べる店が目立つ。

ともすると、盛岡城下でも滅多にお目にかかれないほど、豪奢《ごうしゃ》な造りの曲家《まがりや》もあった。

「んだども、伴天連門徒と黒脛巾組の動きを探れ、ったって、なんじょして始めればいいか、分からねぇなはん」

景信の背後を歩きながら、豆助が不《ぶ》躾《しつけ》に呟いた。

「おい、口に気を付けろ。どこで誰が聞いてるか分からねぇべ」

景信が窘《たしな》めると、豆助はヘラヘラと薄笑いを浮かべながら声を潜めた。

「はいはい、んでがんすねぇ。奴らは、神出鬼没だもなはん」

黒脛巾組の由来は、戦場で味方同士の目印となるよう、揃いの黒い脛巾を身に着けていた逸話に基づく。元々は、間者の才覚に秀でた者を、政宗が五十名ほど選び出した集団が始まりとされている。

だが、その黒い脛巾は戦乱の最中では目印となれど、平時は逆に目立ちすぎる。自分は黒脛巾組だと言いふらしながら歩いている奴には、密偵など務まらない。

そもそも、黒脛巾組は黒革の脛当てを着けているという巷説そのものが、黒脛巾組の攪乱《かくらん》ではないかと、景信は思っていた。

「おめぇは、敵方についてどこまで知ってら？」

景信が小声で尋ねると、豆助は歩調を合わせながら答えた。

「源流は出羽の羽黒《はぐろ》流なんだべ。打ち物だけでねぐ、薬や神通力《じんずうりき》にも精通してらとか。もっとも今は、羽黒流を召し抱えた最上《もがみ》家も改易されたどもな」

「最上と伊達は、親戚だからな。流派が同じ道理も頷ける」

羽黒流も、元を辿《たど》れば羽黒山の山伏である。さらに最上義光《よしあき》は、十数名の伊賀《いが》者も召し抱えていたという。

「おめぇは知らねぇかもしれねぇが、黒脛巾組が領内さ忍び込んでらように、間盗役も何人か伊達領さ忍び込んでら。んだども、忍び込んでら同輩を以てしても、紫野が中野館さ入り込んでらとは、誰も知らねがった。紫野の潜入は、秘事中の秘事だったんでねかべが」

景信が呟くと、豆助は小さく鼻で笑った。

「それとも、伊達領さ忍び込んでらった同輩が、能無しだったんでねぇの？」

「そったなはずは、ねぇ。んだがら俺は、紫野が単なる下っ端の捨て駒だとは、なんじょしても思えねぇのす」

　さらに紫野の当初の目論見は、この花輪に侍女として入り込むことだった。となると、当地にも黒脛巾組が潜伏していると見て、ほぼ間違いない。

　そう考えると、景信は、自領にいるにも拘《かかわ》らず、糸がぴんと張り詰めた心地がする。花輪に到着してからずっと、景信は、誰かに見られているような不安に付き纏われていた。

「で、その紫野ってくノ一は、完全にこっちさ転んだのか？」

「いや、五分五分だべな。俺にはどうも、まだ何かを隠しているように思える」

　景信が暗い声で答えると、豆助は、試すような目を向けてきた。

「せば、おらさ会わせてけろ。そもそも敵方のくノ一だったんだべ？　少しぐれぇ手荒なことをしたって、お咎めなしだべじゃ」

　豆助の目の奥が、怪しく光った。こいつは、澄まし顔をしながら腹の中では非情な算段を講じていそうだ。

「おめぇが出て行くと、話が拗《こじ》れるでば。あと少しで、口を割りそうな手応えはあるんだ。んだがら、紫野から合図があっても、俺が一人で行く」

　景信は、紫野と豆助に接点を持たせたくなかった。豆助には、景信とは異なる下知に従っているような、訝《いぶか》しい気配があった。

「さては、美味《おい》しいトコ取りする気だな。これだから、女誑《おんなたら》しは油断がならねぇ」

「誰が、いつ、どこで女を誑し込んだんだよ。根も葉もねぇ話で、人をおちょくるんでねぇでば！」

その時、景信の前方から誰かが勢いよく駆けてきた。紙一重で躱すも、大きく蹈鞴《たたら》を踏んだ。

突っ込んできたのは、骨太な中年男だった。道を空けた景信に、「申し訳《おもさげ》ねぇ」と叫びながら振り返った。

顔の右半分に大きな痣《あざ》のある男は、しかし、立ち止まろうともしなかった。急いで前に向き直ると、脱兎《だっと》のごとく駆けて行った。

「何だべ、あいつ。危ねえ野郎だなぁ」

景信は、人波を掻き分けて逃げる男の後ろ姿を見て苛立ちを覚えた。

不意に景信は、足元に奇妙な形をした物が落ちていると気が付いた。拾い上げると、真鍮《しんちゅう》でできた五寸ほどの十字架だった。

「これは……」と景信が呟いたとき、背後から「待てぇ！」と銅鑼声《どらごえ》が響いた。

振り向くと、逃げて行った男を追う数名の男たちが、憤怒《ふんぬ》の形相で突進してきた。月代《さかやき》を剃《そ》っているところを見ると、役人だろうか。

景信は、咄嗟に十字架を袖の中に隠した。

「くそっ！　あの伴天連野郎、逃げやがった！」

銅鑼声の主である恰幅《かっぷく》のいい男が、悔しそうに地面を蹴った。逃げた男は、すでに人波に紛れて見えなくなっていた。

「あの男が、なんじょしたんでがんす？」

景信が尋ねると、銅鑼声は、訝しそうに睨み付けた。

「いや、ね。たった今、すごい勢いで走って行った男がいたったもんで。何か騒ぎでもあったんだが？」

「あぁ？　おめぇは、誰や？」

なるべく怪しまれないよう、通りすがりを装って尋ねた。

「騒ぎってほどでもねぇども、あの男は度々、城下で怪しき宗門を広めてらったんだ。十中八九、金山から下りてきた伴天連門徒に違いねぇ。次に見たら、とっ捕まえてやろうと思ってらったのによぉ」

「金山ってぇと、この辺りだば白根金山だか？」

景信が込み入った問い掛けをすると、銅鑼声は、血走った目で睨み付けてきた。

「この辺りで金山っつったら、白根の山の他あるめぇべ！　さては、おめぇも白根金山さ逃げ込んできた、伴天連門徒の一味かぁ？」

男を取り逃がした腹癒せに、景信に濡《ぬ》れ衣《ぎぬ》を着せようという魂胆だろうか。銅鑼声は、目を見開いて、ジリジリと近付いてきた。

「ちっ、違ぇでば！　俺らは、ただの行商人でがんす！　へばな！」

着いて早々、面倒に巻き込まれるのは御免だ。景信と豆助は足早にその場から逃げ出した。

「あの役人は、花輪館の者だべが？　何たら野蛮で高慢ちきな野郎だこと」

銅鑼声の姿が見えなくなると、豆助は舌を出して悪態を吐いた。

追っ手が来ないと分かって、景信は袖口から十字架を取り出した。冷たい真鍮の重みが、掌にずしりと感じられる。

十字架には紐《ひも》が付いていて、途中で切れていた。首から下げていた十字架が、景信を避《よ》けたはずみで、切れたのかもしれない。

「この十字架は、さっき逃げて行った男が落としていったんだ。顔さ痣のあったあの男は、やはり伴天連門徒なんだべか」

景信が掌に目を落としながら呟くと、豆助も興味深そうに十字架を覗き込んだ。

「その伴天連門徒が、白根金山には大勢いるみてぇだなはん。金山には、山法があるふんで、役人も迂闊に手を出せねぇんだべな」

「しかし、魂消《たまげ》たな。見ろよ、この十字架。真鍮でこったに真っ直ぐで左右相同な代物が作れるなんて、見事だな」

景信は十字架を持ち上げて、しげしげと眺めた。鈍色の光を反照させて、完全な直線を描く十字架は、見る者の心を惹《ひ》き付ける面妖な力があるようだった。

「伴天連門徒は、怪異なる術を使って金を掘り当てたり、自在に変形させたりできるそうだ。その十字架も、南蛮渡来の術を使って作られたんだべな」

「へぇ、おめぇ童子《わらし》のくせに、伴天連宗と金山についてよく調べて来たったなはん。誰さ教えてもらった？」

意外にも博識な豆助に感心した。もしかすると豆助は景信が考えているよりも年嵩《としかさ》なのかもしれない。

「そのくらいは、知ってて当たり前だべじゃ。望月のオッサンは、何も知らねぇでノコノコと適当に役目を頂戴したんだが？」

蔑むような目で景信を見た豆助は、ふふんと鼻で笑った。

「あー、もう頭さ来た！　おめぇとは、やっぱり別々に動く！　あっちさ行け、この！」

「何たら、望月のオッサンは度量の狭ぇこど。すぐそうカッカすんなって」

「んだから、誰がオッサンだでば！　望月殿だろうが！　俺の方が長上だぞ、コラァ！」

だが、いくら追い払っても、豆助は人懐こい野犬のように従いてくる。やがて景信は、まともに張り合う諍《いさか》いにも疲れてきた。

結局、景信と豆助はこの日、城下で宿を取り、狭い部屋で隣り合って寝た。当初より、寝首を掻かれると用心していた景信は、壁に凭《もた》れて浅い眠りを続けていた。

対する豆助は、部屋の真ん中で大鼾《おおいびき》を掻き、気持ちよさそうに眠っている。天真爛漫《てんしんらんまん》な寝顔を恨めしく睨みながら、景信は、豆助への疑心を払拭できずにいた。

八

花輪館の北館にある老松に白い布が結び付けられていたのは、到着の翌朝だった。

搦手口の中腹から、風に揺られる白い布を見つけた景信は、驚きと微かな疑心を抱いた。着いて早々に紫野から合図があるとは、思ってもみなかった。それほど火急の用件だろうか。

豆助にはこの件を黙っていた。知らせたら、どんな手を使ってでも、従いて来ようとするだろう。

豆助の留守を狙った景信は、午の刻より少し前に一人で花輪館へ向かった。

北館の表門から辛うじて見える樫《かし》の下に、乞食に扮して座り込む。

時折、近くを通りかかる者もいた。だが、咳《せ》き込みながら物乞いをすると、誰もが足早に去って行った。

紫野が現れたのは、座り込んで四半刻ほど経《た》った頃だった。

「これはこれは、随分と若い乞食でがんすねぇ」

初めこそ余所余所しい口振りだったが、景信と目が合うと、紫野はにんまりと相好を崩した。

「少し無理があるんでねぇの？　そったに肌艶のいい乞食は、いねぇべじゃ」

「んだべが？　炭っこ塗って、顔色も分からねぇようにしたったんだども」

景信は、頬に炭を塗り込みながら首を傾げた。顔だけでなく、手足も体も垢《あか》じみた色に塗ったつもりだったのだが。

「乞食が似合う、なんて言われるより、よっぽどいいがえじゃ」

目の前にしゃがみ込んだ紫野は、何かが吹っ切れたような強い眼差《まなざ》しで景信を覗き込んだ。

「それより、あんたさ伝えたいことがあるんだ。暇がねぇふんで、手短に言うぞ」

「おぉ、有り難ぇ、有り難ぇ。お恵みをくださるんだなはん」

口では乞食の口吻を真似ながら、景信は紫野の目を見て頷き返した。いつ何時、誰かが不意に通りかかるか分からない中、親密な素振りはできない。

「おらが花輪館さ潜入したった真の狙いは、白根金山す」

紫野は景信の目を見つめたまま話し始めた。憂いを湛えた瞳には、決死の覚悟が窺える。

「白根金山で、何をするつもりだった？」

景信は声を潜めて尋ねた。

「おらは、白根金山で伴天連宗の洗礼《バプテスマ》を受ける手筈になってら。狙いは、花輪館内で密かに伴天連宗を広めるためだ」

紫野の唐突な告白に、景信は瞠目《どうもく》した。花輪館に伴天連宗を広めることが、紫野の役目だったのか。黒脛巾組と伴天連宗には、何か繋がりがあるのだろうか。

「花輪館さ伴天連宗を広めて、なんじょする気だ？　そもそも洗礼《バプテスマ》なんて、誰でも容易く受けられるものでねがべ？」

景信は努めて平静を装った。心中では、焦りと高揚が渦巻いている。

その時、紫野が目を逸らして遠くを見遣った。景信も振り返って同じ方向を向く。

見れば、五間ほど向こうから、篠懸《すずかけ》を羽織った男が二人ばかり歩いてくる。花輪館の者だろうか。

紫野は咄嗟に態度を正し、侍女の顔付きになった。

「おめさんが、さっきからずっと、ここで座り込んでらったふんで、おらも気になってす。なんじょしたんだ？」

紫野の口振りに、景信も調子を合わせる。

「申し訳《おもさげ》ねぇなっす。聞いてすけるか？　俺は村を逃げ出したんだども、三日三晩も何も食ってねぇんだ。もう、足もいっこ立てねぐてす。後生だふんで、一宿一飯を恵んでけねべか？」

紫野と景信が、侍女と乞食の遣り取りをしている脇を、男たちは通り過ぎた。一人が珍妙そうに振り返ったが、足を止める様子はなかった。

やがて、人の気がなくなった頃合いを見計らって、景信は本論に戻った。

「おめぇの言う通りだとすると、黒脛巾組は白根金山にも入り込んでらんだか？」

「んだ。そもそも鉱山は、山法に守られてらふんで、伴天連門徒が各地から逃げ込んで来るんだ。草の者が紛れ込むのに、これほど都合のいい所はねぇ」

山法とは、山例《さんれい》五十三ヵ条を指す。徳川家康が、かつて自国の金山での運営を金山師に任せた鉱山仕法の箇条書が始まりとされ、今では全国に流布している。

この山例五十三ヵ条の中で、鉱山内の仕置や取り締まりは、金山師に一任されていた。鉱山においては、城主の出した法度よりも、金山師の取り決めた山法が重んじられている。

鉱山の頂点に存在する金山師には、全てを取り仕切る多大な権力が与えられていた。

「白根金山の山師は、伴天連宗さ寛大なんだべか？」

「寛大でねがったら、逃げ込んできた門徒を片っ端から追い出すはずだ」

紫野は、迷いのない口吻で答えた。やはり、何も知らない使いっ走りではなかったようだ。

「せば、おめぇが同輩の黒脛巾組から、下知を受ける手筈となってらって話は嘘だったんだな？」

景信が尋ねると、紫野は目を伏せて俯いた。薄い唇が微かに震えている。

重苦しい沈黙の後、紫野は小さく頷いた。景信の鼻から、ふうっと息が抜けた。

「となると、黒脛巾組が花輪館さやって来るんでねぐて、白根金山にいる黒脛巾組さ、おめぇが出かけて行くんだな？」

景信の問に、紫野はもう一度、小さく頷いた。

今まで偽っていた言動について、文句の一つでも言ってやろうかと思ったが、紫野の覚悟を慮《おもんぱか》って、どうにか堪えた。

「なして、今になって、俺さ打ち明ける気になった？」

すると、顔を上げた紫野は、景信を熱っぽく見つめ返した。

「あんたにだったら、全てを話してもいいと思ったんだ」

紫野の真っ直ぐな眼差しに、景信は思わず息を飲んだ。それは、つまり完全に間盗役に転ぶ決心と捉えていいのだろうか。

「それは、有難《ありがて》ぇ。だったら、もう少し詳しく教えてけろ。おめぇが花輪館さ伴天連宗を広める真の狙いは何だ？　白根金山では、何が起こってら？」

　思い詰めた口吻に景信が応えなかったせいだろうか。紫野は、俄に悲しそうな顔をして、何かを考えるように目を逸らした。

「今、ここで話すには長すぎる。あとで、別の場所で話すべ」

「いいでば。いつ、どこでだ？」

「北館の表門は、日が暮れると閉ざされる。その前に、おらはお佳世様の所さ戻らねばわがね。この道を下った右手に、小さな水天宮のお堂がある。日暮れ前に、そこさ来てけろ」

　顔を上げた紫野は、何かを恐れるように早口で伝えた。切羽詰まった顔付きに、景信も「分かった」と即答した。

　一旦、腰を浮かしかけた紫野だったが、思い出したように「んだ」と呟いて、再び景信の顔を覗き込んだ。

「ねぇ、前に言ったったよね？　おらが包み隠さず話したら、声色の続きを教えてすける、って」

　上目加減で景信を見つめる紫野は、さっきまでの切実な顔付きではなかった。この女は、やはり人を翻弄する天性の女間者なのかもしれない。

「はぁ？　それこそ、今ここで教えるモンでもねぇべ」

「いがえじゃ。ほれ、今ちょうど誰もいねぇもの。その程度の気軽な話なら、少《べっこ》しくれぇ、いいべ？」

紫野は、辺りを見回して目配せした。言われてみれば、見渡す限り人影は見当たらない。

逡巡した景信は、少しだけ前置きをして渋々に口を開いた。

「自分の声は自分では分からねぇ、って話はしたったよな。他人に聞こえる声と、自分さ聞こえる声は違う、って」

紫野は「うんうん」と頷いて、目を輝かせた。何だか、試されている気がする。

「俺は小せぇ頃から、声の出し方を体さ叩き込まれたんだ。どったな加減で口を開いて、なんじょな息の吐き方をすれば、このくらいの声に聞こえるか、ってな」

「それって、声色を体得した誰かが、付きっきりで相手をしないとわがねぇべじゃ」

「んだがら、俺は親父に厳しく教え込まれたんだ。親父は、俺が発した声を、そのまま再生して俺さ聞かせることができる。お前が出した声は、他人にはこんな風に聞こえるんだぞ、ってな。それさ合わせて、何遍も自分の声を調節するんだ」

景信は、毎日毎日、声色の鍛錬に明け暮れた幼少時を思い出した。

父の信義は声色においては決して妥協を許さない人物だった。五つの息子が声を嗄《か》らして泣きべそを掻いても、絶対に手を抜こうとはしなかった。

曾祖父の声色の極意は、家中の秘術として代々受け継がれた。声色を大成させ、南部利直の影まで務めた信義は、嫡男への伝承に異様なほど固執していたように見えた。

そう考えると、物事を軽く受け流す景信の性分は、あの厳しい鍛錬の弾みなのかもしれない。声色以外の物事は、景信にとってどこか戯れのようだった。

「やがて段々と、思い描いた通りの声が出せるようになる。声色ってのは、声を意のままに操る術だ。一朝一夕の付け焼き刃で、真似できるもんじゃねぇよ」

「それってつまり、声色の方術は、童子《わらし》の頃からの鍛錬の賜だから、仕組を知ろうが、他人が遣えるようにはならねぇ、ってこと？」

「んだえ。仮に要所があるとすれば、喉仏の動かし方だべか。喉仏を上さ上げれば高い声、下げるほど低い声が出せる。ま、自在に動かせれば、の話だどもな」

景信が得意気に喉仏を動かして見せると、紫野は悔しそうに口を尖らせた。

「ずるーい！　そったな真似、聞いたところでできるはず、ねがえじゃ。卑怯だじゃ！」

「なしてす。俺は、教えてけろって言うから、教えてやったんだ。できるかどうかまで、聞かれてねぇでば」

恨めしそうに睨み付ける紫野を横目に、景信は、大きく伸びをして立ち上がった。乞食のように背中を丸めて座る体勢が、いい加減に大儀になってきた。

「せば、日暮れ前に水天宮な」

念を押すと、慌てて立ち上がった紫野が追い縋《すが》るように腕を伸ばしてきた。

「あ、ちょっと待って。おらね、あんたさ礼が言いたかったんだ」

「礼？　何の？」

振り返った景信は、頬に塗った炭を拭いながら尋ねた。

「おらを信用してけで、ありがとう。敵の間者なんて嬲り殺されて当然なのに、あんたは、おらを生かしてくれた」

　唐突な謝辞に、景信は面食らった。紫野の真剣な眼差しは、嘘偽りのない心中を表しているようだった。

「おらは、本心では今も迷ってら。このまま間盗役さ転んだら、どれほど楽だろうって。んだども、己だけ自由になることに、苛《さいな》まれるんだ。置いてきた、大事な人さ累が及ぶと思うと……」

　言い掛けた紫野は、しかし、近付いて来る人影を認めて腕を引っ込めた。それから、景信が何も返答しないと分かると、名残惜しそうな眼差しを残して、くるりと背を向けた。

　北館の門を潜る紫野の背中が、小さくなる。最後に一度だけ振り向いた紫野は、泣き出しそうな顔をしていた。

（この状況、罠《わな》と捉えるべきか、否か）

　北館を立ち去りながら、景信は逡巡していた。

　紫野の誘いに乗って、一人で水天宮へ赴いたら、待ち構えているのは黒脛巾組かもしれない。

　だが、景信を罠に塡《は》めるつもりならば、最後に本心など伝えるだろうか。間盗役に転ぶかどうか、迷っているなど、わざわざ付け加える意味が分からない。

　仮に、一人で水天宮へ向かうべきではないなら、頼りにできる同輩は、豆助しかいない。

（あいつさ助太刀を頼むのは、気が進まねぇんだども）

小憎らしい豆助の顔を思い浮かべて、景信は、頭が痛くなった。

九

紫野の話を聞かせると、豆助は、眉を顰《ひそ》めて訝しんだ。

「へーえ、おらを置いて、密かに会ってらったのか。しかもお次は、逢魔《おうま》が時《とき》の誰もいねぇ水天宮で逢《あ》い引《び》きねぇ。童子《わらし》のおらは、最初から邪魔だったってわけだ」

豆助はいかにも不服そうに、目を細めた。どうやら、放擲《ほうてき》されたと僻《ひが》んでいるらしい。

「悪く思うなでば。おめぇがいたら、紫野も打ち明け難《にく》かったべじゃ。そこは、なんつーの、落ち着いた俺の大人の色気があったからこそ、打ち明ける気になった、とも言えるべ」

すると豆助は、耳の穴をかっぽじって、指先に付いた垢をぷっと吹き飛ばした。

「はぁー？　いっこ聞こえねぇなはん。大人のくせに血の気が多いって？」

「血の気でねぇわ！　色気だ、い・ろ・け！　まぁ、童子《わらし》っこ豆助には、分からねぇべ」

「分かって堪《たま》るか。おらは、優しいお姉様が好きなんだ。長上ってだけで、口煩《くちうるさ》く騒ぎ立てる、度量の狭い男は、御免被るじゃ」

豆助の悪口に青筋を痙攣《けいれん》させながらも、景信は怒りを抑えた。これから護衛を頼む時に、諍いを起こすほど愚かではない。

「その水天宮だども、罠とも考えられる。俺が一人で出向くには、物騒だと思うんだ」

「んだから、おらさ護衛として従いて来いってか？　嫌《やんた》だね。勝手に逢い引きしてれば、いがえじゃ」

臍《へそ》を曲げた豆助は、口を尖らせて外方を向いた。案外、見た目と同様に子供っぽい性格も持ち合わせているようだ。

「紫野が、水天宮で何を話すか、直に見聞きしたくねぇのか？　俺から又聞きした話で良ければ、それでもいいども」

景信が揺さぶりを掛けると、豆助の膨れた頬が徐々に萎《しぼ》んだ。もう一押しすれば、首を縦に振りそうな気がする。

「紫野は白根金山の伴天連門徒について、詳しく知ってらごった。直に話を聞き出せる機会は、他にねぇかもしれねぇぞ」

景信が告げると、豆助はようやく振り返った。泥水でも飲まされたような、渋い顔をしている。

「おらが護衛したところで、敵方が大勢、待ち伏せてらったら、勝ち目はねぇぞ。そん時は、おらだけでも逃げ延びて、オッサンの無様な死に様を、浅沼様さ伝えるからな」

「誰が、無様な死に方するって。勝手に殺すな！　いいでば、危うくなったら、好きにしろ。その代わり、おめぇは俺より先に向かって、水天宮の近くさ潜んでろ。いいな？」

景信の念押しに、豆助は、「はいはい」と鈍い返事をした。

一方で景信は、「全てを話してもいい」と言った紫野の眼差しに、偽りがあるとは思えなかった。紫野の切羽詰まった顔付きには、覚悟が表れていた。

「紫野は何かを恐れてらようだった。まるで、誰かさ見られてねぇか、怯えているような。もしも罠でねがったら、おめぇは出はって来るなよ。話が拗れる」

「そん時は、逢い引きをとくと見せ付ける気か？　オッサンが、だらしねぐ鼻の下を伸ばしてらったら、石っこ投げ付けてやるからな」

どこまでも不承不承な豆助が、水天宮へ向かったのは、日暮れ前の申《さる》の時だった。やや遅れて、景信も水天宮へ向かう。

夕暮れが迫る空は、薄浅葱《うすあさぎ》から鴇色へと移り変わっていく。足早に搦手口の館坂《たてざか》を上る景信は、枯《か》れ薄《すすき》を分け入って細道へ逸れた。

紫野の言っていた水天宮とは、花輪館内にいくつか奉られた末社の一つだった。三間《さんけん》四方《しほう》にも満たない小さな社で、手入れはされているようだが、飾り気のない簡素な造りをしていた。

朱塗りの鳥居を潜った景信は、誰も居ない細道を振り返った。薄が風で揺れる音の他は、人の足音も聞こえない。紫野はまだ来ていないようだ。

景信は目を凝らし耳を欹て、敵の殺気を探った。待ち伏せの線が完全に消えたわけではないが、辺りは静まり返って、不穏な動きは感じられなかった。

「まさか、本当に逢い引きだったりしてな」

独りごちた景信は、板葺《いたぶ》きの社に向き直った。格子戸の中に仏像のような御神体があるが、暗くて顔までは判別できない。

何かに吸い寄せられるように、社の階に近付いた。木立の黒い影が、風でざわざわと揺れている。

不意に、階の陰に何かが横たわっていると気付いた。陽が傾いてきたせいで、物陰では黒い塊にしか見えない。

目を凝らした景信は、しばし遅れて、その塊が人の足であると気付いた。さらに足元から草色の小袖へ目を移して、息を飲んだ。

景信の動悸《どうき》が銅鑼を打ったように跳ね上がる。

「紫野か？　おい、しっかりしろ！」

駆け寄った景信は、紫野の肩を抱き起こした。目と口を半開きにした紫野は、微塵も動かない。体はまだ温かいが、すでに息はなかった。

首を支えようと手を回すと、ぬるりと生温かい手触りがあった。盆《ぼん》の窪《くぼ》を鋭いもので一突きされたと刹那に分かった。

景信は愕然《がくぜん》とした。紫野は水天宮で景信を待つ間に、殺されたのか。体中の血が、憤懣《ふんまん》と悲嘆で煮え滾《たぎ》る。

おそらく、即死だっただろう。さらに、殺されてからさほど時が経っていない。

（せば、紫野を殺した輩は、まだ遠くには行ってねぇはずだ）

微かに身震いした景信は、紫野を抱えたまま辺りを振り返った。

誰もいない水天宮の静寂を縫うように木枯らしが吹き抜けて、景信の眼前に落葉が舞った。

その落葉が地面に落ちる前に、鳥居を潜った人影が近付いてきた。豆助かと思ったが、よく見ると篠懸を身に着けている。

篠懸姿の男は訝しげに立ち止まった。

「おめさん、ここで、何してらってぇ？」

景信の蟀谷を、大汗が流れ落ちる。女の亡骸《なきがら》を抱えた男など、誰がどう見ても曲者《くせもの》でしかない。

篠懸姿の男は、景信を見て怯えたように顔を強《こわ》ばらせていた。凡庸な目鼻立ちだが、どこかで見たような気がする。

「おい、その女は、なんじょしたのだ？」

男の問い掛けに、景信は、唇を噛んで押し黙った。いっそ、この男を箝口のため始末してしまおうか。

その時、鳥居の向こうから別の人影が現れた。見れば、同じような篠懸を身に着けている。

二人が顔見知りであると即座に見抜いた景信は、紫野の亡骸を放り出して、一目散に逃げ出した。背後で「人殺し！」と怒声が響いたが、それもすぐに遠ざかった。

景信は脇目も振らず山を駆け下りた。頭の中で早鐘が甲高く鳴り続け、喉が貼り付くようにヒリヒリ痛い。

さっきの男たちに、景信は間違いなく顔を見られた。今頃、景信が紫野を殺して逃げたと思っているだろう。

もはや、花輪館はおろか、城下にもいられまい。じきに、役人が人相書きを持って触れ回るはずだ。

道なき道を逃れ、山を下りたところで、景信は一旦、茂みに身を隠して息を整えた。何が起こったのか、落ち着いて考えねば。

腕に残る紫野の重みが、胸に突き刺さる。無念の死を遂げた紫野の顔が、瞼に焼き付いて離れなかった。景信は、不甲斐ない自身への怒りに任せて、拳を地面に叩き付けた。

紫野が殺されたのは、おそらく景信が水天宮に着く直前だろう。景信と会うために、水天宮で待っていたところを、何者かに襲われたと考えられる。

紫野を殺したのは、いったい誰なのか。盆の窪を過《あやま》たず一突きして、息の根を止める手口からして、草の者の仕業に違いない。

紫野は黒脛巾組に殺されたのだ。景信に秘事を漏らす前に、箝口されたとしか思えない。

そう考えると、篠懸の男は、本当にただの通りすがりだったのだろうか。景信の背筋が、ぞくりと粟立《あわだ》った。

突然、景信は肩を摑まれた。喉元から腸《はらわた》が飛び出そうなほど吃驚《びっくり》仰天する。

意を決して振り返ると、背後に立っていたのは豆助だった。柄にもなく、険しい顔付きをしている。

「おい、どういう事態だ？　あの女は殺されてらったのか？」

「なんだ、おめーかよ！　驚かせるなよ！」

安堵した景信は、一気に膝の力が抜けて、その場に尻を突いた。

「豆助、おめぇ、俺より先に、水天宮さ着いてらったべ？　紫野を殺した奴を、見ねがったか？」

「いんや、おらが着いた時には、すでに階の陰さ女が倒れてらった。そもそも、おらは遠巻きに潜んでらったんだ。倒れてら女が紫野かどうか分からねぇのに、迂闊に出て行く振舞は、できねがった」

豆助の言い分に、景信は微かな疑いを抱いた。

確かに豆助は紫野の顔を知らない。だが、水天宮で倒れている侍女が紫野であると、容易に分かったはずだ。

護衛として先回りしているのに、景信が紫野を抱きかかえたのを見て見ぬ振りしていた豆助は、何を企《たくら》んでいたのか。浅沼の密謀《みつぼう》により、景信を陥れる魂胆だろうか。

浅沼への猜疑を飲み込んだ景信は、茂みから出て歩き出した。豆助も何食わぬ顔で後に続いた。

「俺が水天宮さ着いた時には、すでに紫野は死んでらった。盆の窪を一突きされてら手口から見ても、間違いねぐ草の者に殺されたんだべ」

「黒脛巾組が、口封じのために殺ったんだべな。紫野がこっちさ転んだ顛末が、どっかで漏れたんだなはん」

景信と豆助は、何事もなかったようにゆっくり歩きながら、声を潜めて話し出した。

「おめぇ、一部始終を見てらったんだべ？　俺が紫野の亡骸を見つけた後、水天宮さやって来た篠懸の男を見たか？」

「あぁ、見たじゃ。後からもう一人、来たよなぁ」

「あの篠懸姿の男たち、俺と紫野が昼間に話してらった時に、近くを通りかかった連中だったのす。もしかすっど、紫野を見張ってらった黒脛巾組かもしれねぇ」

景信は、乞食に扮して紫野と話をしていた場面を思い出した。

篠懸男たちは、昼間、通り過ぎた後で、遠くから読唇術でも使ったのかもしれない。

「せば、篠懸の男は、紫野を殺した後、一旦その場を離れ、おめぇが来るのを待ち伏せてらったのか？」

「あくまで推し当てだども、んだごった。紫野を殺した後、素知らぬ顔で通りすがりを装って、俺さ罪を被せるつもりだったんだべ」

景信が断言すると、豆助は小さく口笛を吹いた。敵ながら天晴れ、とでも言いたいのか。

「なして、そったに面倒な挙動をするんだ？　おらが黒脛巾組だったら、紫野よりも、真っ先に間盗役の間者を殺すでば。殺さねがったのは、何か子細があるんでねぇのか」

豆助に言われて、先刻の場面を思い出した。確かに、隙を突いて景信を殺す機会はいくらでもあった。

「子細って、何の？」

「おらも分からねぇども、例えば、生け捕りにして何かを探り出す。或いは、同輩として転ばせる、とかな」

景信は、声色遣いとして、父から教えられた忠言を思い出した。声色の術は、敵方にとって奪ってでも手に入れたい兵術だ。声色遣いは敵方の如何なる甘言にも耳を貸してはならず、如何なる拷問にも屈してはならない、と。

黒脛巾組は、景信の声色を手に入れようと、策謀しているのだろうか。

「紫野と篠懸の連中は、顔見知りだったんだべが？」

「いや、そうは思えねぇ。もし顔見知りだったら、昼間に近くを通り過ぎた時に、気が付くべ。その上で、俺を水天宮さ呼び出すとは考えられねぇでば」

篠懸男たちが通り過ぎた時、紫野はとりわけ慌てる素振りもなく、男たちが通り過ぎるまで侍女らしく振る舞っていた。

「んだって、おめぇは、紫野が何かさ怯えてらようだったたって言ったべじゃ。篠懸の連中さ怯えてらったんでねぇのか？」

「紫野が何を恐れてらったのか、今となっては分からねぇ。んだども、紫野の亡骸には、争った跡はねがったんだ。もし篠懸男と顔見知りだったら、水天宮で目の前さ現れた時点で身構えて、諍いになるべ。紫野の傷跡は、盆の窪のただ一ヵ所だったのす」

景信の横を歩きながら、神妙に話を聞いていた豆助だったが、不意に「おい、その手」と口を開いた。

見れば、景信の左手にべったりと血が付いている。紫野の首を支えた時、盆の窪の傷口をまともに押さえたためだろう。

景信は傍らの小川へ下りて行き、左手に付いた血を洗い流した。動じないよう努めていたが、平静になると、紫野を死なせてしまった手落ちに激しく苛まれた。

紫野は、間盗役に転びたいが転べない身の上と葛藤していた。いわば、景信に助けを求めていたのだろう。

北館の門で、最後に振り返った紫野の面影が蘇る。あの時、何か声を掛けてやれば、少しでも救われたのだろうか。

殺される恐れを顧みずに、真実を打ち明けようとしていた紫野。守れなかった自分自身に、どうしようもなく嫌気が差した。

紫野の血を吸って静かに流れていく小川に、景信は小さく手を合わせた。

紫野は、自らの命を危険に晒《さら》してまで、何を伝えようとしていたのか。水天宮にもっと早く着いていれば、紫野は殺されずに済んだのか。

夕焼けを映した川面を眺めていると、とりとめのない感情が溢れ出て、景信を悔恨へ追い込んだ。

「この後、どうするつもりだ？　花輪城下には、もういられねぇぞ」

土手の上から、豆助が呼びかけた。括袴で手を拭いた景信は、豆助の元へ駆け上った。

「白根金山さ乗り込むしかねぇべ」

「乗り込む、でねぐて、逃げ込むの間違いでねってが？」

「紫野は、白根金山で伴天連宗の洗礼《バプテスマ》を受ける手筈になってらったんだ。遅かれ早かれ、白根金山には乗り込んで行かねばわがねぇと思ってらった」

景信は、北西に聳《そび》える山々を睨んだ。黒々と迫る山の尾根が、行く手を阻むように見えた。

「白根金山には、すでに黒脛巾組が入り込んでら。今まで以上に用心しねぇとならねぇ。それでも、真実を探る覚悟は、あるか？」

尋ねると、豆助は大儀そうに目を細めた。

「ねぇ、って言ったところで、連れて行かれるんだべ？　どうせオッサン一人じゃ、犬死にするのは目に見えてるし、おらがいねぇとわがねぇもんな」

「誰がだよ。おめぇこそ、子守がいねぇと、わがねぇべじゃ」

洟《はな》を啜った景信は、冷たい風に逆らって、白根金山へ歩き出した。枯れ葉を踏む二人の足音が、北西へ向かって進んでいった。

第二章　北辺の韋駄天《いだてん》、雪原を渡る

一

花輪館より米代川に沿って北上し、西へ歩くこと、およそ二里半。米代川が大きく西へ蛇行した先に、白根千軒と呼ばれる一大金山町があった。

小真木《こまき》山の麓に築かれたこの町には、遊郭から商家まで、ありとあらゆる店が軒を連ねて賑わいを見せていた。大路の両側には松明がいくつも焚かれ、新月間近なのに、足元を憚《はばか》ることなく歩ける。

景信と豆助がこの金山町に着いたのは、宵闇の迫った酉《とり》の時だった。それでも通りには、人の姿が絶えなかった。

行き交う人の多くは金掘であろうか。泥にまみれた尻端折《しりはしょ》り姿なのに、我が物顔で闊歩《かっぽ》している。

金山での力仕事を終えた男たちからは、汗と土の臭いが立ち上り、町は人熱《ひといき》れで噎《む》せ返るようだ。

「おい、見ろよ。芋煮だじゃ。美味そうだなぁ」

豆助が指した方向を見ると、飯気《いげ》の立ち上る大鍋の周りに、椀《わん》を啜る人垣ができていた。味《み》噌《そ》の香りにふらふらと引き寄せられて行った豆助は、あっという間に人垣に紛れた。

かたや景信は、何かを口にする気にはなれなかった。腕に残る紫野の重みや血の臭いが切れ切れに蘇り、気付くと立ち尽くしている。

成り行きで白根千軒に足を踏み入れたが、まずは今宵の宿から探さなければ。余所者が紛れ込むなら、旅籠よりも遊郭のほうが好都合だろうか。

突然、景信の腕がぐいっと引かれた。振り返ると、紅を塗った遊女が嫣然《えんぜん》と微笑んでいる。

「あらぁ、やっぱり、いい男だじゃ。ねぇ、もしかして、今宵のお相手を探してらの？」

甘ったるい声で擦り寄ってきた遊女は、景信の腕に絡み付いた。今にも雪が降り出しそうな寒空の下、白い胸元を顕わにしている。

「悪いども、俺さぁ、今日は可愛《めんけぇ》い娘と遊ぶ気には、なれねぇんだよな。大事な女《おなご》を失ったばかりで、胸のこの辺さ、ぽっかり穴が空いてらんだ」

景信が自分の胸元を指差すと、遊女は愛おしそうに景信の鎖骨の下を撫《な》で回した。

「あらぁ、可哀想《かわいそう》に。誰かさ振られたのぉ？」

「振られたほうが、まだマシだじゃ。俺は、今日ほど自分の非力を嘆いた例はねぇ」

「せば、任せて。おらが、その女を忘れさせてあげっから」

遊女が笑うと、八重歯が口元から覗いて、右頰に笑窪《えくぼ》ができた。器量はさほど悪くなく、愛嬌《あいきょう》のある女だ。

「可愛《めんけぇ》い娘の頼みを、無下《むげ》に断るのも気が引けるどもなぁ。俺みてぇな碌《ろく》でなしでねぐて、もっと頼れる男を捕まえるんだすて」

「はいはい。もう、いいから。一緒に行こう《あべ》。おらほの店は、あっちなのす」

腕に纏わり付く遊女は、大路の向こうを指した。

途端に、後ろから腰紐を引かれて、前につんのめる。

「おい、オッサン！　一人で浮かれてんじゃねぇぞ！　おらを忘れてらんでねぇだろうな」

背後に立っていたのは、豆助だった。芋煮の椀を啜りながら、景信を睨み付けている。

「あらぁ、連れがいたのぉ？　坊やも一緒に来るぅ？」

豆助の顔を覗き込んだ遊女は、からかうように手をひらひらさせた。景信は、慌てて女の手を遮った。

「豆助は、たらふく芋煮でも食って寝てろでば。今俺は、この姉ちゃんと話してらんだよ」

「さっきまで女の亡骸を抱いてらった野郎が、よく言うでば。今度は生身の女を抱くってが？」

亡骸と聞いてさすがにいい気はしないのか、遊女の肩が強ばった。景信の手を素早く振り解いて、正面から疑いの眼差しを向けている。

「だから、違ぇんだよ。いいか、こいつの戯言さ耳を傾けては、わがねぇぞ。天邪鬼《あまのじゃく》の化身だからな」

景信が弁明すると、豆助はさらに追い打ちを掛けた。

「おい、ねーちゃん。悪ぃことは言わねぇぞ。こいつと懇《ねんご》ろになると、火傷《やけど》じゃ済まねぇからな」

すると遊女は、景信の足元に目を留《と》めて、眉を顰めた。見れば、懐に入れていた十字架が、足元に落ちていた。腰紐を引かれた拍子に、飛び出したのだろう。

「あんた、伴天連門徒なの？」

遊女は、ますます訝るような目付きで、十字架と景信の顔を交互に見た。

「あぁ、これか？　これは、鹿角で拾ったんだ。聞けば、白根金山には伴天連門徒が大勢いるとか」

景信が言い終えないうちに、遊女は急に褄《つま》を合わせて、胸元を余所余所しく覆い隠した。

「残念だども、おらほの店は伴天連お断りなの。十字架を持ってら男なんか連れて帰ったら、女将《おかみ》さんさ怒《くら》られるでば」

「俺は伴天連門徒でねぇでば！　そもそも、おめぇの店さ行くなんて、言ってねぇし」

「とにかく、余所さ行ってけで。伴天連でも泊めてける店《たな》だば、ほら、坂を上った赤い暖簾《のれん》の店。あそこだば、伴天連門徒が密かに出入りしてらって噂だふんで」

遊女の指した方向に目を遣ると、坂の中腹に、明かりの漏れる大きな店が見えた。鮮やかな深紅の暖簾が、手招きするように風に揺れている。

振り返った時には、遊女はすでに立ち去っていた。豆助が、腹を抱えて笑っている。

豆助の頭を小突いた景信は、低い声で怒りをぶつけた。

「おめぇなぁ、なして俺の邪魔ばりするって？　今夜の宿が、さんざんになったべじゃ」

「おいおい、今の話っこ聞いてねがったのが？　伴天連門徒が出入りしてら店だとよ。今夜の宿は、あの赤い暖簾の店で決まりだべじゃ」

まるで手柄をひけらかすような豆助の口吻が気に入らない。先に立って坂を上り始めた豆助を、景信は、鼻息も荒く追い越した。

赤い暖簾の店からは、上機嫌な話し声が漏れていた。太い梁《はり》の立派な店構えは、旅籠というより商家の大店《おおだな》のようだ。

景信と豆助が暖簾を潜ると、中にいた数人が不審そうに振り返った。途端に、親密そうな諠《けん》譟《そう》は途切れ、静まり返った。

仄暗い店内には、高価な香木の香りが立ちこめていた。所々に行灯《あんどん》が置かれ、遊女の鮮やかな着物を揺らめくように照らしている。

景信は、できるだけ穏やかに、物腰の柔らかい口吻で尋ねた。

「おばんでがんす。今晩ここで一宿一飯を願いたいんだども、部屋は空いてらべっか？」

番台に立っていたのは、むっちりと肉付きのいい鷲鼻《わしばな》の女だった。景信が愛想笑いで話しかけても、少しも不承面を崩さない。

「あぁ？　おめさん、おらほは初めてかぁ？」

「んだ。日が暮れてからこの町さ来たもんで、右も左も分からねぇ。人さ聞いたっけば、この店がいいって言われたったのす」

景信が心にもない甘言を吐いても、鷲鼻女は野太い眉一つ動かさなかった。

「ふーん。初めてだば、ほれ。そごさいた女、どっちか好きなほう選べ。一人付けてやるふんで」

鷲鼻女が顎をしゃくった方向を見ると、糸のように細い目をした太った大女と、骨と皮かと見紛《みまが》うほど痩せこけた女がいた。二人とも、鷲鼻女と同様に、能面のような不承面をしている。

お呼びが掛かったことに気付いた二人は、顔色一つ変えずに、壁のように迫ってきた。暗がりから無言で迫り来る姿は、叫びたくなるほど恐ろしい。

「えーっと、いやぁ。そういや、俺の聞き間違いだべが。薦められたのは、この店でねがったかもしれねぇなはん」

景信が、二歩三歩と後退《あとずさ》った時、背後から誰かが勢い良く店に飛び込んできた。景信の背中が、がっしりと硬い体に跳ね飛ばされた。

「おっとぉ、申し訳《おもさげ》ねぇ。急いでらふんで、勘弁してけでや」

ぶつかった相手は、素直に謝って、景信の横を通り過ぎた。それから、番台の鷲鼻女に親しげに声を掛けた。

「よぉ、女将。この店で働きてぇ奴を連れて来たったぞ」

「重蔵《しげぞう》か。おめさん、鹿角で役人さ捕まったんで、ねがったの？」

重蔵と呼ばれた男の横顔を見て、景信は、鹿角で役人に追い回された顛末を思い出した。あの時、景信にぶつかりそうになった男にも、重蔵と同じような顔の痣があった。

「なんも。おらが馬鹿役人さ捕まるわけ、ねがえじゃ。おらには、神のご加護が付いてらからな」

「へっ、よく言うでば。その大事な神のご加護も、逃げ回ってどこかさ落として来たんだべ？　たんだ罰当たりだべじゃ」

「うっ、ぐぐ、なしてそれを……。さすが、女将は耳聡いなはん」

女将に揶揄された重蔵は、痛いところを突かれたと言わんばかりに、胸を押さえて蹈鞴を踏んだ。しかし、すぐに思い直したように顔を上げた。

「いんや、ここで挫《くじ》けてはわがねぇ。確かにおらは、命の次に大事な十字架を落としたった。んだども、我らが父なる伝宇須《デウス》如来は、子らの行いを具《つぶさ》に見ておられる。真の神のご加護とは、おらの信心の中さ生まれるものなのす」

いかにも強がって説法を説く重蔵の顔を、景信はまじまじと見つめた。間違いない。顔の右半分に大きな痣のあるこの男は、鹿角で景信にぶつかりそうになって十字架を落とした男である。

「もしかして、あんたが落とした神のご加護って、これだべか？」

重蔵に向かって、懐から取り出した十字架を見せた。途端に、重蔵の細い目が大きく見開かれた。

「あぁっ、それ！　おらの十字架でねってが？　おめさん、どこでこれを？」

「鹿角で役人に追いかけられてらった時、あんた俺さぶつかりそうになったべ？　その時、落として行ったったのす」

十字架を手渡すと、重蔵は手元に目を奪われたまま、恐る恐る手触りを確かめている。

「あぁ、ありがとうなはん！　この十字架は、大事な御方から譲り受けた、この世に二つとねぇ代物なんだ。真に、助かったじゃ！」

「いんや、俺はたまたま通りかかっただけだじゃ」

「これこそまさに、神のご加護だ！　おめさんがここさ来たったのも、神のお導きだごった。おぉ、神よ。この男さ福音《ユアンエリオン》を与え給え、アメン」

景信を崇めるように仰いだ重蔵は、十字架を握り締めて十字を切った。

十字を切る仕草が、伴天連門徒の祈りの姿で、敬愛や慈悲が込められていることは知っている。だが、伴天連門徒でない自分に向けられると、居たたまれない気分になった。

「おらは、重蔵ってんだ。白根金山で、西間歩を請け負う、金名子《かなこ》をしてら」

金名子とは、山師の下で掘子らを取り纏める長である。金名子の請負は、山師の采配によってまちまちで、いくつもの間歩を纏めて取り仕切る金名子もいれば、一間歩の中の敷《しき》（採坑場）のみを取り仕切る金名子もいる。

重蔵は、西間歩を請け負っているので、金名子の中でも中堅であろう。熟練した親方の役割を果たす金名子であれば、重蔵は、若く見積もっても齢《よわい》三十は過ぎているに違いない。

「俺は、ノブ。仕事を求めて白根金山さ来たった。ところで、金名子のあんたが、なしてわざわざ鹿角まで出向いて、伴天連宗を広めて歩いてらったのす？」

「あぁ、なんだ。見てらったってが？　おらは、金名子だども、伴天連宗の組の中では、助手《イルマン》っつう役割なんだ。今までに、おらほの組の掘子たちが、鹿角さ伝道しに行ったまま、何人も帰ってこねぇのす。んだがら、おらが鹿角さ行って、偵察してらったんだ」

鉱山の中に、山師を頂上とする固有の階級があることは、知っている。しかし、伴天連宗の組とは、助手《イルマン》とは何なのか。

景信は、豆助に目配せして「知ってるか」と尋ねた。だが、豆助も首を横に振るばかりだった。

「その、伴天連宗の組っつうのは、何だべ？　白根金山で仕事を貰うには、伴天連宗の組さ入らねぇとわがねぇんだが？」

景信が尋ねると、重蔵は、探るような目で見つめ返した。

「いんや。伴天連宗でねぐとも、仕事は貰えるでば。ただ、間歩ごとの友子組は表向きで、白根金山には、裏で伴天連宗の組が存在してらんだ。おらは、その伴天連宗の組の中では、助手《イルマン》っつう位階さ就いてら」

「その、助手《イルマン》っつうのは、偉いんだか？　組の中には、他にも同じ位階さ就いてら者もいるのす？」

「白根金山には伝道師《パーデレ》が一人いて、その下さ五人の助手《イルマン》がいる。おらは助手《イルマン》の中でも、一番の下っ端だどもな」

　するとそこへ、痺《しび》れを切らした番台の女将が、大声で捲《まく》し立てた。

「おい、重蔵。ほどほどにしろでば！　おめぇ、おらさ話っこあって来たったんだべ？　つまんねぇ与太話さ、いつまでも花っこ咲かせてんでねぇ！」

　野太い眉を吊り上げた女将に睨まれて、重蔵と景信は「はいっ！」と竦み上がった。

「んだんだ、女将。申し訳ない《おもさげねぇ》なっす。なんじょしても遊女になるって、聞かねぇ娘がいてよ。おぉい、鈴音《すずね》。こっちさ入って来ぉ」

　重蔵は、振り返って手招きした。赤い暖簾を潜って、一人の華奢《きゃしゃ》な娘が現れた。

　暗がりでもはっきり分かるほど透き通った白い肌。意志の強そうな切れ長の目には、色気と憂いが漂っている。鼻筋の通った細い鼻に、ふっくらした珊瑚《さんご》色の唇は、まるで丁寧に作り込まれた人形のようだった。

　景信は、鈴音と呼ばれた娘を一目見てなぜか胸を打たれた。遊女として連れて来られた娘にしては、心《しん》の強そうな堂々とした佇まいだった。

　重蔵に招かれた鈴音は、伏し目がちな硬い表情のまま、番台に近付いてきた。年の頃で紫野と同じか、少し下だろうか。

「この娘は、鈴音ってんだ。今年で十六になる。鈴音の親父は、おらほの間歩で掘子をしてらったんだども、先日、一人で出奔したったのす」

重蔵の言葉が、景信の右耳から入って左耳へ抜けていく。景信の目には、雨に耐える白百合《しらゆり》のような、鈴音の凜《りん》とした横顔しか映らなかった。

「するってぇと、何す。この娘は親父さ捨てられたってわけか？」

女将が、品定めするように鈴音をジロジロ眺め回した。鈴音は、身じろぎ一つせずに好奇の目に耐えている。

「んだ。鈴音の身内は、その親父だけだったのに、あろうことか、大眼宗の大導師を名乗る怪しげな輩さ、すっかり心酔してしまってよ。娘を残して、大導師の後を追って山を出はって行ったたったのす」

「はぁ？　大眼宗だってぇ？　おめぇ、これ以上うちほさ面倒を持ち込まねぇでけで。あったな無茶苦茶な連中、伴天連よりも質が悪ぃべじゃ」

女将は、腐った魚でも口に含んだかのような顔付きをした。鈴音の頬が、微かに震えたように見えた。

「なぁなぁ、大眼って何す？　おっかねぇ山賊か何かだべか？」

惚けている景信に代わって、豆助が尋ねた。すると、重蔵は、周囲を憚るように声を潜めて答えた。

「おめぇ、大眼宗って知らねぇってが？　今から三年前に、横手城を襲った宗門だ。門徒らが大勢押し掛け、佐竹領の横手城さ囚われてらった大導師の厳中を奪取し、城さ火を放ったのす。今でも大眼宗は、禁忌中の禁忌と見なされでら」

「へぇ、そったな恐ろしい風聞は、盛岡くんだりまで伝わってねぇなぁ。あ、おらだづな、盛岡から来たのす。せば、この娘の親父が追いかけて行ったのも、厳中っつう大導師なんだべが？」

　物騒な臭いを感じ取ったのか、豆助の目が生き生きと輝いた。

「それが、厳中の正体は、未だに分からねぇんだ。鈴音の親父が心酔してらった大導師は、白根金山の掘子さ紛れて、大眼宗を密かに広めてらった。気付いた時には門徒を引き連れて、白根金山を出はった後だったのす。んだども、この大導師が厳中かどうかは、誰さも分からねぇ」

　豆助が考えあぐねていると、女将の大声が遮った。

「とにかく、大眼宗が絡んでるんだば、おらほじゃ手に負えねぇでば。ほでねぐとも、伴天連門徒が出入りする店だと知られて、近頃じゃ役人さ目ぇ付けられてらんだからよ」

「いやいや、女将。大眼宗と伴天連宗を一緒にしてもらっては困るでば。大眼宗は伝宇須《デウス》如来でねぐて、太陽と月を拝むんだ。神罰をも恐れずあちこちで騒動を起こし、奪った牛や馬の肉を食らうとも言われてら。伴天連宗では、そったな所業は悪霊《サタン》の振舞だでば」

「臼だか、塗炭だか知らねぇども、この娘の親父は、大眼門徒なんだべ？　伴天連門徒は払いがいいし、慈善の信念を持ってらふんで、上客扱いしてらったども、大眼宗はわがねぇ。出奔した親父が戻ってきて、娘を取り戻すと押しかけてきたら、たんだ難儀だもの」

　すると、それまで押し黙っていた鈴音が、つと顔を上げた。

「あだしさ、父親はもういません。大眼宗なんて邪教さ心酔して、山を出て行った奴なんか、もう親でも何でもねぇ。あだしの父親は、もう死にました」

　意志の強さを感じさせる真っ直ぐな目で、鈴音は女将を見据えた。女将も、鈴音をじっと見つめ返す。

「おめぇ、いい目してらなぁ。男を怠惰にして、虜《とりこ》にする目だ」

　女将は、狡猾《こうかつ》な狐のように目を細めた。女将の呟きに、景信は背中に虫酸が走るような憎悪を覚えた。

「お願いでがんす。あだしを、ここさ置いてくなんせ。遊女でも、厨《くりや》番でも草履《ぞうり》番でも、何でもすっから」

「へぇ、いい肝っ玉だなはん。せば、真に何でもするんだな？」

　女将が、番台からぐいっと身を乗り出し、鈴音の顔を覗き込んだ。鈴音の黒い瞳に、燭台《しょくだい》の炎が揺らめいて見える。

「悪ぃ。少し《べっこ》、いがべが？」

　気が付くと、景信は女将と鈴音の間に割って入っていた。

「さっきから話っこ聞いてれば、なんたら不憫《ふびん》だごと。おめぇ、本当にそれでいいんだが？　遊女なんか、いずれは体を壊して斃死《へいし》するんだぞ？　若い身空で、自分を貶《おと》めるんでねぇ」

　景信は、鈴音の正面に立ちはだかり、柄にもなく熱弁を振るった。

若い娘が困窮の果てに身売りする風景など、今まで何度も見聞きしてきた。

ところが今日は、身売りする鈴音を看過できなかった。紫野と同じ年頃の娘が、目の前で不幸になる姿を、これ以上は見ていられない。悲哀に陥った娘は、紫野だけで沢山だ。

それから、重蔵に向き直って続けた。

「おめぇも、おめぇだでば。自分が金名子をしてら掘子の娘だべ？　親さ捨てられたからって、女郎に売り飛ばすなんて、非道だじゃ。それが、神の救いを誘引にする伴天連宗の遣り方かぁ？」

景信の剣幕に、誰もがぽかんと口を開けて絶句していた。景信の胸には、不憫な娘を救わんとする熱い血潮が込み上げている。

しばしの沈黙の後、苛立った口吻で声を上げたのは、鈴音だった。

「ねぇ、あんた、誰よ？　誰だか知らねぇども、口出ししねぇでけで。何も知らねぇくせに、善人ぶるんでねぇでば！」

「はぁぁ？　なしてす？」

景信は、鈴音の迷惑千万と言わんばかりの物腰に混乱した。ここは瞳を潤ませて、熱っぽく見つめ返すくらいの謝意があってもいいはずなのに、潤ませるどころか、刃のように鋭く睨み付けている。

「あだしが遊女になろうがなるまいが、あんたには、なんじょでもいいべ。上辺だけの同情なら、嘲笑されでらのと一緒だ。それとも、あだしが涙を流して、めそめそと身の上話でも始めると思った？」

「いやいやいや、おかしいべ。そこは、素直に『ありがとうございます』だべじゃ。俺は、おめぇを窮地から救おうとしてらんだぞ？」

景信は口をぱくぱくさせながら反駁した。口惜《くちお》しいことに、いつもなら淀みなく出てくる口説き文句も、今はまるで思い浮かばない。

「あだしは、助けてくれなんて一言も言ってねぇでば。だいだい、あだしが遊女にならねがったら、助けたことになるとでも思ってらの？　余所者のくせに、迷惑なんだよ！」

鈴音のけんもほろろな言葉に、とうとう景信の自負が音を立てて崩れた。声も出せない景信の肩に、重蔵の手がそっと載せられた。

「それから、おめぇ。さっきは女郎にほいほい売り飛ばすだなんて言ってらったども、おらが好き好んで鈴音をこの店さ売りに来たと思うか？」

涙目になりかけた景信に、重蔵はさらに追い打ちを掛けた。傷口に塩辛でも塗り込まれたように胸が痛い。

「え？　んだって、おめぇ、遊女になりてぇ娘っこ連れて来たって、さっき女将さ言ってらったっけじゃ」

「おらだって、鈴音にはさんざん言ったったんだ。間歩で〝ねこ流し〟でもするんだば、おめぇ一人分くれぇの食《く》い扶持《ぶち》はなんじょにかなるって。そもそも、伴天連宗では、身売りは法度とされてらもの」

すると、ふくれっ面で外方を向いていた鈴音が、堪りかねたように口を挟んだ。

「その話は、もういがえじゃ。あだしは、伴天連宗も大眼宗も、とにかくもう、全部が嫌になったでば」

「んだがら、伴天連宗と大眼宗は別物だっつーの。一緒にすんなでば！」

重蔵と鈴音の口振りから察するに、二人は対等に口を利く間柄のようだ。間違っても、金名子の立場を笠に着て、嫌がる鈴音を無理矢理に連れて来た様子ではない。

「とにかく、あだしは、自分でこの店で働くって決めたの。間歩さ戻って、チマチマねこ流しするくらいなら、綺麗な着物っこ着て、がっぽり稼ぐほうが性に合ってるのす」

つんと澄ました鈴音の横顔はしかし、どこか強がって見えた。

突然、女将が番台を叩いた音で、景信は我に返った。

「んだがら、おめだづ、いつまでここでくっちゃべってる気だぁ？　おらも忙しいふんで、話が纏まらねぇんだば、おととい来ぉ！」

女将に睨まれて、景信も重蔵も再び竦み上がった。ただ一人、鈴音だけは前に進み出て、深々と頭を下げた。

「女将さん、申し訳《おもさげ》ねぇ。なんじょにか、あだしを、ここで働かせてくなんせ。この余所者の横槍《よこやり》は、気にしねぇでけで。単なる格好付けだごった」

格好付け呼ばわりされた景信は、もはや惨め過ぎて、自嘲すら込み上げてくる。

「ふうん、おらほで働きてぇのは、まんつ分かったでば。せば、重蔵。鈴音は今日から、おらほが預かってもいいんだが？」

「あぁ、よろしく頼むでば。何かあれば、またおらさ言ってけで」

女将と重蔵は、まるで猫の子でも預けるようにあっさり取り決めを交わした。景信の胃の腑が、きゅうっと縮まって痛んだ。

「そんなら、俺が一番の客になるでば。少ねぐとも今日は、鈴音に誰の相手もさせねぇからな。女将、宿代はなんぼになる？」

番台に進み出た景信は、女将の正面に立ちはだかった。背後で、鈴音が息を飲む様子が伝わる。

「生憎《あいにく》だども、この娘は、まだ店には出さねぇよ。これから、おらが遊女としての手《て》解《ほど》きを、みっちり教え込むからな。おらの見込み違いでねぇば、鈴音はきっと、客をばんばん呼び込む上等な遊女になるごった」

女将は、鷲鼻に皺《しわ》を寄せて下卑た笑みを浮かべた。

「だいだい、初めて来た客に、下ろしたての上等な娘なんか充《あ》てがうと思うか？　初見だば、ほれ、その二人のどっちかにしろ」

女将は、再び大女と痩せぎす女を指差した。目が合うと二人は、不吉な笑みを返した。

「えーっと、せば俺は、違う店っこ探すべかなぁ……」

景信が番台から離れようと静かに片足を浮かせた時、大女の腕に、がっしり肩を掴まれた。

「なして帰るってぇ？　おめさん、随分といい男だもの、特別に二人で相手っこしてける。ゆっくりして行けばいがえじゃ。なはん？」

大女は、景信をぐいっと引き寄せると、羽交い絞めにして持ち上げた。痩せぎすの女が、景信の足を抱えている。

「えぇっ、嘘ぉ？　ちょっと待て！　おい、誰か、助けてけでー！」

景信が懸命に助けを求めても、豆助は助けるどころか、腹を抱えてゲラゲラ笑っていた。女将も重蔵も苦笑するだけで、手を差し伸べようともしない。唯一、鈴音だけは瞬きもせず景信をじっと見つめていた。

「ぎゃぁぁぁ、止めろぉ！　嫌《やんた》だぁぁぁ！」

鈴音の吸い込まれるような瞳を見つめながら、景信は、暗がりへと引きずり込まれていった。

二

翌朝、景信と豆助は、重蔵を訪ねた。重蔵の間歩で仕事を貰うためである。

「おはよがんす。なんじょだった？　昨夜はよく眠れたか？」

重蔵は、景信に曰《いわ》くありげな笑みを寄越した。目の奥では下劣な戯れが見え隠れしているのに、口元では笑いを噛み殺している。

「よく眠れるわけ、ねがえじゃ。悪夢だじゃ、悪夢。俺はもう、しばらくあの店には近付きたくねぇ」

景信は、女郎部屋に引きずり込まれそうになった昨夜の顛末を思い出した。隙を見て逃げ出さなければ、何をされていたか分からない。

「がははは！　とんだ目に遭わされたなぁ。まぁ、気にすんなって。旅籠の猛者さ可愛がられたと思って、早ぇぐ忘れるんだ」

重蔵が大口を開けて笑うと、含み笑いを堪えていた豆助も、とうとう吹き出した。

「猛者も猛者、しかも二人だじゃ。ま、望月殿は優男だふんで、わざと可愛がられてやったんだべ。屈強な猛者とは言え、女さ手荒な振舞は、しねぇ主義だもなはん？」

心にもない世辞を吐く豆助の目には、悪意が光っていた。だいたい、今まで散々オッサン呼ばわりしていたくせに、こういう時だけ敬称を付けてくる小賢《こざか》しさが腹立たしい。

景信は、豆助の頭を拳で強《したた》か殴りつけた。

「とにかく、おめだづ、仕事が欲しいんだべ？　おらほの間歩で働かせてやっがら、もう啀《いが》み合いは、やめるんだすて。ほれ、従いて来ぉ」

重蔵は早速、景信と豆助を西間歩へ案内した。

すっかり葉を落としたクヌギやコナラの木々の間を、三人は一列に並んで歩いた。時折、木の上からジェージェーと掠れた声で、カケスが鳴いている。

一度だけ、澄んだ美しい囀りが聞こえて、景信は顔を上げた。高水寺城を出立した日に見た、渡りをしない黒つぐみを思い出す。

だが、黒い羽に黄色い嘴の鳥など、どこにも見当たらなかった。不安な己の幻聴だろうか。望月家の守り神とされている黒つぐみ――。瑠璃色の囀りを耳に残したまま、景信は残雪の山道を登っていった。

昨夜のうちに降った雪は、未明には止《や》んで、一寸ばかり積もっていた。それでも、坂道はすでに大勢の足跡で踏み荒らされ、泥濘んでいた。

歩きながら、前を歩く重蔵に尋ねた。

「なぁ、俺たちが伴天連門徒でねぇがらって、おめさんの間歩で爪弾《つまはじ》きにされるこたぁ、ねぇべな?」

「伴天連門徒でも、門徒でねぐとも、おかし《ひょんた》な奴だば、爪弾きにされるごった。んだども、おらほの間歩には、伴天連門徒でねぇ奴もいっぺぇいるぞ。要はしっかり働けば、誰だって注目してくれるべじゃ」

「そんなら、伴天連門徒になると、貰えるモンが多いとか、広い部屋を割り当てられるとか、何か厚遇されるんだが?」

豆助が、いかにも子供っぽい口吻で不躾な問い掛けをした。しかし、重蔵は嫌な顔もせず淡々と答えた。

「そったな依怙《えこ》もしねぇでば。ただ、伴天連門徒になれば、神の慈愛に触れ心が救われる。皆で伝宇須《デウス》如来を崇め、心を一つにして祈りを捧《ささ》げれば、どんな罪人も波羅夷僧有《ハライソウ》という浄土さ召されるのす」

振り向いて教えを説く重蔵の顔は清々しく輝いて見えた。景信は、さらに問い掛けた。

「おめさんは、伴天連の洗礼《バプテスマ》を受けたんだが？」

「あぁ。おらは、一年前に伝道師《パーデレ》から洗礼《バプテスマ》を受けて、晴れて助手《イルマン》さなったたった」

「洗礼《バプテスマ》ってのは、誰でも簡単に受けられるもんなのか？　例えば、俺が伴天連門徒になるから洗礼《バプテスマ》してけろ、って頼めば、おめさんは二つ返事でしてくれるんだべが？」

景信が尋ねると、重蔵は半ば呆れた顔で首を振った。

「おらは、人を洗礼《バプテスマ》できる立場にねぇ。洗礼《バプテスマ》を与えることができるのは、伝道師《パーデレ》だけだ。それに、昨日今日で入信した輩が容易く受けられるほど、軽々しく行われるもんでねぇ。伴天連門徒として真に目覚めた者だけ、洗礼《バプテスマ》を待つことを許されるのす」

重蔵の話を聞いて、確信した。

紫野は白根金山で洗礼《バプテスマ》を受ける手筈となっていた。ただし、伴天連宗に傾倒もしていなければ、真に目覚めてもいなかったはずだ。

となると、洗礼《バプテスマ》を与えることのできる伝道師《パーデレ》は、紫野に偽の洗礼《バプテスマ》を与えるつもりだったに違いない。つまり、この伝道師《パーデレ》も紫野と同輩の黒脛巾組だと考えられる。

「俺も、おめさんの十字架を拾うまでは、伴天連宗さ関心なんてねがった。んだども、昨日から伴天連宗の話っこ聞いて、俺も段々と伴天連宗がなんじょな宗門なのか、気になってきた。その伝道師《パーデレ》とやらのお偉いさんから、有り難い説法を聞く機会はねがべが？」

景信は、取り繕いの虚偽を言って、重蔵の出方を窺った。白根金山に潜伏して、黒脛巾組の動きを探るには、伴天連門徒に成り済ましたほうが何かと都合が良さそうだ。

「おぉ、真にが？　おめぇがそう言うんだば、伝道師《パーデレ》もきっと喜ぶべ。やはり、おらの十字架を拾ってけだのも、神のお導きだごった。伝道師《パーデレ》にも、神さ導かれた輩が会いたがってらって伝えておくでば」

重蔵は細い目を見開いて、嬉しそうに破顔した。強面が少しばかり仏面に見えた。

草鞋《わらじ》がすっかり泥だらけになった頃、山肌の顕わになった箇所に、坑木《こうぼく》で四角く囲われた坑《こう》口《ぐち》が見えた。坑口には、大きな錠前の付いた格子戸まである。

「おう、おはよう。今日は一段と寒いなはん」

開け放たれた格子戸を潜って、重蔵は掘子たちに声を掛けた。入口近くにいた数人の掘子が、振り返って挨拶を返す。

「親方、おはようがんす。あとで少し《べっこ》見て欲しい間歩があるんだ」

「何だ？　なんじょした？」

親方と呼ばれた重蔵は、嫌な顔もせず掘子の話に耳を傾けた。

「実は昨夜、五番間歩から水っこ出はったんだども、大した量でねがったし、一晩ほど様子を見てらったのす。したっけば今朝、明らかに昨日よりも水っこが増えてらった。隣の三番と四番の間歩にも、少しずつ水っこ入ってきてらっけ」

「あいや、本当にが？　五番間歩は、一番高い処《ところ》さある間歩だふんで、放っておけば他の間歩さも、どんどん水っこ流れて行く。わがねぇじゃ」

重蔵の横顔が、俄に険しくなった。さっきまでの穏やかな口吻とは打って変わって、金名子としての気迫に満ちている。

「せば、誰かすぐに寸甫《すんぽ》（測量師）を呼べ。四方矩《しほうのかね》（傾斜器）と羅盤も持って来ぉ、ってな」

重蔵が声を張り上げると、すぐに掘子の一人が駆けていった。

「おう、おめだづ。早速、仕事だじゃ。おらさ従いて来ぉ」

重蔵は景信と豆助に声を掛けた。痣に囲まれた右目が、鋭い光を放っている。間歩に一歩でも入れば、親方と金掘という主従なのだろう。

景信と豆助は、重蔵の後に続いて、一人がやっと通れるほどの間歩に足を踏み入れた。

足元の悪い暗闇を、松明を持った掘子と重蔵は、ずんずん奥へと進んで行った。

間盗役の景信と豆助ですら置き去りにされかねない速さで、狭い間歩を擦り抜けていく。間歩の形から傾斜に至るまで、重蔵の頭の中に全て入っているとしか思えない。

やがて、松明の光に追い付いたかと思ったら、今度は足首まで水に浸《つ》かった。目を凝らせば、辺り一面に水が張っていた。

「これから、寸甫さ樋引《といびき》を作らせる。おめだづはそれまで、できるだけ水っこを外さ出せ。ありったけの桶《おけ》と請舟《うけぶね》を持って来ぉ。それに、誰か竜樋《りゅうひ》を探しに行け。おそらく、北間歩さあるごった。重蔵が貸してけろと言ってらって伝えろ。いいなはん？」

重蔵は集まった掘子たちに早口で捲し立てた。だが、景信と豆助には、何をどうするのか、皆目分からない。

「あと、この二人は新参だ。まずは手子《てご》だとか山留《やまどめ》といった仕事から教える気してらったども、今日はまんつ水貫《みずぬき》な。みっちり教え込んでやれ」

重蔵は、掘子たちに景信と豆助を引き合わせた。居合わせた五人ほどの掘子たちの目が、景信と豆助に集まった。

「えーと、まんつ、優しく頼むっちゃ」

景信が作り笑いを浮かべても、笑みを返す掘子はいなかった。それどころか、新参など歯牙にも掛けない様子で、わらわらと間歩を引き返していく。

景信と豆助は、掘子たちの後を追って、出口へ向かった。

「なぁなぁ、水貫って何す？　教ぇてけで」

子供っぽさをちらつかせながら、掘子の一人に尋ねたのは豆助だった。尋ねられた掘子は大儀そうに振り返る。

「水貫ってのは、間歩から水を抜くことだぁ。樋を作って水を外さ出すのが、樋引。んだども、樋引は作るのに日時が掛かる。んだから、その間に少しでも水貫しておくんだぁ」

「せば、竜樋ってのは、何す？　貸してもらうってことは、この山さ一つしかない希有《けう》な物なんだべか？」

「竜樋ってのは、九尺ほどの筒さ取っ手が付いた道具す。水上輪《みずあげわ》とも呼ぶんだっけ。筒の中が渦巻になってて、水っこを下から上さ汲《く》み上げるんだ」

竜樋という言葉も初めて聞いたが、水を下から上へ汲み上げる筒など、聞いた例がない。景信も、思わず話に割り込んだ。

「そったな道具、初めて聞いたじゃ。竜樋っつうのは、伴天連の持ち込んだ道具だべか？」

「んだぇ。伝道師様《パーデレ》が、初めてこの白根金山さ持ち込んだんだ。南蛮渡来の道具なんだすてよ」

　景信の問に、掘子は得意そうに答えた。口吻からすると、この掘子も伴天連門徒に違いない。

「そら、魂消たなはん。伝道師様《パーデレ》ってのは、いったい何者だぁ？　元々、この金山の人間だったわけでもねぇべ？　どっから来たったんだべ？」

「おらも聞いた話だども、伝道師様《パーデレ》はあちこちで伴天連宗を広めて歩き、その度に追われて、鉱山を転々としてらったそうだ。今から一年半くれぇ前に、この山さ逃れて来たった。以来、白根の伴天連門徒は伝道師様《パーデレ》を師として隆盛してきたったのす」

　伴天連宗の取り締まりが熾烈《しれつ》を極めていく中で、門徒たちが各地の鉱山に隠れ住むようになったのは、当然の成り行きであろう。南蛮渡来の技能と鉱山は、切っても切れない関係にある。

「せば、おらも、その威徳な伝道師様《パーデレ》さ早ぇぐ会いてぇなぁ。なんじょな御方なんだべ？」

　景信が呟くと、掘子は不思議そうな顔で首を傾げた。

「伝道師様《パーデレ》さ会うってぇ？　そら、無理だべ。伝道師様《パーデレ》さお目見えが許されるのは、助手《イルマン》だけだ。おらだって、伝道師様《パーデレ》のお姿なんか拝んだ例はねぇぞ」

掘子は早口で言い捨てると、同輩を追って足を速めた。景信と豆助は、所々に松明の点る暗い間歩で顔を見合わせた。

「おい、今の聞いたか？」

「ああ。伝道師《パーデレ》には助手《イルマン》しかお目見えが許されねぇなんて、重蔵は一言も言ってねがったじゃ」

掘子たちにすっかり放擲を食らった景信と豆助は、暗がりの中、声を潜めて囁き合った。

「あの重蔵って男、何か隠してらのかもしれねぇなはん」

豆助の呟きに、景信は不穏な響きを感じた。

「大眼宗といい、南蛮渡来の道具といい、この金山はどうも焦臭いことばかりだ。いいか、黒脛巾組の証拠を握るまで、俺だづの身元は、決して誰にも知られてはわがねぇぞ」

景信が囁くと、豆助は大きく頷いた。唯一の同輩が、胡乱な若輩者の豆助であることが、景信の大きな憂慮であるのだが。

先を行く豆助の背中を見ながら、またしても浅沼の蛇のような目を思い出していた。

紫野が鹿角に潜入した目論見を探ったところで、その先に更なる思惑があるならば、景信は真相を追い続けなければならない。春まで景信の顔を見なくて済むと言った浅沼の真意は、つまり「黒脛巾組の陰謀を全て暴くまで帰って来るな」ということなのだろう。

延々と続く暗闇を歩いていると、出口の見えない様相から抜け出せない惑乱に陥りそうだった。

三

間歩の水貫は、掘子や手子、山留などが徴集されて行われた。

ざっと見て五十人はいるだろうか。五番間歩の奥から出口まで一列に並んだ人々が、水の入った桶を次々に外へ手渡していく。

誰もが黙々と水貫に精を出す中、荷車に載せた請舟で、大量に水を外へ運び出す者もあった。

やがて、間歩の水が半分ほど取り除かれると、寸甫が何人も間歩に入っていった。手には、分銅の付いた三角の木枠や、目印の付いた半月状の盤を持っている。あれも南蛮渡来の規矩《きく》器だろうか。

「おい、見ろでば。あれが、さっき言ってらった竜樋でねってが？」

豆助が、景信に囁いた。振り返ると、二人がかりで九尺ほどの筒を運んでいた。取っ手を回すと、中の渦巻が回転して、水を汲み上げる仕組みなのだろう。

景信と豆助が、手を止めて周りの様子を窺っていると、背後から重蔵にどやされた。

「あいや、おめだづ邪魔だぁ！　どけ、どけ。水貫が済んだら、川さ行って、しばらくねこ流しでも手伝ってろ。ねこ流しだば、女子供でもできる仕事だふんで」

せわしなく間歩を走り回る重蔵は、もはや景信たちの相手などしていられないほど殺気立っていた。眉間に皺を寄せた形相は、金剛夜叉《こんごうやしゃ》のごとく憤怒に満ちている。

伴天連宗の教えを説く清々しい口吻とは打って変わって、新たな一面を見た気がした。

「ねこ流しって何だべ？　あのニャーニャーと可愛い《めんけぇ》生き物を、むざむざ殺生するってが？」

豆助がわざとらしくおかしな声を上げると、重蔵は大きく舌打ちをした。もはや、いちいち説明するのも腹立たしいと言いたげに、眉を吊り上げて肩で大きく息をしている。

「おい、お綱《つな》！　おめぇ、こいつらを、ねこ流しさ連れて行ってやれ。手足のように使いっ走りにして構わねぇぞ！」

重蔵が、傍を通りかかった娘を呼び止めた。綱と呼ばれた娘が、驚いた顔で景信と豆助を振り返る。

重蔵に「頼んだじゃ」と念を押されると、困惑《こんわく》しながらも頷いた。

「はいよ、分かりやんした。おらもちょうど今から、ねこ流しさ行くところだったのす」

綱は前歯を覗かせながら、人懐こい笑みを浮かべた。泥まみれの小袖から、浅黒い肌と細い手足が覗いている。

「せば、おらさ従いてきて。川さ案内するでば」

先に立って山を下る綱の足取りは、栗鼠《りす》のように軽やかだった。近道なのだろうか、迷いもなく熊笹を掻き分けて、新雪の積もる獣道を下っていく。

藪椿《やぶつばき》の先で、雪の解けた泥道に出た。悪路に足を滑らせまいと、綱の足運びが少し慎重になった。

「なぁ、お嬢ちゃん。あんた、重蔵の間歩の子かぁ？　重蔵はいっつもあんなにおっかねぇんだが？」

景信が尋ねると、綱は、足を止めて振り返った。

「親方は、いつもは優しい人だじゃ。んだども、間歩のこととなると、あったに怒《ごしゃい》ったり喚《わめ》き散らしたりするな。今日はまだ、手が出てねぇだけマシだじゃ」

飄々と語る綱は、首を傾げて「なして？」と続けた。

「いや、な。俺らが昨日、旅籠で会ったった時は、たんだ穏やかで、切々《せつせつ》と伴天連の教えを説くような哀れみ深い奴だったのす。んだども、間歩さ入った途端、人が変わったように気性が荒くなってす。少ねぐとも、間歩さ入る前は、あったに声を荒らげる奴だとは、思わねがったなはん」

「親方も悪気があるわけでねぇのす。きっと、間歩の采配では、他の金名子さ負けたくねぇんだべな。間歩にとって、水は大敵だもの。ちょっと荒っぽい言い方になってらだけだべ。おらだづは、いつものことなんで、なんも気にしてねぇよ」

綱は、ゆっくり足を進めながら答えた。風聞を憚ってというよりは、本心から重蔵を慕っているように聞こえる。

「重蔵は、昔からずっとこの山さいるのか？」

綱の後に続きながら、景信はできるだけ訝られないよう、抑揚のない声で尋ねた。

「いんや、ずっと昔からいたわけでねぇっけ。一年か二年前に伴天連宗の弾圧から逃れて、この山さ来たったようだ」

「するってぇと、俺だづみてぇな流れ者だったんだなはん」

重蔵のがっしりした体形を思い浮かべた。あるいは、他の山で掘子の覚えでもあったのだろうか。

「なぁなぁ、金名子ってのは、掘子の親方なんだべ？　ぽっとやって来た奴が、そったに早ぇぐ金名子さ、なれるんだが？」

豆助が、岩を跨《また》ぎながら尋ねた。「うーん」と首を捻った綱は、少し考える間を置いて口を開いた。

「おそらぐ、山師様さ気に入られたんでねがべが。親方は伴天連門徒だふんで、南蛮渡来の金掘術を知ってらんだっけ。前にいた山でも金鉱を掘り当てて、運上金をうんと押し上げたらしいじゃ」

「へぇ、白根金山の山師様は、伴天連門徒も喜んで迎え入れるんだなはん。伴天連が法度とされでらご時世に、珍しいじゃ」

豆助の冷やかし半分な言い方に、綱は少し拗ねたように口を尖らせた。

「山師様は、伴天連門徒さ肩入れしてるつもりはねぇども、南蛮渡来の金掘術や医術さ関心があるんだべ。現に、山師様は伴天連門徒でねがっけ」

喋りすぎたと思ったのか、綱は口を噤《つぐ》んで歩みを速めた。景信が慌てて取り繕う。

「お綱は若ぇのに物知りだなはん。きっと頭がいいんだべな。いろいろ教えてけで、ありがとうな。俺だつ、新参で何も知らねぇから、助かるじゃ」

景信が優しく微笑みかけると、綱は横目でちらっとこちらを見て、口の中で何かをモゴモゴ呟いた。照れている胸中を、素直に表したくないのだろう。

小柄だが、しっかりした口吻の綱は、年の頃で十四、五くらいだろうか。昨夜、旅籠で会った鈴音と、同じ年頃かもしれない。

鈴音の吸い込まれるような黒い瞳を思い出して、景信の胸の奥がチクリと痛んだ。

同じ年頃の綱はねこ流しに精を出し、かたや鈴音は自ら望んで遊女になろうとしている。口では強がっていたが、鈴音は本心から遊女になることを望んでいるのだろうか。

「なぁなぁ、お綱。もし知ってたら、もう一つ教えてけろじゃ。おめさん、鈴音って娘を知ってらべか？」

景信が鈴音の名前を出すと、綱は弾かれたように振り返った。この娘は、嘘が吐けない性分らしい。

「鈴音は、おらの同朋《どうぼう》だぁ。いんや、同朋っつうより、姉さんみてぇな人だべか。それより、おめさん、なして鈴音を知ってらって？」

「俺らな、昨夜、白根千軒の旅籠で鈴音さ会ったったのす。何でも、遊女にしてけろって、旅籠の女将さ頼み込んでらった」

景信の話を聞いて、綱の八の字眉は見る見る下がり、今にも泣き出しそうな顔になった。

「鈴音は何て言ってらった？　悲しんでねがったべが？」

「自分には、金山でちまちま、ねこ流しなんかするより、綺麗な着物っこ着て一気に稼ぐほうが性に合ってら、とか何とか言ってらったな。俺だって、若い身空で身売りなんて止めろって言ったんだじゃ。んだども、いっこ聞かねがった」

景信の頭に、鈴音の声が蘇る。凛とした迷いのない声が胸を締め付けた。

「鈴音は、何も遊女になんて、ならねぐてもいがったんだ」

俯き加減の綱が、消え入りそうな声で呟いた。

「鈴音の親父は、大眼宗の大導師さ心酔してこの山を出はって行ったと聞いた。鈴音の身内は、親父だけだったのか？」

「いんや、この山さ来たった時は、鈴音と親父の他に、姉貴がいだった。んだども、すぐに姿が見えねぐなってす。どうも、姉貴は山を下りて、余所の町で奉公さ出たまま戻らねぐなったみてぇだ」

「だったら、なおさら酷ぇ話だ。残された娘をたった一人で置き去りにするなんて、前からとんでもねぇ親父だったんだべか？」

景信が尋ねると、綱は大きく首を振った。

「鈴音の親父は働き者で、娘思いだったじゃ。大眼宗に傾倒するようには、見えねがったのに」

「この間歩では、他にも大眼宗さ従いていった者がいるのか？」

「そったな奴、いねぇでば。おらほの間歩に伴天連門徒はいても、大眼門徒なんておっかねぇ奴、絶対にいねぇ」

　綱は顔の前で手を大きく振り、慌てて打ち消した。大眼宗を、心底から恐れているのだろう。

「お綱は掘子に紛れて白根金山で大眼宗を広めてらった大導師とやらを、見たことがあるか？」

「知らねぇ、知らねぇ。んだがら、おら、そったにおっかねぇ奴、見たこともねぇ。聞いた話だば、余所の間歩の掘子だったずおん」

　青くなった綱は、逃げるように足を速めた。やはり、女子供にとって、大眼宗の大導師など大それた話は、魑魅魍魎《ちみもうりょう》のごとく恐ろしく、口にするのも躊躇われるのだろう。

「そんなら、俺には、ますます分からねぇ。誰も見たこともねぇ大眼宗の大導師とやらに、娘思いで実直な鈴音の親父は、なして従いて行ったんだべ。それに、今までずっと掘子の娘だった鈴音が、今さら、ねこ流しが性に合わねぇから遊女になるなんて、滅裂だじゃ」

　景信が背中に声を掛けると、綱の足はみるみる鈍り、やがて大きく肩を震わせた。

「そったな話っこ、強がりに決まってらべじゃ。鈴音は自分が間歩さいたら、おらや他の同朋さ面倒が降り掛かると思ったんだべ。んだがら、山を下りて白根千軒で遊女になろうとしてらんだ」

　綱の話を聞いた景信は、頭を殴られた思いでいた。

　不憫だから遊女になるなとか、窮地を救ってやろうだとか、思い上がっていた自分が、いかにも軽薄で情けない。全てを覚悟の上で鈴音は遊女になると決心していたのに。

「お綱、頼む。その話っこ、俺さもっと教えてけねべが？」

綱の震える肩に手を置いた。振り返った綱の瞳から、ぽたぽたと涙が零《こぼ》れ落ちた。

「鈴音がなんじょに言おうと、親父が大眼門徒だば、娘も大眼門徒だべって、みんな悪口を言ってらっけ。そのうち、西間歩では大眼門徒を匿ってらとか、眼の紋っこが入ったメダイを隠し持ってらとか、ありもしねぇ流言が飛び交うようになってす」

「んだがら、鈴音は西間歩を去るって決めたんだな」

景信が低い声で呟くと、綱は嗚咽を漏らしながら大きく頷いた。

「おらは止めろって言ったったんだ。山を下りねぐても、流言が落ち着くまで、みんなで匿ってすけるって。んだども、鈴音は聞かねがった。旅籠で客の相手をしていれば、いつか大眼宗さ繋《つな》がる話を耳にできるかもしれねぇって」

「鈴音は大眼宗を調べる気なのか？　大眼宗とも親父とも、もう関わりたくねぇ、って言ってらったのに」

「それも方便だごった。本当は親父は自分を捨てたんでねぐて、大眼宗さ連れ去られたんでねぇかって、どっかで疑ってらんだべ」

綱の頰を涙が幾筋も伝って、泥だらけの小袖を濡らした。

景信の胸に、熱い塊が込み上げる。自分でもどうかしていると思うほど、鈴音を救いたい衝動に駆られた。

「よし、お綱。おめぇの想いは、よく分かった。せば、俺が鈴音を旅籠から連れ出してやるから、もう泣くな」

景信が綱の頭を軽く撫でると、綱は物怪《もののけ》でも見るような目で顔を上げた。

「おめさん、正気かぁ？　昨日今日、この山さ来たった余所者が、そったなこと、できるわけ、ねがえじゃ」

「俺もなぁ、鈴音は遊女になんか、ならねぐてもいいと思ってらった。いっそ俺を信じて、旅籠から逃げ出してけろって、頼み込んでみるでば」

半ば本心のつもりで呟くと、綱は怒ったような顔つきで景信の手を払《はら》い除《の》け、声を荒らげた。

「おらだづを、馬鹿にしてらんだが？　できもしねぇこと、軽々しく口にするでねぇでば！」

背を向けた綱は、泥を撥《は》ね上げながら、坂を駆け下りていった。怒りを纏った背中が、見る見る小さくなっていく。

「できもしねぇことなんぞ、俺は言ったつもり、ねぇんだどもなぁ」

綱の背中を見送った景信は、白い息を吐きながら呟いた。

「おいおい、オッサン。まさか、余計ないざこざさ、首を突っ込む気でねぇべな？」

隣に立つ豆助が、渋面で景信を見上げている。

「天涯孤独な娘を助ける所業の、何が余計ないざこざだってぇ？」

「おらだづの御役目は、黒脛巾組が鹿角郡で何を画策してらのか、調べることだぁ。たかが娘っこ一人の身売りに、いちいち肩入れしてら暇は、ねぇんだぞ」

　豆助の探るような目付きに耐えられず、景信は目を逸らした。

「分かってらでば。ただ俺は、鈴音の親父が追いかけて行った、大眼宗の厳中って野郎が気になるんだ。そんだけ騒動を起こしてら宗門なのに、誰も詳しく知らねぇなんて、おかしいと思わねぇか？」

「重蔵が言うには大眼宗は伴天連宗とは別物で、崇める神も禁忌も違うんだべ。ただ、伴天連門徒でねぇ者からしたら、どちらも同じ邪教で、弾圧される門徒として一絡げに考えるじゃ」

「大眼宗にしても伴天連宗にしても、南部領内の金山で蔓延《はびこ》ってらのは、御屋形様にとって頭の痛ぇ話に違いねぇ。御公儀の耳さ入ったら、なんじょな難癖を付けられるか分からねぇでば」

　景信が小声で囁くと、豆助は、目を剥いて口をへの字に曲げた。

「まさか、改易や減封なんて沙汰も……」

「場合によっては、あり得る。現に、伴天連門徒だった領主たちは、徳川様の沙汰により、次々と改易や切腹、国外退去を命じられたっけじゃ。当世では、怪しき宗門を放任することは、命取りになりかねねぇんだ」

　景信と豆助の間に、重苦しい沈黙が流れた。

　白根金山に伴天連宗のみならず大眼宗なる邪教まで蔓延《まんえん》しているなど、推量の外であった。

その実情だけでも、早急に浅沼へ知らせる必要がある。

「んだがらって、鈴音を旅籠から連れ出していいっつう道理には、ならねぇぞ」

豆助が、訝しげに目を細めて景信を諌《いさ》めた。

「あぁ、うるせぇ。分かってらでば！　いいから、ほれ。俺だづも、ねこ流しさ行くぞ！」

豆助の追及を適当にはぐらかした景信は、泥濘を踏んだ綱の足跡を追って、坂道を足早に下った。

四

綱の足跡は、獣道を真っ直ぐ駆け下りて、河原へと続いていた。ケヤキの木々が途切れた先から、光が差している。

足跡を追って河原に出た景信の目に、水面の煌《きら》めきが映った。見れば、十間ほどの幅の浅い川が、切り立った崖の下を流れていた。

河原の近くは、五寸ほどの深さの澄んだ水が穏やかに流れていて、川底の黒い石がよく見えた。奥の崖側も膝上ほどの水深で、流れも緩やかだ。大人ならば、易々《やすやす》と渡河できる川に見えた。

砂利の河原には、二、三十人が各々に作業をしていた。寒空の下、誰もが袖を捲《まく》って、川で砂金を掬《すく》っているようだ。

「おぉい、お綱。待ってけろ。置いて行くなでば」

綱の姿を見つけた景信は、徐に歩み寄った。だが、綱は強ばった顔で一瞥《いちべつ》しただけだった。

「ねこ流しってのは、砂金を浚《さら》う作業だべ？　俺さも教えてけろ」

景信は何事もなかったかのように、親しみを込めた口吻で続けた。すると、振り返った綱は、突き放すような鋭い目で睨み付けた。

「おらは、おめだづをねこ流しさ連れて行けって、言われただけだぁ。親方は、ねこ流しの遣り方まで教えろとは言ってねぇもの。後は知らねぇじゃ」

つんと顔を背けた綱は、笊《ざる》のようなものを手に取って川縁《かわべり》へ向かって行った。

景信も綱の後を追いかけて、不意に腕を掴まれた。見れば、豆助が神妙な面持ちで首を小さく振っている。

「もう、お綱を追うのは止めるんだすて。オッサンは今、鈴音のことしか頭にねぐて、周りが見えねぐなってらんだべ」

「うるせぇなぁ。童子《わらし》のくせに、知った口を利くんでねぇでば。おめぇに、紫野を救えねがった俺の気持ちが分かるか。これ以上、不憫な娘を見殺しにしたくねぇんだよ」

景信が腕を振り払うと、さすがの豆助も眉間に皺を寄せて、苛立ちを顕わにした。

「せば、オッサンは、なんじょして鈴音を旅籠から救い出すつもりだってぇ？　鬼婆《おにばば》みてぇな女将の目を盗んで、鈴音を連れ出すつもりかぁ？　だいたい、鈴音が好きで遊女になったんだべ？　旅籠を抜け出すよう言ったところで、嫌だと言われるのは、火を見るより明らかだべじゃ」

豆助に問い詰められた景信は、喉の奥をぐうっと鳴らして、言葉に詰まった。確かに、声色を遣えば、旅籠の女将の気を逸らすぐらいはできるかもしれない。

だが、当の鈴音に逃げ出す意がなければ、いかに女将の耳目を騙そうと、詮無きこと。景信の単なる独り善がりでしかない。

「鈴音を旅籠から連れ出して、どこさ連れて行くってぇ？　鈴音はもう、西間歩さ戻られねぇべ。女将さ黙って旅籠から逃げ出したなんて聞いたら、重蔵が黙ってらはずねぇもの」

「分がってらでば。んだども、さっきお綱が言ってらったべ。鈴音の親父は大眼宗さ傾倒してらようには見えねがった、って。それに、鈴音自身も、親父が自ら望んで大眼宗さ従いて行ったんでねぐて、何か子細があったかもしれない、って思ってらんだ。遊女になる決意も、大眼宗について詳しく知るためだべ」

景信が熱を込めて言い返すと、豆助は不服そうに下唇を突き出した。

「鈴音、鈴音って、オッサンの頭の中は、あの娘ばっかりだじゃ。女将が言ってらった、鈴音は男を虜にする才覚があるって話も、あながち嘘でねぇなはん」

鼻で嗤《わら》う豆助の振舞に、景信も黙っていられない。肩がぶつかる間合いまで近付いて、目から火花が出るほど睨み付けた。

「何だとぉ？　さっきから黙って聞いてれば、不貞不貞しいこと抜かしやがって。おめぇは、童子《わらし》のくせに、余計な一言が多いんだよ。その減らず口さ襤褸《ぼろ》草履っこ詰め込んで、二度と利けねぐしてやるでば」

「何や、やるかぁ？　こっちこそ、今度は加減しねぇからな。その腑抜けた頭かち割って、薄っぺれぇ中身を引っ張り出してやるでば」

真っ赤な舌を出した豆助の、人を虚仮にしたような目付きが心底憎たらしい。その衿元《えりもと》を両手で摑んで、体ごと持ち上げようとした。

が、豆助は外側から両腕を絡めて、景信の腕を振り解いた。さらに、そのまま腕を取り、景信を後ろ手にねじ伏せようとしてきた。

咄嗟に豆助の後膝を蹴った景信は、体勢を崩した豆助の髻《たぶさ》をむんずと摑んだ。それでも抵抗を止めない豆助は、景信の股間を蹴り上げた。

「いつつつでぇー！」と絶叫した景信の声が、河原に響き渡った。

「あいや、おめだづ！　騒ぎを起こすんだば、どっかさ行ってろ！」

股間を押さえて蹲《うずくま》る景信の頭上から、綱の声が降ってきた。顔を上げると、渋面の綱が仁王立ちしている。

見れば、誰もがねこ流しの手を止めて、怪訝そうにこちらを振り返っていた。凍えるように冷たい一陣の風が、河原を通り抜ける。

「よぉ、お綱。やっぱり戻ってきてけだな。あー、痛ぇ痛ぇ」

股間を押さえて立ち上がった景信は、綱に向けて無理やり笑みを作った。綱の眉間の皺が、苛立ちから諦めに変わったように見えた。

それから、頭を掻いた綱は、観念したように大きく息を吐いた。

「そこでギャーギャー騒がれても困るふんで、おらさ従いて来ぉ。本気でねこ流しをするつもりがあれば、だども」

　背を向けた綱は、川に向かって歩き出した。景信と豆助も、慌てて後を追う。

　川縁に着いた綱は、四角い笊のようなものを手に取って、揺すって見せた。笊の中には、石や土が入っている。

「こごさ運ばれてくるのは、間歩を掘った時に削られた、細けぇ石や砂だぁ。間歩で掘られた大きい鉑石《はくせき》は買石《かいし》さ回すども、カスみてぇな小石や砂は、集めてこごさ持って来る。ほんで、この〝ねこだ〟に載せて水ん中で汰《ゆ》ると、砂金が残るんだ。ま、まんつ少ししか残らねぇどもな」

　腰を屈めた綱は、川の水にねこだを浸して、軽く汰った。綱の持っているねこだは、板に筵《むしろ》を張ったもので、大きさはだいたい二尺四方だろうか。

　ねこだを覗き込むと、筵にいくつか小石が引っかかっていた。綱は、筵をじっと見ながら、一つ二つと小石を除いて、一分のさらに半分にも満たないほどの光る欠片《かけら》を抓《つま》み上げた。

「ほれ、これが金す。こったに細けぇのが筵さいくつも残るふんで、全部を抓み取って壺《つぼ》さ入れるんだ。せば、おめだづもやってみろ」

　綱に差し出されるまま、ねこだを手にした景信と豆助は、見よう見まねで砂を載せ、川縁に近付いた。

　ねこだを手に持って水に浸すと、手の皮が千切れるように冷たい。

「ひぇっ、冷《ひゃっけ》てぇ！　手が凍りそうだぁ」

　豆助が裏返った声で悲鳴を上げた。景信もまさに今、喉元まで出かかった所感だ。

「なーに、まだ始めたばっかりで弱音を吐くのは早ぇでば。それに、だんだん慣れてくれば、川の水っこのほうが温かく感じるっけ」

　綱はケラケラと声を上げて笑った。見れば、綱の手には無数の皹《あかぎれ》ができている。

「お綱は、この仕事が辛《つら》くねぇのが？」

　景信が尋ねると、綱は栗鼠のように澄んだ目で見つめ返した。

「なんも、辛くねぇよ。確かに、冬は水っこ冷てぇども、寒ぃのはみんな一緒だべ。それに、ここではちゃんと働けば、女でも扶持っこ貰えるのす」

「それは、重蔵の計らいか？」

「んだえ。親方は、伴天連の教えに倣い、女子供さも仕事を与えて、働きに見合った扶持をけるんだぁ。金鉱ってぇのは、神様が与えてくだすったお恵みだふんで、一人でも多くの伴天連門徒さ分け与えるのが、助手《イルマン》の務めなんだすて」

　伴天連宗の教えについて語る綱の瞳は、どこか恍惚として微かに潤んでいた。重蔵が伴天連宗を語る時の目と、よく似ている。

「そんなら、ねこ流しってのは、こんな真冬でも続けるのか？」

「当たり前だべじゃ。冬だからって休んでらったら、なんじょにして食い扶持を繋ぐってぇ？まぁ、あんまり雪がひでぇ日には、さすがにやらねぇどもな。それに今は冬だふんで、崖を削って切流《きりながし》なんかもやらねぇよ」

綱は、対岸の崖を指差した。景信は、崖に目を遣りながら、さらに尋ねた。

「切流って、何だべ？」

「あそこの崖っこ見てみろ。引っ掻いたような跡が、いっぺぇあんべ？　鶴嘴《つるはし》や唐鍬《とうが》であの崖っこを削って、下さ落ちた土を掬って汰るのす。腰まで水さ浸かるんで、さすがに冬にやったら死んじまう」

「なるほどなぁ。冬に川さ腰まで浸かったら、水牢《みずろう》みてぇだもんな」

横から不遜な口を挟んだのは、豆助だった。途端に綱の顔色が見る見る曇っていく。

「おめぇは、また余計な減らず口を叩きやがって。本当に草履っこ食わせるぞ」

景信は、豆助の脇腹を小突いて、小声で囁いた。

水牢とは、腰から下を水に漬けたままにする刑である。伴天連門徒を見せしめに拷問する際に、たびたび用いられている。

奥南蛮国の大導師カルヴァリョが、昨年、仙台城下の広瀬《ひろせ》川にて水牢の刑に処された一件は、伊達領のみに留まらず、近隣国にも広く知られた騒動だ。

「あぁ？　何や？　おらがいつ、余計な減らず口を叩いたって？」

「んだがら、ここで水牢の話は止めろでば。伴天連門徒にとって、水牢だとか、火刑だとか、棄教《転ぶ》とか、聞きたくもねぇ禁句だべじゃ」

言ってからはたと気が付いた。禁句をこれでもかと並べ立てているのは、他でもない自分である。

気付いた時には後の祭りだった。綱のつり上がった目が、射るように景信を睨んでいる。さらに、ねこ流しをしていた手子たちからも殺気に近い怒りを感じた。

「オッサンこそ、口さ草履っこ突っ込んでろでば。なんぼおらでも、そったに酷ぇことは言わねえぞ」

終《しま》いには、天邪鬼の化身のような豆助にまで酷いと言われる始末。景信は、間歩があったら頭から入りたい気分だった。

「お、申し訳《おもさげ》ねぇ。俺の口が悪かった。草履っこ、探して来ますぅ……」

頭を抱えてその場を離れた景信は、河原の隅で地面に手を突いて落ち込んだ。今は、何をどう言おうと、分が悪くなるだけだ。このままほとぼりが冷めるまで、海よりも深く猛省するしかあるまい。

不意に、景信の耳に、石と鋼のぶつかり合う音が聞こえた。振り返ると、崖下に高さ一丈ほどの浅い横穴があり、誰かが中で座っていた。

景信は、導かれるように横穴へ近付いた。この横穴は、今の自分が逃げ込むために用意されたとしか思えなかった。

中を覗くと、崖下に隠れるようにして、一人の男が石を鏨《たがね》で砕いていた。

男は半身が動かないのか、左手で摑んだ鏨を、左足で押さえた石に一心不乱に振り下ろしている。男の右手も右足も、だらりと力なく投げ出されて、少しも動く様子はなかった。

声を掛けるべきかどうか迷っていると、男の手元が狂い鏨が石を弾き飛ばした。見えない糸に引かれるように、景信の目の前に石が転がってきた。

「おめさんも、ねこ流しを手伝ってらのが？　なして、こったに薄暗ぇ所で、一人コソコソ石っこ砕いてらってぇ？」

石を拾い上げた景信は、男にゆっくり近付いた。男は胡乱な眼差しで景信を見上げ、顔を強ばらせている。

「あんた、誰だぁ？　おらさ何の用す？」

男の発する言葉は、どこか舌がもつれたような物言いで、聞き取りにくい。景信は、拾った石を男の足元に置いてやった。

「俺は、ノブ。昨日からこの山さ来たった新参だぁ。重蔵の間歩で働くことになったんだども、今日は水貫で忙しいみてぇで、ねこ流しを手伝えって言われたったのす。よろしくなはん」

敵意のない証として、男に微笑みかけた。だが、男はどこまでも冷淡で、礼も言わずに渡された石を再び砕き始めた。

「これは今、何をしてらのす？　こったに暗い所でねぐて、もっと開けた所で、みんなと一緒に作業したらいがえじゃ」

不躾な問い掛けに、男は、苛立ったような声で答えた。

「見ての通り、おらは体の右半分が動かねぇんだ。んだがら、石っこ砕くしか、能がねぇのす。ここだば、誰さも気を遣わず、面倒も掛けねぐて済む」

近くで見ると、思いの外、男は若かった。もしかすると、景信と同じ年頃かもしれない。

だが、何かを諦めたような虚《うつ》ろな目が、男の顔から生気を奪っていた。

「俺は新参だふんで、この山の実情は、よく分からねぇ。んだども、伴天連門徒の多いこの山は、慈悲深ぇ者が多いはずだじゃ。特に重蔵の下で働く者だづは、おめさんみてぇな弱者を邪険に扱ったりしねぇと思うんだども」

「そったな道理、言われねぐとも分かってら。親方は、おらだづのような弱ぇ者さも分け隔てなく仕事を与えて、扶持を恵んでける。んだがら、おらは未だにこうして生きていられるんだ。それが僥倖《ぎょうこう》か苦行か、どっちだか分からねぇどもな」

石に鏨を振り下ろす音で、語尾が掻き消された。男は、石を粉砕することで、自らの葛藤を紛らわせているのだろうか。

ここで下手な哀れみを見せても、空言でしかないだろう。景信は、思い切って男の横に腰を下ろした。

「せば、俺に石の砕き方を教えてけろ。河原のねこ流しには、しばらく入れそうにねぇんだわ。えーと、おめさんの名は？」

「おらは、勘三郎だ。ノブって言ったなぁ。あんたが何を考えてるか知らねぇが、おらさ構ったって、何の利にもならねぇぞ」

どこまでも頑なな勘三郎の隣で、景信は薄く笑みを浮かべた。適当に選んだ石に鏨を当てて、見よう見まねで砕いてみる。石は、歪《いびつ》な形に割れた。

「あぁ、わがね、わがね。力の入れ方が拙《まず》いんだ。まずは、石の筋を見極めねば」

勘三郎が鏨を入れると、石はほぼ真っ二つに割れた。片手片足で器用に石を割る様が、板に付いている。いつから右半身が動かなくなったか知らないが、一朝一夕で為せる芸当ではない。

「おめさんは、石の筋が読めるのが？　石工みてぇな通力があるんだなはん」

「石工ではねぇども、石垣は毎日、拝んでらったふんで」

言ってから勘三郎は、余計な口を利いたと思ったのか、すぐに口を噤んで作業に没頭した。

だが、景信は勘三郎の挙動に隠匿の意を感じ取った。これは、間盗役としての勘である。

「石垣って、どこの石垣す？　この辺だば、鹿角城だべか？」

「もう、いがべ。おらも、どこだったかよく覚えてねぇ」

支離滅裂な言い分が、いよいよ怪しい。景信は、さらに続けた。

「あと、こっから山一つ越えた隣国に、横手城があんべ？　おめさん、横手さ行ったことはあるが？」

横手と聞いた途端、勘三郎の手がぶるぶると瘧《おこり》のように震えた。見開かれた目は焦点を失い、顔色が見る見る蒼白《そうはく》になった。

「お、おらは、横手なんか、知らねぇ。横手城なんか、よこ、よ、横手城なんか」

口角に泡を溜めて呪詛《じゅそ》のように呟く勘三郎は、次第に声を荒らげて頭を掻き毟《むし》った。

「あぁぁぁ！　あんた、誰かさ聞いたんだべ！　新参の振りして、おらの出自を探りに来たんだな！」

「じゃじゃじゃ、なんじょした？　落ち着け、落ち着けでば」

景信は、驚いた素振りを見せながら、内心では快哉《かいさい》を叫んでいた。

この勘三郎という男、横手城と無関係ではあるまい。厳中へと繋がる糸口を、奇遇にも見つけた思いがした。

「おめさんは、横手城さいだったのが？　厳中を、大眼宗を知ってらが？」

「ひぃぃぃ！　止めろぉ！　その名を口にするな！」

勘三郎は、恐怖に慄《おのの》くように、目を血走らせて景信を睨み付けた。肩で大きく息をして、今にも噛み付きそうな形相だ。

「厳中について知ってらんだば、俺さ教えてけろ。おめさんは、横手城が大眼宗さ襲われた日、城内さいだったのか？」

「黙れ、黙れぇ！　おらは、何も知らねぇ！　何も見てねぇ！」

とうとう勘三郎は、景信に殴りかかってきた。景信からすると、蠅《はえ》の止まるような動きだ。

景信は、型どおりの動きで、勘三郎を後ろ手に捕らえた。痛めつける気はないので、力は加減している。

「俺は、おめさんさ危害を加える気はねぇ。ただ、厳中について知ってらんだば、話してもらいてぇだけだ」

「嫌《やんた》だ、嫌《やんた》だ。おらは、あったに恐ろしい話、思い出したくねぇ」

子供のように首を横に振る勘三郎の耳元で、景信は冷たく囁いた。

「せば、多少は痛ぇ目に遭っても仕方がねぇな。まずは、使い物にならねぇ右手から、やるか」

言うなり景信は、勘三郎の右手の甲に、手にしていた鏨を当てがった。勘三郎の細い悲鳴が上がる。

「今から十数える。その間におめぇの見聞きした出来事を話してくれねぇんだば、この右手さ風穴が空くぞ」

景信は、鏨を持つ手に力を込めた。鏨の先から、骨の軋《きし》む音が伝わる。勘三郎が、身を捩《よじ》って逃れようとしたが、無理だった。

「か、勘弁してけろ！　話す、話すでば！　おらの知ってら話っこ、何でも聞かせてやるふんで！」

景信が手の甲から鏨を離すと、血が滲んでいた。それでも、後ろ手に捕らえた腕は、放さない。

「案ずるな。喋り終えた後で、箝口なんてしねぇからよ。その代わり、嘘を吐いたら左手も失う羽目になると思え」

「う、嘘は吐かねぇ。その代わり、おらの話っこ、誰さも言わねぇでけろ。親方から、その話は他言するなと言われたったんだ」

重蔵が箝口していたと聞いて、景信は疑心を強めた。だが、重蔵に対する猜疑心を隠し、景信は努めて平静を装った。

「分かった。おめさんから聞いた話は、他の連中には、漏らさねぇと誓うでば」

景信が背後から囁くと、勘三郎の体は、一気に脱力した。

「白根金山さ来る前、おらは、横手城で馬方役を務めてらったんだ」

震える低い声で、勘三郎は、おずおずと話し始めた。

五

ねこ流しを終えると、日没を待たずに、一人また一人と、河原から去って行った。日が暮れると、足元から這うような寒さが込み上げてくる。

景信と豆助は、誰もいない沢の茂みに身を隠して、小声で話し始めた。

「せば、その勘三郎っつう男は、横手城で大眼宗さ襲われたんだな。して、勘三郎を襲った連中は、黒い脛当てを着けてらった、と」

景信の話を聞いた豆助は、興奮気味に鼻の穴を膨らませた。

「あぁ、そう言ってらったな。勘三郎は、その時に大眼宗の連中に頭を割られて、深手を負ったそうだ。自分でも、もう死んだと思ったったずおん」

「たまたま運良く死なねがったども、頭を打たれて五体満足でねぐなったんだな。よくある話だ」

「それで勘三郎は、体の右半分が、今もまったく動かねぇそうだ。んだども、話しぶりに疑わしいところはねがった。頭がおかしねぐなった末の、妄言でもなさそうだっけ」

景信の頭の中に、自らの不遇を嘆いた勘三郎の、苦悶《くもん》の表情が浮かんだ。哀れな青年は、思い出すのも苦痛な身の上話を、俄に現れた乱波《らっぱ》者に脅されて、息も絶え絶えに白状するしかなかった。

勘三郎を傷付けるつもりはなかったが、申し訳ないことをしたと思っている。願わくは、大眼宗に襲撃された件も、景信に脅された件も、どうか綺麗に忘れてもらいたい。

「勘三郎が、なして不遇の身になったかなんて、今はなんじょでもいい。とにかく、横手城を襲って、囚われの厳中を救い出した連中は、黒脛巾組だった、ってことだべ？」

豆助の声が大きくなったので、景信は慌てて手で制した。それから、低い声で囁いた。

「んだ。つまり、大眼宗には、黒脛巾組が絡んでら、って顛末だ」

一語一語を言い含めるように呟くと、豆助は大きく息を吐いて空を仰いだ。

「おいおい、話がとんでもねぇほうさ向かってらぞ。そうなると、大眼宗ってのは黒脛巾組が裏で操ってら宗門なんだべが？」

「そう考えて、間違いねぇべな。人間離れした動きをする乱波者どもが、横手城の兵を次々に倒し、厳中を城から逃がした。そう考えれば、辻褄《つじつま》が合うもの」

「何の辻褄す？」

黒目がちな丸い目を瞬かせて、豆助が尋ねた。

「大眼宗の話を聞いた時、おかしいと思ったったんだ。単なる邪宗の連中が、堅牢な横手城を破って、城内の敵兵を討ち負かした上に、本丸から大導師を奪い返すなんて、どう考えても無理だべじゃ。んだども、黒脛巾組が加勢してれば、話は別だ。城内に間者を忍び込ませ、夜討ちでもかければ、隙を突いて容易く厳中を奪取できるべな」

「もしかすっど、厳中も最初から捕まる気ぃして自ら横手城さ赴いたのかもな。大眼宗は、大導師を奪い返すためだば、領主にも牙を剥く危ねぇ連中だって、世の中さ知らしめるためにす」

豆助の推量に、景信の背中を冷たい汗が流れ落ちた。景信の中でずっと定まらなかった、陽炎《かげろう》のように茫漠《ぼうばく》とした疑念が、確信へ変わる。

「もしかすっど、でねぐて、十中八九そうだべな。さらに言えば、厳中はおそらく、黒脛巾組の中でも肝要な位地にある人物だべ」

「せば、その厳中が今はどこさいるか、だな。つい先日まで白根金山さいたんだべ？　誰か一人ぐれぇ、行き先を知ってら奴はいねぇべが」

豆助が、顎を摩りながら首を捻った。景信の頭の中で、淡い影が像を結ぶ。

「……鈴音」

口を衝いて出た名前に、豆助はあからさまに顔を顰めた。

「まーた、鈴音かよ。だいたい、あの娘が親父の行方を探してらんだべ？　むしろ厳中の居所を教えて欲しいのは、鈴音だべじゃ。それに、もしも何か知ってらったとしても、おらだづさ教えてけるかどうか、怪しいもんだ」

「それでも、鈴音さ聞いてみる意義はあるでば。何か些細な出来事でも、思い出すかもしれねぇべじゃ」

　鈴音に会う口実が欲しかった景信は、すぐにでも白根千軒へ向かいたい衝動に駆られた。だが豆助は、胡乱な目をしたまま首を縦には振らなかった。

「鈴音、鈴音って、気持ち悪ぃ野郎だなぁ。そもそも、鈴音は、あんたなんか歯牙にも掛けねがったべじゃ。聞きに行ったところで、しつこい男は、熊さ噛まれて死ねって言われるぞ」

「黙れ、この腐れ餓鬼！　だいたい、熊はもう冬眠してらがら、出はってこねぇんだよ！」

　景信は、唾を飛ばして怒鳴りつけた。が、豆助は、相変わらず蛙《かえる》の面に小便といった顔で、平然としている。

「それより、この件を浅沼様さ知らせねぐていがべが？」

　意外にも役目に忠実な豆助の言葉に、景信は面食らった。

「知らせるって言っても、なんじょして知らせるって？　盛岡さ頻繁に行き来する行商人でも探して、文を預けるってが？」

「それは、危ねぇべな。その行商人が黒脛巾組さ狙われる場合だってあるべし。そもそも、黒脛巾組の息の掛かってねぇ奴かどうかも、見分けが付かねぇ」

「んだえ？　浅沼様だって、春まで俺の顔を見ねぐて済む、って言ってらったもの。知らせがねぇからって、気にも留めねぇんだ」

自分を雪深い鹿角へ追いやった浅沼への、ささやかな抵抗だった。

そこへ、考えあぐねた様子の豆助が、耳を疑う言葉を口にした。

「せば、致し方あるめぇな。おらが浅沼様のところまで、一っ走り行ってくるべか」

「はぁ？　一っ走りって、おめぇ正気かぁ？　高水寺城まで何日掛かると思ってらってぇ？片道五日じゃ利かねぇぞ？」

高水寺城から白根金山までの行程を考えれば、童子が一人で行って帰って来るだけでも命懸けである。ましてや、黒脛巾組がいつ襲ってくるとも知れないのに。

すると、豆助は、景信の目の前に指を三本ぬっと突き出した。

「三日だ。おらなら、片道三日で行って帰って来られる」

「ばっ、馬鹿か、おめぇは？　つい数日前に、七時雨山や、湯瀬峠を通って来たったべ？　あの艱難辛苦《かんなんしんく》を忘れたってが？　しかも、数日前よりさらに雪が積もってらはずだ。来た時の何倍も険しい道程になるは、必須だぞ」

それでも、豆助の飄々とした顔付きは、変わらなかった。自慢げに口角を持ち上げた豆助は、白い歯を覗かせながら堂々と言った。

「おらを、誰だと思ってらってぇ？　早駆けは得意中の得意。未だかつて、早駆けでおらの右さ出る者はいねぇ。浅沼様には、早駆けの豆、って呼ばれてんだ」

「おめぇが、早駆けを得手とするのは、分かったでば。んだども、童子《わらし》っこ一人さ、そったな大役を任せる訳にいかねぇ。もしも、黒脛巾組が襲って来たら、太刀打ちできねぇべ？」

「せば、おらの代わりに、オッサンが行くか？」

全てを見透かすような豆助の目に迫られると、ぐうの音も出ない。返答に窮した景信は、豆助の真っ直ぐな黒い瞳にたじろいだ。

「それに、おらは、オッサンが思ってらほど童子《わらし》でねぇぞ」

曰くありげな笑みを浮かべて、豆助はふいと顔を逸らした。覚悟を決めた横顔は、自信に満ちていて、とても元服前の童子には見えない。

やはり豆助は、景信が考えているよりも年嵩なのだろうか。

「だからって、本当に一人で行くってが？　万が一、おめぇに何かあったら、俺はなんじょしたらいいって？」

「んだなぁ。十日経っても、もしおらが戻って来ねがったら、おらは死んだと思って、先に進んでけろ。そっから先は、オッサンが一人で気張れぇ」

あっさりと言ってのけた豆助は、景信を指差して笑みを浮かべた。豆助の言動は、強がりなのか本心なのか、未だに読めない。

「浅沼様には、何とお伝えするつもりだ？」

「んだな。まず、白根金山で伴天連宗が蔓延ってら実情と、大眼宗の裏で黒脛巾組が策謀してら事実を伝える。それから、おらは、紫野がなして花輪館で伴天連宗を広めるよう下知をされでらったのか、推量でもいいから伝えるべきだと思うでば」

「紫野が殺された今となっては、推し量るしか、できねぇな」

景信は、紫野が水天宮で殺されていた、血腥い光景を思い出した。昨日の出来事が、痛みを伴いながら鮮明に蘇る。

紫野が生きていたなら、状況は好転していただろうか。大眼宗の策謀を伝えたら、何を語ってくれただろうか。

「おらが思うに、城内で伴天連宗を広めることによって、あたかもお佳世様の一行が伴天連宗を持ち込んだかのように見せたかったんでねがべが？　つまり、御屋形様のお膝元でも、すでに伴天連宗が蔓延ってらと疑わせるためにす」

「誰に疑わせるって？」

「それは、御公儀だべじゃ。領内で伴天連宗が広まってらと、徳川様から嫌疑を掛けられれば、御屋形様は、なんじょな沙汰を受けるか分からねぇ。黒脛巾組の目論見は、御屋形様の処罰でねがべが」

豆助の思い付きは、景信も考えなかったわけではない。ただ、豆助の理窟には大事な部分が抜けている。南部領の実情を、公儀がいかにして摑むのか、という点である。

「その考えでいくと、誰か御公儀さ密告する役目がいるべ。いかに黒脛巾組といえども、御公儀さ直に物申せるはずが、ねがえじゃ」

「そこは、陸奥守殿がいるべじゃ。なんせ、陸奥守殿は、東照宮様とは浅からぬ縁にあり、公《く》方《ぼう》（家光）様からは『親父殿』とまで呼ばれて慕われてらそうだぞ。陸奥守殿から密告を受ければ、御公儀だって動かねぇわけには、いかねぇんだ」

豆助はこのように断言する。だが、自らも伴天連宗を厚遇していた政宗が、果たして隣国の伴天連宗について密告するだろうか。景信はいささか首肯しかねる思いがした。

「だとしたら、黒脛巾組は、随分と前から南部領で策謀を巡らしてらのか。少ねぐとも、大眼宗が横手城を襲った三年前には、他国の領内で暗躍してらった、ってことだべ」

「んだなぁ。三年前っつうと、ちょうど伊達家臣の支倉六右衛門《はせくらろくえもん》が、亡《ね》ぐなった年だなはん」

豆助が、思い詰めた様子で口にした名は、他でもない支倉六右衛門常長《つねなが》だった。

景信も、六右衛門の名は知っている。慶長十八年、月浦港より出帆した、訪墨通商使節団の大使である。この使節団は、政宗が長年に亘《わた》り熱望していた、異国との交易交渉を命じられていた。

常長ら一行は、濃毘数般《ノビスパン》（メキシコ）を目指し出帆したとされるが、二年にも及ぶ航海の末、奥南蛮（ヨーロッパ）の羅馬《ローマ》なる都まで赴き、伴天連の王（教皇）に謁見したという巷説もある。

だが、使節団が帰国する頃には、国内では伴天連追放の動きが苛烈になっており、一行は失意のうちに帰路を辿ったという。結局、常長たち一行の帰郷は内密にされ、目論見も功績も何もかも、明らかになることはなかった。

「この符合は、偶々《たまたま》だべか……」

景信が呟くと、豆助は鼻から大きく息を吐いた。

「いずれにしろ、浅沼様さ知らせて、向こうで子細を調べてもらうべし。もしかすっど、もう一人くれぇ、加勢を寄越してくれるかもしれねぇしな」

　やたらと浅沼に注進したがる豆助が、景信には不審に映った。やはり伴天連門徒を探る以外に、何か裏の役目も拝命しているのではないか。

「それにしても、おめぇ。童子《わらし》のくせに、六右衛門が亡ぐなった年まで、よく知ってらなはん」

　幼い割に物を知っている豆助に、景信はさらに猜疑を強めた。豆助は賢《さか》しげに目を細めて、さも当たり前と言わんばかりに一瞥を投げた。

「あぁ？　此度の役目を頂戴するんだば、そのぐれぇ知ってて当然だべじゃ。まさか、オッサンは、六右衛門が亡くなった年も、知らねぇのか？」

「知らねぇはず、ねがえじゃ。俺は、間盗役一番衆の望月家だぞ。だいたいす、長上に対するその口の利き方も、かねがね不愉快だと思ってらったんだ。童子《わらし》、童子《わらし》って言ってらったども、本当は、俺とそれほど変わらねぇ年嵩なんでねぇのか？」

　すると豆助は、少し大儀そうに首を捻って、頭を掻いた。

「あーぁ、勘弁してけろじゃ。おらは、そったな大年増でねぇでば。水も弾くような、この若《わけ》えくて艶のある面《つら》っこ見ろ。干涸《ひか》らびたオッサンとは、大違いだべじゃ」

「誰が、干涸らびた大年増だってぇ？　言わせておけば、この……」

　低い唸《うな》り声を上げた景信の頭の中に、再び、紫野の無様な死に様が蘇った。幻影のように目に浮かんだ紫野の顔は、まるで黄泉《よみ》の国から何かを伝えようとしている怨念のようだった。

（そういえば、紫野の屍《しかばね》を見つけた時、豆助は先に到着して、どこかに身を潜めてらったよな

あ）

景信の頭の中で、青天《せいてん》の霹靂《へきれき》が鳴り響いた。

紫野を殺したのは、豆助ではないのか。早駆けを得手とする豆助ならば、景信の到着よりずっと早く、紫野の前に姿を現すことができる。

もしも、豆助と紫野が顔見知りであったなら、騒がれる前に始末しようと、背後から盆の窪を一突きするだろう。二人が顔見知りであれば、つまり豆助は黒脛巾組だという首尾になる。

景信の全身が、ざわざわと粟立った。

「な、何す？　言い掛けて止めるのは、気持ち悪ぃでば。いつもの馬鹿みてぇな勢いは、なんじょした？」

反駁してこない景信に、豆助が顔を引き攣らせて怖《お》じ気《け》づいている。景信は、慌てて平静を装った。

「いや。今、誰か来たったような気ぃしたども、気のせいだった」

目を逸らした景信は、耳の奥で鳴る動悸に心を掻き乱されていた。ほんの一瞬の閃《ひらめ》きだが、頭から離れない。

だからといって、豆助を問《と》い質《ただ》すのは愚策であろう。「お前は黒脛巾組か？」と聞いたところで、「そうだ」と答える馬鹿はいない。

今は豆助を泳がせて、疑いを必定に変えるべきだ。丸い目を瞬かせている同輩を、懐疑の目で見つめた。

「なぁ、豆助。本当に一人で大丈夫か？」

「しつけぇでば。そったに、おらが信用ならねぇってが？」

眉間に皺を寄せた豆助は、不愉快そうに舌打ちをした。その刹那、景信の頭に、豆助の裏を掻く秘策が思い浮かんだ。

「いや、お前ならうまくやれると思ってら。絶対に、生きて帰って来いよ」

「言われねぐても、生きて帰ってくるでば。オッサンさ憂慮されるほど、おらは落ちぶれてねぇっつーの」

舌を突き出して憎まれ口を叩く豆助を、景信は氷のように冷たい心で眺めていた。

六

豆助は翌朝、高水寺城へ出向くべく、夜明けと共に白根金山を下りていった。

豆助の背中が坂を下って見えなくなると、景信は踵《きびす》を返して白根千軒へ向かった。

大路に沿って並ぶ町並みに、昇り始めた朝日が柔らかく差し込んで、白根千軒は金色に染まっていた。

夜に見た賑わいとは異なる、清々しい活気が、そこかしこから漂ってくる。

目を覚ました白根千軒には、白い息を吐く人々の往来が、早くも始まっていた。朝餉《あさげ》の香りを吸い込みながら、目当ての店を探し歩いた。

景信の目指す店は、程なくして見つかった。盛岡からの品物を商いする店である。素性の知れない行商人に書状を預けるのは気が進まないが、暖簾を構える店ならば黒脛巾組の息は掛かっておるまい。

「おはようがんす」

溝板《どぶいた》を踏んで店内に足を踏み入れた景信は、店主らしき男に声を掛けた。忙《せわ》しなく棚に品物を運んでいた店主は、迷惑そうに一瞥しただけだった。

「この店っこでは、盛岡さ文を届けてすける、って聞いたった。志和郡まで頼んだら、なんぼ掛かるべが？」

「今の時季だば、豆板銀十匁だ。いつ着くかは、分からねぇどもな」

景信の身なりを上から下まで眺めた後で、店主はぞんざいに答えた。掘子の下っ端のような青二才に、そんな大枚は出せるまいと踏んでいるのだろう。

「せば、二十匁くれる《ける》から、この文を、高水寺城まで届けてけろ。その代わり、一番衆の浅沼様へ必ず届けるように。いいか？」

景信が、宛名を書いて二重に包んだ書状と豆板銀を棚に置くと、店主は二度も振り返った。それから、持っていた布袋《ぬのぶくろ》を投げ捨てて、景信の目の前に駆け寄って来た。

「へぇ？　お、おめさん、いいんだが？　こったに、いっぺぇ」

「あぁ。その代わり、何があっても浅沼様さ届けてけろ。分がったな。高水寺城一番衆の浅沼様だぞ。もしも届かねがったら、この店の商いがなんじょになるか、よく考えるんだなはん」

無用の穿鑿《せんさく》を避けるため、景信は足早に店を出た。背後から、「ありがとがんした」と声が掛かる。

あの書状が、無事に浅沼の手元に届く見込は、五分だろう。それでも景信は、豆助とは別の方策で、どうにか浅沼に実情を知らせたかった。

目論見は分からないが、もしも豆助が黒脛巾組の一員であったなら、浅沼の元へは出向かないはずだ。景信の前に再び姿を現すかどうかすら、怪しい。

さらに考えられるとすれば、本来、浅沼が景信に同行させようとした間盗役の同輩も、すでに亡き者にされているかもしれない。その哀れな同輩に成り代わって、豆助が景信と行動を共にしていたとすれば、見た目以上に狡猾な奴だ。

豆助が持っていた浅沼の書状には血が付いていた。あの血痕は、書状を力尽くで奪われた同輩のものだったとも考えられる。

景信が浅沼へ宛てた書状には、白根金山での伴天連宗の蔓延と、大眼宗という邪宗を隠《かく》れ蓑《みの》に黒脛巾組が策謀している件。さらには、同輩を名乗って近付いてきた童子のような男がいると、手短に記した。

仮に、この書状が浅沼の元に届いたとしても、景信の御役目は変わらないだろう。書状を受けてどう出るかは、浅沼や唐兵部が決めることだった。

思案しながら大路を端まで歩いた景信は、つと顔を上げた。

坂の上に、赤い暖簾の揺れる旅籠が見える。人の出入りこそないが、暖簾の奥の戸は、朝から開け放たれていた。

鈴音の凜とした横顔を思い出して、胸が染みるように痛んだ。落ち着いて考えると、一度しか会っていない女に強く惹かれる自分が分からない。もう一度会えば、所以が分かるだろうか。

気が付くと、景信の足は、引き寄せられるように旅籠へ向かっていた。

旅籠の中を覗くと、給仕の女や寝起きの遊女が、慌ただしく行き交っていた。目を大きく見開いて、鈴音の姿を探す。

敷居《しきい》を跨いで一歩二歩と進んでいくと、聞き覚えのある嗄《しわが》れ声に咎められた。

「なんだ、またおめぇが。朝っぱらから、旅籠に何用す？」

番台を振り返ると、鷲鼻の女将が腕組みをしていた。眉間に深く皺を寄せて、景信を忌々しげに睨み付けている。

「今日は、泊まりに来たんでねぇ。鈴音さ話っこあって来たった」

「まんつ、しつけぇ男だなはん。なんじょな話だか知らねぇども、鈴音は今、忙しいんだ。おめぇの戯言さ耳を貸す暇は、ねぇ。とっとと帰《け》れ」

女将は、蠅を追い払うような手つきで、「しっし」と手を振った。景信を、客ではなく鈴音の周りを煩《うるさ》く飛び回る蠅とでも思っているのだろう。

「違ぇんだってば。今日は口説きに来た訳でも、遊女を辞めさせに来たわけでもねぇ。鈴音の同朋から、言伝《ことづて》を預かってら」

半分は虚構で、半分は真実だった。鈴音の身の上を憂慮して綱が見せた涙は、決して嘘ではあるまい。

「ふん、その手は食わねぇぞ。どうせ、同朋が悲しんでらがら帰って来ぉ、とか言うつもりだべ？　そったな安っぽい嘘で、鈴音を心変わりさせようったって無益だからな」

「安っぽい嘘でねぇでば。とにかく、鈴音さ少し会わせてけろ。お綱からの言伝があるって言ってけだら、分かるはずだ」

古狸《ふるだぬき》の女将には、景信の手の内など読まれているようだ。だからと言って、ここで大眼宗の話などできるはずがない。

景信が歯噛みしそうになった時、胸に響く澄んだ声がした。

「お綱が、あだしさ何か言ってらのは、真だか？」

振り返ると、紅梅の小袖を纏った鈴音が立っていた。唐輪髷《からわまげ》に結った髪に、小袖と同じ紅梅の紐を結んでいる。

明るくなってから改めて見る鈴音は、目を見張るほど美しかった。透き通る白い肌に艶《つや》めく唇が、可憐な雪中梅のようだ。鳶色《とびいろ》の瞳でじっと見つめられると、息が止まる思いがした。

「す、鈴音。おめぇ、もう遊女になったのか？」

「まだだでば。身なりを整えて、姐御《あねご》だづの世話をやらせてもらってら。まずは、見習す」

見習と言われても、鈴音の艶《あで》やかさは、すでに他の遊女より抜きん出ていた。一目でもこの麗姿を見れば、客は誰しも鈴音を所望するだろう。

ひとたび鈴音が遊女になれば、放っておく男はいないはずだ。

「お綱から、あだしさ言伝って何す？」

小首を傾げている鈴音に近付いて、景信は唇を動かさずに囁いた。

「大眼宗について、新たな話っこが出はってきた。もしかすっど、おめぇの親父の居所も、分かるかもしれねぇ」

鈴音の目が、微かに見開かれた。と同時に、番台から女将のがなり声が飛んでくる。

「おい、おめぇ！　今、鈴音さ何か吹き込んだのが？」

「いんや。ただ、ここだとみんなさ聞こえるども、話していいか、って聞いたったのす」

景信が淀みなく答えると、鈴音も話を合わせて同調した。

「女将さん、少し外さ出はっていいべが？　あだしの置き忘れた痴情話なんだ。話を付けて、すぐに戻って来るからす」

「真にすぐ戻って来るんだべな？　その代わり、この店から見えねぐなるほど、遠くさ離れては、わがねぇぞ。おがしねぇ動きしたら、話の途中でも、無理やり店さ引き戻すからな」

女将の脅しに、鈴音は「はい」と殊勝に頷いた。

旅籠から出た鈴音は、朝日の眩《まぶ》しさに目を細めた。長い睫毛《まつげ》が白い頬に憂いの影を落としている。

「今日は、一人で来たんだが？　あのチビっこい童子《わらし》は、なんじょしたのす？」

「豆助か？　あいつは、身内さ不幸があって。今、郷里さ帰ってら」

歩きながらぽつぽつと話し出した景信と鈴音は、旅籠から十間ほど離れた場所で足を止めた。旅籠からは、大女が顔を出してこちらを窺っている。

「なぁ、鈴音。おめぇは、親父の行方なんて、真にもう、なんじょでもいいのか？」

景信はできるだけ口を動かさないように話し始めた。鈴音の顔が、みるみる強ばる。

「しつけぇなはん。あだしさ親父なんて、もういねぇでば」

怒ったように目を伏せた鈴音の声は、どこか寂しそうに聞こえた。

「実は、大眼宗の裏で、操ってら連中がいてな。もしかすっど、おめぇの親父は、自ら大導師に従いて行ったのでねぐ、無理やりに連れて行かれたのかもしれねぇ」

「裏で操ってら連中って？」

顔を上げた鈴音の目に、微かな驚きが見えた。見開かれた鳶色の瞳が、次の言葉を待っている。

「他国の間者だ。今は、それ以上の話っこは、できねぇ」

鈴音の目が虚空を彷徨《さまよ》い、どこか遠くへ向けられた。景信の言葉を、一字一句、飲み込もうとしているようだ。

「おめぇの親父は、何か特異な事情を持ってねがったか？　あるいは、大眼宗の連中が不利になるような実情を知ってらった、とか」

「あだしは、何も知らねぇ。あだしの知ってら父親は、優しくて同輩思いで、掘子の仕事さ誇りを持ってら男だ。他所の間者と通じるような、器用な人間でねぇ」

小さく首を振った鈴音は、きっぱりと断言した。

「その優しい親父が、おめぇを置いて、大眼宗に従いて行くなんて、妙だと思うべ。どったな些事でもいいから、思い出せねぇべが？」

　すると、鈴音は挑むような目で景信を見つめ返した。

「そう言うあんたは、何者す？　大眼宗なんか追って、なんじょする気だ？　もしかして、あんたも他国の間者なんでねぇの？」

　景信よりも半尺ほど背の低い鈴音だが、下から睨み付ける気迫には、殺気すら感じられる。勝ち気な鈴音の性分が、ますます気に入った。

「俺の知る限り、己を間者だと名乗る間者は、いねがったなはん。ま、でも俺は余所者でねぇ。れっきとした南部の者だ。んだがら、そったにおっかねぇ顔で睨まねぇでけろ」

　言いながら、景信は強気な鈴音の眼差しに、どこか紫野に似た面影を感じていた。間者だった紫野も、出会った当初は、片眉を顰めて相手を睨み付ける仕草をしていた。

　鈴音は、さらに怪訝な顔付きで、景信の頭から爪先までジロジロ眺め回した。

「間者でねがったら、何す？　一座から逃げ出した猿楽師？　それとも修験者の落ちこぼれ？だいたい、南部の人間が、自領の白根金山で何を嗅ぎ回ってらって？」

「その子細は、今ここじゃ話せねぇな。俺はとにかく、大眼宗とその裏で操ってら連中を追ってらんだ。何でもいい。おめぇの親父と大眼宗の繋がりについて、知ってることがあれば、教えてけろ」

　景信が片目を瞑って懇願すると、鈴音は、しばし考えるように押し黙った。やがて、顔を上げると、重い口を開いた。

「あったとしても、二回しか会った例のない男さ、立ち話で打ち明けると思う？　それに、長話をしてると、姐《ねえ》さんがじきに連れ戻しに来るじゃ」

　鈴音は、旅籠を横目で眺めた。なるほど、店の前に立つ大女が、鋭い三白眼でこちらを睨み付けている。

「せば、今宵はなんじょだ？　晦《つごもり》だふんで、夜陰さ乗じて迎えに来る」

「あんた、正気なの？　店の者さ見つかったら、あだしもあんたも、ただじゃ済まねぇぞ」

「夜目は利くんでね。下見さえしておけば、ヘマはしねぇよ」

　景信は確信した。本心では、鈴音も遊女になることを躊躇っている。

　父親が無理やり連れて行かれたのではないかと聞いて、心に迷いが生じているに違いない。

　好機と見た景信は、鈴音を問い詰めた。

「なぁ、鈴音。本当に、このままでいいんだが？　おめぇは、このまま遊女に身を落とし、親父を忘れて生きていくんだが？」

　鈴音の肩が、ピクリと跳ねたように見えた。景信は、顔を覗き込んでさらに続けた。

「おめぇの親父は、娘を一人で置いて行くような奴でねぇんだべ？　本当は、おめぇも分かってらはずだ。もう少し、自分の勘を信じても、いがえじゃ」

　すると、店から顔を出して様子を窺っていた大女が、徐にこちらへ近付いてきた。そろそろ、話が長いと勘繰り始めたのだろう。

「親父は、見てしまったんだ。大眼宗の連中が、伴天連門徒と同じ十字架を腰から下げてらったのを」

俯いた鈴音が、消え入りそうな声で呟いた。

「それは、伴天連門徒と大眼宗は、同一の神を崇めてらって顚末か？」

「分からねぇ。んだども、今まで大眼宗と伴天連宗は別物だと、親方さ教えられてらったから、親父は戸惑ったんだ」

「その話、重蔵には打ち明けたのか？」

景信が早口で尋ねるのと、大女が足早に踏み込んで来たのは、ほぼ同時だった。

「おい、もうお終《しめ》ぇだ。早ぇぐ、店さ戻れ」

鈴音の腕を摑んだ大女が景信を一瞥した。鈴音は何か言いたげに口を開いたが、大女に促されるまま去って行った。

やがて、鈴音の後ろ姿は、赤い暖簾の奥へ消えていった。手を振るように揺れている暖簾を眺めながら、景信は決意した。

鈴音を旅籠から連れ出すのは、今夜しかない、と。

七

鈴音を見送った景信は、白根千軒を後にして、西間歩へ戻った。

薄氷と霜柱を踏みながら、頭の中では、鈴音の打ち明けた話を考えていた。

鈴音の父親は、大眼宗と伴天連宗が同一ではないかと勘付いた。そのために、大眼宗に連れ去られたのだとしたら。

景信は、俯き加減で自分の爪先を見つめながら、ひたすら考えを巡らせ続けた。

そこへ、喧《やかま》しい綱の声が、景信の沈思を遮った。

「いだいだ！　おぉい、親方！　新参が、ここさ、いだったじゃ！」

顔を上げると、景信を見つけた綱が、大声で誰かを呼んでいた。三間ほど向こうを見遣ると、重蔵の姿が見える。

「おめさん、どごさ行ってらってぇ？　新参が早速、逃げ出したって、みんなして探してらったんだぞ」

どこか憤懣が燻《くすぶ》った様子の綱は、口を尖らせて、景信を睨み付けた。さらに綱の後から、今度は憤懣が頭から蒸気となって噴き出しそうな重蔵が、大股で近付いて来た。

「おい、おめぇ！　新参のくせに、いぎなり遅参とは、いい肝っ玉してらなぁ。それとも、間歩での仕事は、もう飽きたってが？」

鼻息も荒い重蔵の胴間声が、景信の腹にビリビリと響く。般若《はんにゃ》のように眉の吊り上がった重蔵の形相が、景信の目と鼻の先に迫った。

「お、申し訳《おもさげ》ねぇ。豆助を送って、山を下りてらった」

「あぁ？　そういや、連れは、なんじょした？　あの小せぇ奴は、逃げたったのが？」

「いんや。豆助は、親父が危篤でなっす。夜明けと共に郷里さ帰ったのす」

「はぁ？　何だってぇ？」

景信の話を聞いた途端、重蔵は青筋を立てて、さらに怒鳴りつけた。

「おめだづ、金名子のおらさ断りもねぐ、勝手に山を下りるは、法度だぞ！　これだから、右も左も分がらねぇ新参は、嫌《やんた》だ。くそっ、甘ぇ顔して、初めにキッチリ教えねぇのが、わがねがった」

ギリギリと歯噛みした重蔵は、悔しそうに地面を蹴った。浅沼の怒声に慣れている景信にとって、叱責されるのは馴染《なじ》みの風景だ。

こういう場合は、辞を低くするに限る。手揉みしながら重蔵に頼み込んだ。

「申し訳《おもさげ》ねぇでがんす。そったな法度があるとは、知らねがった。今からでいいふんで、教えてけねぇべが？」

「当たり前《め》だ！　金山のいろはってモンを、その体さ、みっちり教え込んですける。ほれ、従いて来ぉ！」

怒りの収まらない重蔵は、鼻息も荒く、西間歩とは逆の方向へ下りていった。

「ほれ、早ぇぐ行くんだ。親方をこれ以上、怒らせるんでねぇぞ。本当に殴られるふんで」

綱に促された景信は、早足で重蔵の後を追った。

寒さが身を刺すような朝でも、白根金山の山道には、石を運び出す手子や、泥まみれの掘子が、そこここで忙しなく働いていた。手子や掘子と行き交う度に、重蔵に挨拶の声が掛かる。

重蔵も、短い言葉で挨拶に応えていた。

白根金山へ来て僅か一年か二年で、重蔵は、山師や金掘たちの信用を得ているようだ。金掘の才覚だけでなく、人望にも恵まれ、さらには南蛮渡来の技能にも明るい。

重蔵は、見た目以上に頭の切れる男かもしれない。その武骨な背中を眺めながら、景信は思った。

「そのぉ、豆助が勝手に郷里さ帰ったのは、悪かったども、最後に一目でも親父さ会いてぇ一心でなっす」

「そったな道理は分がってら。んだども、おらさ一言あっても、いがえじゃ。それとも、おらが親父の死に目さも会わせねぇ、薄情者だと思ってらってらのが？」

景信の弁明に背中で答えた重蔵の声は、先刻よりも少し落ち着いたように聞こえた。

「いんや、薄情者だなんて思ってねぇ。んだども、夜中や早朝に叩き起こすのも悪ぃかと思って、伝達が今になってしまったのす」

「ふんっ！　とにかく、おめぇには、一度ビシッと頭さ叩き込んでおかねば、わがねぇべな」

拗ねたように言った後で、重蔵はボソッと低く呟いた。

「まぁ、豆の野郎が、親父さんの死に目さ間に合うといいなはん」

振り向いた重蔵は、先刻までの般若のような形相ではなかった。重蔵はかっとなりやすいが、いつまでも引き摺る性分ではないらしい。

安堵した景信に、重蔵は続けて尋ねた。

「そうせば、まんつ、おめぇだけでも、伝道師《パーデレ》さ会ってみねぇが？　伝道師《パーデレ》も、おめぇさ会ってみてぇって、言ってらったんだ」

唐突な問い掛けに、言葉に詰まった。

なぜ重蔵は、他の掘子たちは謁見すら許されないはずの伝道師《パーデレ》に、容易に会わせてやるなどと持ちかけるのか。しかも、景信一人だけのために。

ひょっとすると重蔵は、鈴音の父親が大眼宗に従いて行ったのではなく、連れ去られたのだと知っていたのかもしれない。どうも重蔵は、舌が二枚も三枚もあるような、胡乱な一面を持ち合わせている気がする。

慈悲深く伴天連宗の教えを説く助手《イルマン》の顔と、血気盛んな金名子の顔。重蔵には、裏の顔と表の顔があるかのようだ。

頭の中で、重蔵という人物に対する考えが、目まぐるしく変容して、混乱する。重蔵に対する猜疑を悟られないよう、言葉を選んで話し始めた。

「お、俺が一人で？　いんや、なんぼ何でも恐れ多いなはん。伝道師《パーデレ》様だって、お忙しいべじゃ」

「伝道師《パーデレ》は、是非ともおめぇさ会ってみてぇ、って言ってらっけ。おめぇも伴天連門徒になりてぇんだば、こったな機会は滅多にねぇぞ。伝道師《パーデレ》が自ら引見を望むなんてな」

景信は、ますます身構えた。景信の読みでは、伝道師《パーデレ》も黒脛巾組に与《くみ》する人間だ。

その伝道師《パーデレ》の前へ、一人で出向くとなると、危険な情勢となりうる。罠かもしれない。

それでも、心から感服している素振りを見せた。

「それはそれは、涙が出るほど有り難ぇ。伝道師《パードレ》様が、俺一人のためだけに会ってくださるなんて、身に余る栄誉だじゃ」

「んだえ？　おらも、そったな前例は知らねぇもの。おめぇは、よっぽど伝道師《パードレ》さ気に入られたんだべな。おらの十字架を拾ってけだと聞いて、何か感じるものがあったのかもしれねぇ」

「んだども、豆助も伝道師《パードレ》様さ会いてぇ、って言ってらったんだ。留守中に、俺が一人で会ったと聞いたら、たんだ悔しがるごった」

景信が一人で対峙《たいじ》するより、豆助がいたほうが何かと策は立てられる。いや、豆助も黒脛巾組かもしれないと考えると、やはり一人で出向くべきだろうか。

すぐには答を決められず、頭の中で逡巡した。ここは、腹積もりを曖昧にして、少しでも時を稼ぐべきだ。

だが、重蔵の決意は鏨よりも固いのか、景信が何を言おうと揺らぎそうになかった。

「なんも、豆が帰って来たら、その時はまた二人で謁見すればいいがえ。伝道師《パードレ》の気が変わらねぇうちに、おめぇだけでも、まんつ会ってみるんだ」

景信が口を開くより早く、重蔵は目を恍惚と見開いて断言した。

「せば、明日な。明日の朝一番で、伝道師《パードレ》さ会うべし。おらが迎えに来てやるでば」

重蔵は、自分に任せろと言わんばかりに、骨太な胸板を叩いた。景信の血の気が引く。

「い、いんや、明日は、ちょっと……」

明日は、拙い。今晩、鈴音を迎えに行くと宣言した矢先なのに。

だが重蔵は、景信の狼狽《うろた》え振りなどお構いなしに、背を向けてずんずん歩き出した。至ってご機嫌で、足取りも軽やかだ。

「し、重蔵殿ぉ。待って、待ってけろぉ」

「いいから、早ぇぐ行ぐぞ。それから、重蔵でねぇ、親方と呼べ！」

景信が呼ぼうと嘆こうと、重蔵の歩みは止まらなかった。下手をすると、また虫の居所が悪くなりかねない。

鼻唄交じりに突き進む重蔵の後を追って、景信も山を下りた。

やがて、山道の中腹に建つ一軒の館に辿り着いた。板葺きの屋根には大小さまざまな石が重しとして載せられており、その上にうっすらと雪が積もっている。

「ここが、おらほの屋敷だ。中さ入れ」

屋敷と呼べるほど立派な造りではないものの、重蔵の館は、二十坪ほどありそうな広さだった。開け放たれた板戸を潜った景信は、室内の暗さにしばし目を凝らした。

目が慣れてくると、土間で臼と竪杵《たてきね》を使って雑穀を搗いている女たちの姿が見えた。さらに奥では、筵に並べた鏨や斧《おの》を研いでいる男もいる。どうやら、重蔵が一人で使っている館ではなさそうだ。

「ここさ居るのは、皆この屋敷の奉公人だが？」

景信が尋ねると、重蔵は、「はぁ？」と突慳貪《つっけんどん》に答えた。

「おらが、そったな御大尽に見えるか？　ここさ居るのは、おらほの組の伴天連門徒だ。怪我や病気で、山では働けねぐなった奴を、ここさ住まわせてら」

なるほど、よく見れば、片足を失った者や、目の見えない者もいる。おそらく、勘三郎よりも程度の重い怪我人《けがにん》や病人なのだろう。

「この者だづの面倒を見るのも、金名子の仕事だってが？」

「まぁ、他所の金名子は、こったな所業をしねぇべな。弱ぇ者を助けるのは、金名子でねぐて、助手《イルマン》の仕事だ。伝宇須《デウス》如来を信じる者は、みんな神の家族だふんで」

さも当然のように断言した重蔵は、土間から板間に上がり何かを探し始めた。手持ち無沙汰になった景信は、薄暗い土間に立ち尽くしていた。

ふと、柱の陰に奉られている子安《こやす》観音が目に留まった。木彫りで作られた子安観音には、頬被りを長く垂らしたような白い布が掛けられている。

「この子安観音は、なして、こったな布っこ掛けられてらんだべ？」

景信の呟いた問い掛けに、板間から下りてきた重蔵が答えた。

「その子安観音を、おらだづは聖母《マリヤ》様さ見立ててお祈り申し上げてらのす。なんぼ白根金山の山師様が伴天連門徒に目を瞑ってくれでらと言っても、大っぴらに聖母《マリヤ》様や十字架を奉るわけにいかねぇからなはん」

丁寧な手つきで白い布を整えた重蔵は、子安観音に向かって十字を切り、手を合わせた。

それから、景信に向き直り、蛇腹折りにされた書状を差し出した。

「おめぇ、字は読めるか？」

「あぁ。往来物くれぇの書物なら、容易く読めるでば」

人並みの金掘なら、庭訓往来《ていきんおうらい》くらいは読めるだろうか。重蔵に怪しまれないように、景信は己の識字《しきじ》を過小に申し出た。

「これは、この白根金山の山法を記した『御敷内《ごしきない》二十七ヵ条』だ。ここには、法度となる振舞と、それに対する仕置が定められてら。この山法に従うと、金名子の許《ゆる》しねぐ、勝手に山を下りた奴には、棒打ちの仕置が下されるのす」

景信の顔色を覗き込んだ重蔵は、残忍な笑みを浮かべた。

「ぼ、棒打ちは勘弁してけろ。俺は、そったな法度があるなんて、知らねがったんだ」

景信は大仰に狼狽えてみせた。実際は、棒打ち程度の仕置など、間盗役の鍛錬に比べれば、容易いのだが。

すると、重蔵は大口を開けて牡猿《おすざる》のように笑った。

「がははは、此度は、法度を知らねがったふんで、許してすける。んだども、次からは知らねがったとは言わせねぇからな。この定めをよく読んで、肝に銘じるごった」

重蔵に差し出された「御敷内二十七ヵ条」を開いた景信は、条文に素早く目を走らせた。

条文には、柱根《はしらね》（支柱）や鑿角《のみかど》（盗掘を防ぐ目印）をわざと壊した者や、鉑石や砂金を山から無断で持ち出した者は、重罪に処すとある。

さらには、山師と金名子、金名子と掘子の主従関係や、会合での山師の座る席まで、細かく定められていた。

だが、伴天連宗への咎めや仕置についてはどこにも見当たらなかった。

「この山法には、伴天連宗に対する咎めは書かれてねぇなはん。せば、たとえ伴天連門徒でも、何のお咎めなしなんだべが？」

景信が尋ねると、重蔵の顔色が僅かに曇った。

「少ねぐとも、白根金山の山法で咎められる謂《い》われはねぇ。んだども、御上の沙汰は、伴天連宗に情け容赦はしねぇからな。おめぇも、伴天連門徒になるんだば、覚悟するんだ。おらだづ伴天連門徒が、各地でなんじょな憂き目に遭ってらか、知っておいたほうがいい」

硬い声で話し出した重蔵の目には、怒りと悲哀が浮かんでいた。景信は、無言で大きく頷いた。

「おめぇも、伴天連門徒が、見せしめのために処刑される場を、見た例はねぇか？　おらは、福原《ふくはら》の龍ヶ馬場《りゅうがばば》っつう処刑場で、捕えられた伴天連門徒が、何人も首を刎ねられる様を見だった。男も女も、老いも若きも、ただ、伝宇須《デウス》如来への信仰を捨てねがったという所以で、次々と打ち首にされるんだぞ」

重蔵の声は、次第に大きく、惑乱気味に震えていた。

景信の知る限り、打ち首は、生易しい処刑である。伴天連宗に対する処罰は、年々と苛烈を極めており、近年では、火炙《ひあぶ》りや耳削ぎも頻繁に行われていると聞く。

「あぁ、まんつ惨《むご》い話だなはん。盛岡くんだりでも、伴天連宗は法度とされて、転ぶと言うまで拷問されると聞いだった」

「んだども、真の伴天連門徒は、転ぶくれぇなら、死を選ぶんだ。信仰を捨てねがったら、死してもなお伝宇須《デウス》如来の元へ召され、永遠の安らぎを得られるからだ」

重蔵は、大事な物を守るように、胸元に手を当てた。ちょうど、小袖の下に十字架のある辺りだ。

「それが、伝宇須《デウス》如来の望む信仰なんだか？　伴天連門徒にとっての救いとは、何だべ？」

景信が尋ねると、重蔵は曇りのない澄んだ目で、真っ直ぐに見つめ返した。

「救いは、神を信ずる者にのみ訪れる。仏の教えは自ら迷いを断ち切り、悟りを開いた者にしか会得できねぇども、伝宇須《デウス》如来は、違ぇ。神を信じ続ける者なら、誰でも等しく救われるのす。伝宇須《デウス》如来は、信ずる者を見捨てたりしねぇんだ」

恍惚とした重蔵の顔付きを見て、景信は思った。命すら惜しまない伴天連門徒の過度な信仰心は、門外漢の己にとって納得しがたく、得体の知れない恐れすら感じさせる。

もしかすると、勢いを得た伴天連門徒によって、一国をも支配されるかもしれない。秀吉や家康といった天下人が伴天連宗を疎んじ、追放令を出した心情も分かる気がした。

「さっき言ってらった、福原の龍ヶ馬場。そいつは、どこさある？　親方がいだった所だば、金山か銀山だべか？」

景信が沈痛な口吻で尋ねると、重蔵は、少し俯き加減で間を置いた。それから、低く唸るような声で囁いた。

「おめぇに聞く気があるんだば、話してすける。福原は、おらの郷里だ」

身を乗り出した景信は、小さく頷いて固唾を飲んだ。

「胆沢《いさわ》郡見分村は、昔から田畑のほとんどない荒れ地だったのす。ここ鹿角郡からは、山々を越えた辰巳《たつみ》（南東）方向にある。伊達領の北端だ」

板間に腰を下ろした重蔵は、遠い目をしながら話し始めた。

「おらは、見分村で七人兄弟の四番目として生まれたった。小せぇ頃は、まんつ貧しくてよ。薺《なずな》や芹《せり》で飢えを凌《しの》いでらった。米なんて、年に一度でも口にできればいいほうだったじゃ」

間盗役の一番衆で、声色遣いの嫡男として育て上げられた景信には、縁遠い身の上話だった。それでも、同情するかのように頷く。

「その見分村さ、ある時、一人の領主様が来たったのす。ちょうどおらが、二十歳の時だ」

「えぇと、親方が二十歳っつうのは、今から何年前だ？」

景信が口を挟むと、重蔵は、少し興を削がれたような顔をした。

「おらは、齢三十三になるから、十三年前だ。おらにも、おめぇのように若ぇ頃があったんだ。何も、昔から強面の親方だったわけでねぇ」

「それは、分かってがんすよ。旅籠で初めて会った時の親方は、慈悲深い御方だったもの。金名子の顔と、助手《イルマン》の顔は別物なんだべ？　それより、その領主様が、なんじょしたのす？」

景信は、慌てて話を戻した。重蔵の眉間の皺が、途端に緩む。

「領主の名は、後藤寿庵様。陸奥守様の、直臣だ」

後藤寿庵と聞いて、景信の耳がピクリと蠢《うごめ》いた。

浅沼の話では、寿庵は一昨年に知行地の見分村を出奔したという。浅沼は、政宗が寿庵をわざと取り逃がしたと考えているようだった。

「寿庵様の名は、俺も知ってら。熱心な伴天連門徒で、渡来してきた伴天連宗の大導師たちとも、懇意にしてらったんだべ？」

「それだけでねぇぞ。寿庵様は、月浦より濃毘数般《ノビスパン》さ出航した、使節団の指南役も務めてらったんだ」

「その寿庵様が、なんじょしたのす？　陸奥守様の直臣だば、さぞかし家柄も高貴な偉ぇ人だったんだべ？」

「なに、このぉ。余所者が、知った風な口を利くな。寿庵様は、そこいらの領主とは違ぇんだ。たんだ慈悲深く働き者で、何より伴天連宗を心より信仰しておられた。才覚を買われ、身一つで陸奥守様さ取り立てられた、英傑なんだぞ」

鼻の穴を膨らませながら、重蔵は憤激気味に続けた。寿庵に心酔している様子は、瞭然だ。

「寿庵様は、見分村の真ん中さ天主堂を建て、『福音の原』という意味を込めて、福原という地名を付けたのす。それから、弾圧から逃れて来た伴天連門徒を福原さ住まわせ、貧しい者さは読み書きを教え、病気の者さは医術を施してやった。さらには、荒れ地だった福原さ堰《せき》を作り、原野を開墾し豊かな土地にしてくだすったんだ」

「それはそれは、まんつ、神のようなお人だなはん」

景信は形ばかりの相槌《あいづち》を打った。そもそも、政宗に取り立てられたのも、伴天連門徒だからというよりは、医術や灌漑《かんがい》に関する南蛮渡来の術を身に付けていたためだろう。

どこで南蛮渡来の高尚な術を身に付けたのか、寿庵の経歴が気になるところだ。

「んだ、んだ！　おめぇも段々と、話が分かってきたなはん。あの御方こそ、伝宇須《デウス》如来さお仕えするに相応しい方。おらは、寿庵様さ身も心も捧げ従いて行くと誓ったんだ」

「んだども、胆沢郡は、伊達領だべ？　なんぼ南部領と接する国境の村とは言え、おめさんは崇敬する領主様のいる見分村を捨てて、なして南部領まで落ち延びて来たったのす？」

景信が尋ねると、酩酊《めいてい》するように輝いていた重蔵の目が、忽《たちま》ち光を失った。

「おらだってなぁ、好きで南部まで落ち延びたわけでねぇぞ。何もねがったら今頃は、福原で寿庵様さ、お仕えする身だったたんだぁ」

重蔵は、板間でわっと泣き伏せた。大の男があまりに唐突に泣き出すものだから、景信は面食らって、いささか慌てた。

「お、親方ぁ？　なんじょした？　まんつ、落ち着いてくなんせ」

狼狽えた景信は、宥《なだ》めようと背中に手を伸ばした。突然、重蔵が、ガバッと顔を上げて前を向く。

「あれは、元和《げんな》六（一六二〇）年だぁ。突如、伴天連宗を禁教とする高札が、街道さ立てられだった。それまで、伴天連宗を憎悪することのねがった陸奥守様が、掌を返したったのす」

元和六年と言えば、禁教令が全国に布かれてから七年後である。それまで、自国で伴天連宗を禁教としなかった政宗は、むしろ肝が据わっていると言うべきだろう。早々に禁教令に従った南部領からは、伊達領に逃げ込む伴天連門徒が多数あった。

　だが、政宗も禁教に着手したため、行き場を失った伴天連門徒は、南部領の鉱山へ再び逃れて来る顚末となった。

「寿庵様は、懸命に陸奥守様さ訴えたった。伴天連宗の大導師たちによって、普請の技も、医術も海運術も、著しく向上した、と。何より、陸奥守様の愛妾《あいしょう》・お縫《ぬい》の方を、病の床より救ったのは、大導師ブルギーリョス様なのす。伴天連宗が悪ではないと、誰よりも分かっておれるのは、陸奥守様ご自身のはずなんだ」

　握り締められた重蔵の手が、微かに震えている。洟を啜って続けた。

「んだども、陸奥守様のお心は変わらねがった。寿庵様さ転べと命じたばかりか、転ばねがった寿庵様さ、刺客を差し向けたんだ。このままでは、苦心して開墾を始めた見分村の田畑と領民を守れねぇと覚悟した寿庵様は、僅かな従者を伴って、領地を出奔なさるしかねがったのす」

「その僅かな従者の中さ、親方も入ってらったんだな？」

「いんや、おらは福原さ残ったった。寿庵様の志を継いで、見分村を福音の原とするまでは、村を捨てるつもりはねがったんだ。んだども、んだどもなっす」

　重蔵は再び、床に突っ伏して嗚咽を漏らした。この調子では、話し終わるまでに半日以上かかるかもしれない。

景信は、天井の梁を仰いで考えを巡らせた。よもや、一介の金掘の口から後藤寿庵の名が出るとは思わなかった。

逸《はや》る気持ちを抑えて、景信は、重蔵が再び話し始めるのを待った。

「親方ぁ。ゆっくりでいいふんで、俺さ話してけで。見分村さ残った親方は、それから、なんじょしたったのす？」

「見分村さ残ったおらが見たのは、凄惨な地獄絵図だった。その後、仙台から来た役人だづが、伴天連門徒を次々と引っ捕らえて、拷問の末にも転ぶと誓わねぇ者だづを、龍ヶ馬場で斬首したった。おらは、役人だづの手を逃れて、見分村を後にしたのす。寿庵様を連れ戻して、こったな酷ぇ所業を止めさせてもらおうとしたったんだ」

顔を上げた重蔵の頬は、滂沱《ぼうだ》の涙で濡れている。絶望の淵《ふち》を覗いた双眸《そうぼう》は、どこか暗い闇を彷徨っているようだった。

「したったんどもなぁ、すでに遅かったんだ。おらが、寿庵様を探し求めて、やっとの思いで辿り着いた時には、寿庵様は黒州場《クルスバ》の中だったのす」

「黒州場って、何だべ？」

「黒州は、十字架のクルスって意味す。つまりは、墓場だぁ。伴天連宗の墓には、本来ならば十字架を立てるべきなんだども、世を憚って十字架を立てずに、黒州場と呼ぶに止めてら」

「いや、待て待て。するってぇと、寿庵様は、亡くなったのか？」

景信の声が、思わず裏返る。寿庵の消息は、間盗役の間でも定かではなかった。南部領のどこかに潜んでいるとか、実は政宗の密命で匿われているとか、様々な巷説が囁かれていた。

　かつては政宗の信を得ていた直臣の寿庵が、よもや、人知れず既に死んでいたとは。景信は放心した。

「んだ。寿庵様は隠遁《いんとん》して各地を歩くうちに、流行病さ罹《かか》って、従者だづさ看取《みと》られながら、穏やかな最期を迎えられたそうだ。今際《いまわ》の際まで、福原さ残して来た伴天連門徒のために、祈りを捧げていらっしゃったと聞いだった」

　胸に手を当てた重蔵は、小さく十字を切り、静かに手を合わせた。格子から差し込む朝日が、光の筋となって重蔵の足元に降り注ぐ。

「それは、辛ぇ話をさせてしまった。よもや親方に、そったに悲惨な過去があったなんて、知らねがったふんで」

　景信は内心では失望していた。後藤寿庵と白根金山を繋ぐ糸が見えたと思ったのに、その糸は易々と断ち切られた。

　寿庵を介して、政宗が白根金山の内情を探っていたのではないかという、景信の思い付きは、敢えなく消えた。

「おらは、寿庵様が亡くなってから、ずっと考えてらった。いや、寿庵様だけでねぇ。支倉六右衛門様が三年前に亡くなってから、龍ヶ馬場で同輩が処刑されてから、自分が生き延びている意味を、ずっと考えてらった」

　重蔵は、伏せていた目を前に向け、虚空を見据えた。まるで、目の前に崇拝する誰かがいるかのように。

「同輩たちの死は、決して無益にはさせねぇ。寿庵様も六右衛門様も、みんなおらの中さいる。おらが、各地の鉱山を渡り歩いて来られたのも、伴天連門徒に授けられた、南蛮由来の金掘術や、普請術のお陰だもの。同輩たちの御心は、形を変えて伴天連門徒の中さ、今も脈々と受け継がれてらんだ」

力強く言い切った重蔵は、景信を正面から見据えた。

「おめぇも、おらほの間歩で伴天連門徒に加わるんだば、寿庵様の為人《ひととなり》をよく覚えておいてけろ。あの御方は、おらの信念そのものだ」

高揚した目付きで、景信に語りかけた。ここは、首を縦に振るしかあるまい。景信は、曖昧に頷いた。

「ところで、寿庵様の黒州場は、どごさあるのす？」

景信が尋ねると、重蔵は、赤く潤んだ目で遠くを見た。

「寿庵様は、南部領志和郡の佐比内《さひない》村で亡ぐなったんだ。黒州場も、そごさある」

「志和郡は、見分村より丑寅《うしとら》（北東）に十二里ほど行った地だべ。佐比内村にも、やはり金山があるなはん。寿庵様は鉱山さいる伴天連門徒を頼って、各地を渡り歩いていたんだべが？」

「んだべな。伴天連門徒にとって、今や山法で守られた鉱山だけが、最後の頼りの綱だふんで。寿庵様も、各地の鉱山を巡って、伝道してらったんだべ」

景信の頭に、領内の主要な鉱山がいくつか思い浮かんだ。二戸《にのへ》郡の平糠《ひらぬか》金山、下閉伊《しもへい》郡の刈《かり》屋《や》金山に、金沢《かなざわ》金山。いずれの金山にも伴天連門徒が潜んでいると、間盗役に上申されている。

「寿庵様の死を知った親方は、それから福原さは戻らねがったのす？」

景信が尋ねると、自嘲気味に答えた。

「戻れば、おらも龍ヶ馬場で打ち首だ。みすみす殺されるより、寿庵様の教えを、伴天連宗の救いを、一人でも多くの者さ伝えるが、おらさ課された役目だと思ったった」

一旦、言葉を切った重蔵は、洟を啜って瞑目《めいもく》してから続けた。

「寿庵様は、思慮深い目をしてらった。よく通るお声で、伝宇須《デウス》如来の教えを説き、大きな硬い手で病人の手を取り、足を引きずりながら領内の隅々を見て回られた。目を閉じれば、寿庵様の堂々たるお姿が今もはっきり見えるのす」

薄暗い土間には、竪杵を搗く音だけが響いている。瞑目したまま動かない重蔵に、掛ける言葉を探していた。

顔を上げた重蔵は、胸元から取り出した十字架を握り締めた。

「この十字架は、寿庵様の形見なんだ。んだがら、おめぇがこの十字架を拾った巡り合わせは、神のお導きだと思ってら。おらは、おめぇが伝道師《パーデレ》さ会って、伴天連門徒として真に目覚めてくれることを望んでら。おらほの同輩になるべし」

重蔵の熱を帯びた眼差しが、景信を真っ直ぐに捉える。何かを強く迫るような、獲物を逃さない目だった。

「その話なんだども、真に明日の朝、俺が一人で伝道師《パーデレ》様さ会ってもいいんだべか？」

「あぁ？　何や？　嫌なのか？」

重蔵の目に鋭さが蘇った。飲み込みそうになる言葉を、どうにか絞り出す。

「い、嫌だなんて、とんでもねぇ。身に余る光栄に、今から体が打ち震えそうだ」

「なら、いがべじゃ。何の不平もねがべ？」

「あの、一つだけ、気になる話があってです。西間歩の連中さ聞いだったら、伝道師《パーデレ》様さお目見えした奴は、誰もいねぇって話だったじゃ。なして、伝道師《パーデレ》様は俺さだけ会ってけるんだ？」

景信の問に、重蔵は汚物を見たかのように不快な顔をした。

「誰が、そったな嘘吐いてらってぇ？　伝道師《パーデレ》は、洗礼《バプテスマ》を与える時には、必ず一人一人と会ってらでば。そいつは、自分が洗礼《バプテスマ》を与えてもらえねぇから、僻んでらだけだべ」

重蔵の目の奥で、怪しい光が蠢いた。

「それとも、おめぇは伝道師《パーデレ》を疑ってらのか？　誰も姿を拝んでねぇと聞いて、果たして本当に伝道師《パーデレ》なんて奴がいるのか、って」

土間で竪杵を搗いていた女たちも、手を止めてじっとこちらに目を向けている。鋭い殺気が、屋敷中から景信に向けられているような気がした。

「いやいやいや、俺はそったなつもりで聞いたんでねぇ。ただ、真に伝道師《パーデレ》様さ会わせてくれるのか、憂慮しただけだぁ」

嫌な様子を感じ取り、顔の前で手をぶんぶん振った。いつの間にか、鏨を研いでいた音も止まって、男が耳を欹てている気配が伝わった。

「まぁ、いいでば。明日になれば、全て分かる。伝道師《パーデレ》さ一目でも会えば、おめぇも、そったな不安を口にする気が失せるべ」

口元を歪めた重蔵は、背を向けて土間を後にした。景信の胸に、薄ら寒い予覚が去来する。

これは、間盗役の勘だ。一人で伝道師《パーデレ》と対峙する振舞は命取りだと、景信の経験に基づく勘が警告している。

それに、寿庵や伝道師《パーデレ》の話をする重蔵はどこか胡散臭《うさんくさ》い。まるで、猿楽や狂言の演目のように、作り物の気配がした。

おそらく、罠であろう。伝道師《パーデレ》の元に連れて行かれるとは、即《すなわ》ち黒脛巾組に捕らわれるも同然。行けば、必ず死が待っている。

逃げるなら今宵しかあるまい。策謀の臭いを感じ取った景信は、重蔵を欺く決意を胸に、暗い土間から外へ踏み出した。

八

晦の晩でも白根千軒には赤々《あかあか》と篝火《かがりび》が点り、大路には提灯《ちょうちん》を持った人影が疎《まば》らに往来していた。

だが、戌《いぬ》の刻を前に雪が降り始めると、人の姿はさらに減っていった。白椿《しろつばき》のように舞い落ちる雪が、忽ち町並みを白く覆っていく。

亥の刻ともなると、物音一つなくなり、雪片の落ちる音すら聞こえるようだった。音は全て雪に吸い込まれ、静寂と漆黒が町を覆っていた。

目指す暖簾は、旅籠の明かりで仄赤く浮かび上がっていた。

気取《けど》られないよう裏手から旅籠に近付いた景信は、壁に耳を当て中の物音を窺った。所々から、高笑いや荒い息遣いが聞こえる。

やがて、喧しい話し声の間に、微かに鈴音の声を聞き取った景信は、部屋の配置を頭の中で思い描いた。

声の方向から察するに、鈴音がいるのは奥から二番目の女郎部屋だろう。遊女たちの雑用に振り回されているのかもしれない。

その時、聞き覚えのある嗄れ声が、耳に届いた。誰よりも偉そうに叱咤《しった》を飛ばす声の主は、間違いなくあの女将だ。

「今日はもう、部屋がねぇふんで、これ以上は客を入れねぇ。お呼びが掛からねぇモンは、とっとと寝ろでば。おらも、引き上げるふんで、後は任せたじゃ」

女将の呼びかけに、遊女たちは声を揃えて返事をした。

遣り取りを聞いた景信は、心の中で小躍りした。獄卒のような女将が引っ込んでくれたら、障壁は半ば取り除かれたも同然だ。

表に回った景信は、戸を閉ざされる前に、旅籠に忍び込んだ。幸いにも、番台には誰もおらず、見咎《みとが》められることなく大甕《おおがめ》の陰に身を隠した。

程なくして、板戸を閉めに来た下男は、景信に気付く素振りもなく、番台の行灯を一つ消していった。奥の部屋から時々、男女の睦み合う声が聞こえるだけで、人影が動く様子はなかった。

しばらく身を潜め、あらかた遊女たちが寝静まった頃合いを見計らって、番台の奥へ足を踏み入れた。足音を殺して、摺《す》り足《あし》で板間をじりじり進んで行く。

不意に、景信の足が何か柔らかい物に触れた。手繰り寄せると、女物の小袖だった。

すると、小袖を拾い上げた景信の耳に馴染みのある低い声が聞こえてきた。

「ぐふふふふ。おらは、今日、上がったばかりの生娘だふんで、右も左も分からねぇよ」

半開きの戸の奥から響いてきたのは、大女の声だった。続いて、悲鳴に近い男の声が聞こえる。旅籠の評判も知らずに宿を取った一見の客だろう。

（すると、この小袖は、あの大女のものだな。相手がどこの誰とも知らねぇが、感謝するでば。おめさんのお陰で、いい物が手に入った）

半開きの戸に向かって手を合わせた景信は、臭いものに蓋をするように、そっと戸を閉めた。それから、大女の小袖を羽織って、奥の女郎部屋を目指した。

女郎部屋では、遊女たちが所狭しと雑魚寝していた。行灯の光すら届かない部屋からは、獣のような鼾や、曖昧な寝言が聞こえるだけだった。

暗い女郎部屋に向かって目を凝らした。しかし、足の踏み場もない上に、似たような小袖姿が何人も寝そべっている中から、鈴音を探すことは至難の業だった。

　景信は、自分の姿が女郎部屋から見えないよう用心しながら、大きく息を吸い込んだ。それから、声色を遣って口から吐き出したのは、大女の声だった。

「おい、鈴音。まだ起きてらが？」

　景信が大女の声で呼び掛けると、衣擦れの音がして、誰かが起き上がる気配があった。

「はい、姐さん。何でがんすか？」

　返事をしたのは、鈴音だった。景信は、逸る気持ちを抑えて、続けた。

「いいから、ちょっと、こっちさ来ぉ」

　呼び出された鈴音は、素直に女郎部屋から出てきた。大女の小袖を羽織った景信は、慌てて背中を向けた。

　暗闇で顔が分からないとは言え、ここで素性を晒すわけにはいかない。顔を背けながら話した。

「おめぇ、おらほの腰紐を知らねぇか？」

「いんや。知らねぇども」

「とにかく、おらの腰紐がねぇんだ。一緒に探してけろ」

　景信は番台へ向かってゆっくり歩き出した。やや遅れて、後ろから不承不承な様子の足音が従いてくる。

　大女の部屋の前を通る時は、なるべく足早に、かつ、衣擦れの音と足音を立てながら歩いた。今この刹那、大女の声が部屋から聞こえてきたら、鈴音は、目の前を歩いている女が自分の姐御でないと気付いてしまう。

祈るような心地で、部屋の前を通り過ぎた景信は、番台の脇を抜けて、出入り口を目指そうとした。そこへ、背後から鈴音の声が咎める。

「姐さん？　どごさ行くってぇ？　そっちには、腰紐なんて、ねぇと思うんだども」

足を止めた景信は、返答に窮した。

その時、大女の部屋から、恥も外聞もない大声が聞こえてきた。

「がははは！　何も憂慮しねぐていいじゃ。全部おらさ任せろ」

地を揺るがすような大女の声に、景信は項垂れて額を覆った。背後で、「えっ？」と驚いた鈴音の声が漏れた。

よもやこれまでと、景信は意を決して後ろを振り返った。

「鈴音、言った通り、迎えに来たじゃ。今すぐ、ここを抜け出すぞ」

鈴音の細い腕を摑んだ景信は、小声で囁いた。暗がりで顔は見えないが、鈴音がはっと息を飲んだ様子が伝わった。

「あんた、さっきは、なして姐さんの声を？」

「今ここで、ゆっくり話してら暇はねぇ。子細は、おめぇをここから無事に連れ出した後だ」

景信の声に、焦りが滲む。出入り口までは、あと三間ほどなのに。

「あんた、正気？　あだしを連れ出したって、何の得にもならねぇぞ」

「得になるかどうかは、俺が決める。おめぇが、ここで遊女として斃死してぇなら、話は別だども」

「あんたに従いて行ったところで、あだしさ何ができるってぇ？　雪山を彷徨った挙げ句、斃死するんだば、ここさいるのと変わりねぇべじゃ」

言葉は粗暴だが、景信の手を振り払う様子はなかった。鈴音自身も、従いて行くべきかどうか、迷っているのだろう。

「俺は、これから白根金山を出て厳中を追う。おめぇの親父が厳中と共にいるんだば、俺の手助けをしてけろ。おめぇは親父を、俺は厳中を見つけ出す。それまで一緒に行動しねぇか？」

景信が白根金山を出ると決めたのは、重蔵と話した直後だった。明日にも伝道師《パーデレ》に会わせると誓った重蔵の言葉に企みを感じ取った景信は、白根金山から逃げだそうと決意した。

そもそも、厳中が去った後の白根金山に、もう用はない。戻って来るかどうかも分からない豆助を待つつもりは、毛頭なかった。

「なして、縁も所縁もねぇ、親戚でも知り合いでもねぇ、あだしさ構うのす？　足手纏いになるかもしれねぇ女を、わざわざ店から連れ出したところで、あんたさ利はねがえじゃ。人助けのつもりで恩を着せてぇんだば、お断りだでば」

暗がりでも眼光の鋭さを感じるほど、鈴音の疑心は顕著だった。景信は、鈴音の掌を強く握り締めた。

「なしてだかは、自分でも分からねぇ。俺は数日前に一人の女を不幸にしたった。おめぇを見てると、なぜかその女を思い出す。もう、あったな後悔をするのは、沢山だじゃ。次こそは、俺の手で助け出してぇんだよ」

　鈴音の目が、じっと景信に向けられている気がした。顔付きまでは見えないが、微かな行灯の光を映した二つの瞳が、潤んだように見つめている。

「頼む。俺と一緒に来てけろ」

　景信が呟くと、握り締めていた鈴音の細い手が、するりと抜けた。景信の手はまたしても虚空を泳ぐ。やはり、鈴音が景信に靡《なび》くなど、夢のまた夢なのか。

「分がった。あんたさ従いて行く」

　短く返答した鈴音は、背中を向けて、素早く土間へ向かった。どうやら草履を探しているらしい。

「んだども、思い違いしねぇでけろ。別に、あんたが好きで従いて行く訳でねぇがらな。あだしは、自分の父親を探してぇだけだ」

　鈴音はにべもなく言い放ったが、景信は頬の緩みを抑えることができなかった。鈴音が首肯してくれただけで、心が強くなれる気がした。

「そうと決まれば、急いでここを出はるぞ。悪ぃが、おめぇの荷物を取りに戻る暇はねぇ」

　二人で土間へ下りた時、番台から黒い影がぬうっと現れた。

「おい、誰が、どこさ逃げるってぇ？」

　地の底を這う声の主は、引き上げたはずの女将だった。行灯の明かりに照らされた影が、まるで閻魔《えんま》のように不気味に迫り来る。

女将の背後には、下男らしき影が、二人。どちらも屈強な警固役に見えた。

分が悪いと悟った景信は、鈴音の腕を摑んで、出入り口へ走った。板戸を目掛けて突進し、体当たりで突き破った。

勢い余って雪の上に倒れ込んだ景信は、咄嗟に受け身を取り、体勢を立て直す。だが、小袖姿の鈴音は、派手に雪上へ投げ出されたのか、すぐには立ち上がれずにいた。

「この女ぁ！　逃げ出すなんて、いい肝っ玉してらじゃ！」

そこへ飛び出してきた下男が、起き上がろうとする鈴音の髪を摑み上げた。苦しそうな鈴音の呻《うめ》き声が微かに響く。

駆け寄った景信は、隙だらけな下男の顎を強か殴りつけた。下男は、雪の上に仰向けに倒れ込んだ。

「ここは、俺さ任せろ。鈴音は山さ向かえ！」

背中越しに鈴音に伝えた景信は、向かって来るもう一人の下男と対峙した。下男は、真っ直ぐに殴りかかってきた。よほど腕に覚えがないと見える。

下男の拳をいなすように躱し、すれ違いざまに頭を横から殴りつけた。深手を負わせたつもりはないが、その場でくらくらと昏倒《こんとう》した。

振り返ると、夜目の利かない鈴音は、四つん這いになってオロオロと足元を探っていた。その鈴音の背中を目掛けて、女将の胴間声が鋭く放たれた。

「おい、鈴音ぇ！　おめぇは、とんだ謀叛人だなはん。おらは、不幸な境遇から救ってやろうと、遊女に育て上げようとしたんだぞ。それに対する仕打ちが、金掘男との駆け落ちだってか。随分とくだらねぇ女だったんだなはん」

鈴音の背中が、糸に引かれるようにピクリと止まった。こんな女将でも、世話になったと思えば、良心の呵責《かしゃく》に苛まれるのだろう。

「鈴音、振り返るな！　今は、前だけ見て逃げろぉ！」

景信は、鈴音の後を追いながら叫んだ。

だが、立ち上がって振り返った鈴音は、大きく息を吸い込んで声を張り上げた。

「女将さん、思い違いしねぇでけろ！　あだしは、こったな男と駆け落ちするほど、安い女でねぇふんで！」

思いの丈をぶちまけて、清々したと言わんばかりに再び背を向けた。

一方の景信は、鈴音を追った体勢のまま、忙然と立ち尽くした。分かっていたが、そこまで明瞭に断言されると、さすがに胸が痛い。

頭を殴られた下男が、しぶとく立ち上がって、背後から迫ってきた。怒りと悲哀と泣き出したい衝動を込めて、景信は、下男の膝を思い切り蹴り飛ばした。

「やい、おめぇ！　鈴音を攫《さら》って、なんじょするつもりだぁ！」

今にも飛びかかってきそうな殺気を放ちながら、女将が叫んだ。景信は、振り返って答える。

「今の話っこ、聞いてねがったってが？　俺が、鈴音を攫ったわけでねぇでば。鈴音が、自分で出はって行くって決めたんだ！」

そうこうしているうちに、旅籠から松明を持った下男や遊女が出てきた。いずれも、景信と鈴音を捕まえようと意気を上げる追っ手だ。

晦の暗闇では、雪すら漆黒に染まる。走ることはおろか、歩くことすらままならないのは、追っ手も同じはず。

倒れた下男の松明を奪った景信は、鈴音の腕を摑んで立ち上がらせた。混乱している鈴音の耳元で、そっと囁く。

「いいか、絶対に俺の手を放すなよ。声も出すな」

鈴音の返事を待たずに、松明を雪に突き刺し火を消した。すぐさま、闇に向かって走り出す。

「おい、おめだづ！　何をのろのろしてらってぇ！　早ぇぐ捕まえ《おしぇ》ろでば！」

女将の喚声が、暗闇に響き渡る。しかし、闇に紛れた景信と鈴音の居所を、誰一人として摑めていない。惑乱狼狽する松明の動きが、吹雪の中で右に左に揺れ動くだけだった。

そのうち、どこかで同士討ちが始まり、あちこちで悲鳴が上がった。不意に景信は、誰かに肩を摑まれた。

「おい、こごさいだのは、誰だ？」

景信は、咄嗟に声色を遣う。

「おらだ、おら。間違って、殴らねぇでけろ」

昏倒させた下男の声で答えると、相手は落胆したように「なぁんだ」と呟き、離れていった。

景信の腕にしがみついた鈴音は、一言も漏らさず息を殺していた。景信は、鈴音の背中にそっと手を回した。が、背中に触れたつもりが、尻だった。

「ちょっと、どこ触ってらってぇ！　殴られてぇんだが？」

奇声を上げた鈴音の口を、懸命に押さえた。だが、時既に遅し。

さっき景信の肩を摑んだ男が、見つけたりとばかりに声を上げた。

「やっ？　そこさいだな？　おぉい、ここだ、ここさ女がいたぞ！」

男の足音が近付いて、腕を伸ばした気配が伝わった。鈴音の体が、ビクッと強ばる。

景信は、またしても声色を遣った。

「もしかして、女って、おらのことかぁ？　んだなぁ、ここだば真っ暗で分からねぇもんな。闇さ紛れて襲ったとしても……ぐふふ」

大女の声で答えると、相手の声は、途端に離れていった。

「うげっ！　ひ、人違いだでば！　勘弁してけろじゃ！」

脱兎の勢いで逃げ出した相手は、どうやら足が縺《もっ》れて派手に転んだらしい。何人か巻き添えを食らって、バタバタと倒れる音がした。

四方八方から聞こえる悲鳴や怒号が、かたや雪に吸い込まれ、かたや雪に跳ね返る。方向や距離の摑めない音が、景信と鈴音の気配を掻き消した。

景信は、昼間のうちに旅籠の周囲を下見しておいた。段差や壁は、あらかた頭に入っている。

旅籠の壁伝いに裏手に回った景信は、歩測で目印の木まで到達した。そこから、また歩測で次の木まで移動する。五本目の木まで来ると、旅籠の喧噪は、かなり遠くなった。

「夜明け前に、ここを離れるぞ。それまで、この木の下で一休みだ」

景信は、コメツガの太い幹を掌で叩いた。雪は依然として降り続いており、二人の足跡を容易に消してくれそうだった。

「やーっと二人になれたなはん。痛ぇほどしがみついてくれて、俺も嬉しいでば」

景信の軽口を聞いて、鈴音の手がぱっと離れた。爪が食い込むほど強くしがみつかれては、嬉しいを通り越して、迷惑だった。

「べっ、別に好きでしがみついてた訳でねぇでば」

「何たら、連れねぇこと。この先、道中はまだ長ぇぞ。そうツンケンしねぇで、仲良くやるべし」

「無駄口を叩くのは、無事にここから逃げられてからにして。まだ、追っ手がいねぐなったわけでねがえじゃ」

それきり、口を噤んだ鈴音だったが、景信に触れた肩が震えている。思えば、身一つで逃げ出した鈴音は、景信のように脚絆を巻いているわけでも、布子《ぬのこ》を着ているわけでもない。寒さが身に凍《し》みるのは当然だった。

「白根千軒から、一番近い宿場は、どこだ？」

「鹿角だべ」

暗闇に鈴音の声だけが響く。

景信は、鹿角での顛末を思い出した。紫野を殺した罪人として、自分の人相書きが出回っているかもしれない。

「鹿角は、わがねぇな。近すぎる。旅籠の追っ手が、探しに来るかもしれねぇ。鹿角の次に近い宿場は？」

「大湯《おおゆ》。こっから丑寅（北東）に二里半だ」

景信の問に短く答えた鈴音は、小さく洟を啜った。

「せば、まずは大湯さ行くべ。いつまでも、遊女の格好で歩かせる訳にいかねぇがらな」

「大湯まで、この格好で歩かせるつもり？　辿り着く前に、寒さで死んでしまうでば」

「白根千軒を出た小塚の麓さ、括袴と深靴を隠してある。蓑と笠は、どっかの軒先から拝借するべし」

景信の申し出に、鈴音から反駁の声は上がらなかった。奥歯を鳴らして震える鈴音の腕を、景信は、強引に引き寄せた。

それから音も無く降り続く雪の中、二人は身を寄せて、ひたすら夜明けを待ち続けた。

第三章　紺碧の天女、疾風に舞う

一

夜明けを待たずに白根千軒を後にした景信と鈴音は、米代川に沿って東へ向かった。

雪は依然として強く吹き付け、天地も遠近も分からないほど、周囲を白く包み込んだ。白い景色を浮遊するような心地の中、景信と鈴音は逸《はぐ》れないよう、腰紐で互いを繋ぐことにした。

米代川が大きく曲がる箇所に、東から合流する川が大湯川。大湯川をさらに上流へ遡ると、北側から流れ込んでくる川が小坂《こさか》川だと、鈴音は言う。

凍《い》てつくような潺《せせらぎ》の音を聞きながら、景信と鈴音は、ひたすら大湯川に沿って歩いた。

新雪を踏み締めながらの行脚は、平素よりも時と脚力を要する。さらに、吹雪で足止めされる度、掻き分ける雪は高くなっていった。

鈴音の足取りが重くなり、幾度も腰紐がぴんと張るようになった。景信は鈴音を背負って歩き続けた。

耳を塞がれているような吹雪の音。目の前には、灰色がかった白い雪が吹き付ける。次第に、目を開けているのか閉じているのか、分からなくなった。

ふと、雪の中に、黒い点が見えた。その点は、景信の少し先を行き、近付くとまた少し先へ逃げる。霞んで見える黒い丸は、鳥の形をしていた。

景信は、黒い鳥を追うようにして、重い足を一歩一歩と前に進めた。凍てついた耳の奥で、黒つぐみの声を聞いたような気がした。

やがて、道が開けてくると、黒い鳥も見えなくなった。程なく、大湯に辿り着いたと気付いた途端、膝の力が一気に抜けた。

かつて大湯氏が治めていた大湯川一帯には、古くから温泉が湧き出ており、特に悪瘡《あくそう》に効能ありと伝えられている。そのため、大湯には、湯治客を泊めるための湯治宿が、数多く軒を連ねていた。

鈴音を背中から下ろした景信は、できるだけ目立たない湯治宿を選んで、半ば崩れ落ちるように敷居を跨いだ。

「ほぉー、こったな雪の日に、よくもまぁ、大湯まで来たこと。まんつ、うちでゆっくりしてくなんせ」

景信と鈴音を快く迎え入れた宿の主人は、人の良さそうな恵比《えび》寿顔《すがお》で部屋へ案内した。凍えきった体に、火桶の暖かさが染みる。

「お二人は、夫婦《めおと》だべか？　まだ若ぇのに、湯治さ来たったの？　どっか身体でも悪ぃんだが？」

部屋の支度を調えながら、主人は好奇の目で景信と鈴音を眺め回した。客への余計な口出しが道楽のようだ。

「いや、湯治でねぇ。先を急ぐ。今日はとりあえず、一宿一飯を乞いてぇだけだ」

景信は、できるだけ無愛想に答えた。下手な穿鑿は、迷惑でしかない。

「こったな雪だもの。先を急ごうにも、しばらく出はられねぇべ。いつまで降るか分からねぇども、お天道様《てんとさま》の機嫌が戻るまで、まんつ、ゆっくり湯さ浸かるんだぁ」

主人は、目を細めながら大きく頷いた。皺の刻まれた目尻から、四十路《よそじ》か五十路《いそじ》ばかりの風格が漂う。

「主人、手短に頼むじゃ。こっから来満《らいまん》峠さ出はるには、何里くれぇある？」

「はぁ？　この時季に来満峠を抜ける気だがぁ？　止めるんだすて。こったな雪だば、七里も歩いても、辿り着かねぇでば」

来満峠へは、大湯よりさらに北東へ向かう。雪深いこの難所さえ抜ければ、その先に田子《たっこ》の宿場があった。

「せば、雪が止んだらもう少し早ぇぐ着けるんだな？」

景信が食い下がると、主人は、眉を八の字に曲げて首を横に振った。

「早ぇぐ着けるかどうかは、分からねぇ。それより、峠を越える前に行き倒れになってしまうじゃ。素直に花輪さ出て、鹿角道から回って行くんだすて」

主人の言う通り、花輪まで南下して、鹿角道を曲田《まがた》まで戻る道程が無難だった。曲田から浄法寺街道を北東に抜ければ、一戸《いちのへ》までは一日程で辿り着く。

だが、景信は再び鹿角へ足を踏み入れたくなかった。旅籠の追っ手がやって来るかもしれないし、何より景信は、鹿角で紫野殺しの下手人として追われている。

「子細あって、来満峠を抜けねばわがねぇんだ。雪が止んだら、越えられねぇ峠でもねぇんだべ？」

来満峠を抜けて田子へ出て、さらに南下し一戸へ向かう算段だった。一戸へ出れば、平糠金山は目前である。

厳中が各地の鉱山を渡り歩いているとすれば、まずは、白根金山からさほど離れていない平糠金山へ向かうのではないか。大湯へ向かう道中、鈴音の異議を押し切って決めたのだった。

「おめさん一人ならまだしも、嫁さんも連れて行くんだべ？　なんぼなんでも、無理だごったぁ」

主人は、疲れ切って床にへたり込んでいる鈴音を指した。

さすがに唐輪髷は目立つので、下げ髪に結い直しているが、紅梅色の小袖はどう見ても峠越えに臨む格好ではない。

面倒になった景信は、主人の話を遮って軽く目配せした。

「なぁ、主人。分かってけろじゃ。俺だづ、長い行脚の末に、ようやく二人きりになれたんだ。おめさんも木石《ぼくせき》でねぇなら、その、ほれ、分かるべ？」

するると主人は、得心のいったような顔をして、曰くありげに北叟笑《ほくそえ》んだ。

「あいや、そういう了見な。んだな、邪魔したらわがねぇな。せば、ごゆっくり」

主人が戸を閉めるや否や、景信は鈴音の腕を引き寄せようと手を伸ばした。

が、紙一重で躱されて、逆に肘鉄を食らう始末。

「何だよ！　さっきまで散々、俺にしがみ付いてらったべじゃ」

「凍え死ぬよりましだと思って、しがみ付いてらっただけだ。火桶のある部屋さ入ったら、もう用無しだでば」

「連れねぇなぁ。『ずっと一緒にいてけろ』って言いながら、抱き付いてきたくせに」

「誰が言ったって！　そったな世迷《よま》い言《ごと》を吐くくらいなら、舌を噛んで死んでやるでば！」

目玉をひん剝いて威嚇する鈴音の頬に、生気が戻った。さっきまで、死人のように蒼白な顔色をしていたのだ。

「そったに怒る《ごしゃぐ》なよ。とりあえず、おめぇの血の気が戻ったみてぇで、いがったじゃ」

景信が猫撫《ねこな》で声《ごえ》で背中に呼び掛けても、鈴音は一言も口を利いてくれなかった。相変わらず、気の強い女だ。

「なぁなぁ、基督《イエス》様は『汝《なんじ》の隣人を愛せよ』と教え説いたんでねぇの？　迷える哀れな子羊さ、聖母《マリヤ》様のような微笑みを向けてくれねぇべか？」

「真の伴天連門徒だったら、振り向いてにっこり微笑むかもな。んだども、あだしは、白根金山で仕事を貰うために、方便で伴天連門徒さなっただけだ。残念だども、好色男さ向ける慈愛の心は、持ち合わせてねぇの」

　好色男と呼ばれて、胸が痛まない訳ではない。が、これも紫野を死へ追いやった自分への罰と思えば、苛立ちよりも悔恨の念が先に立った。

「ふぅん、どおりで随分と冷てぇわけだ。せば、西間歩には、鈴音のように処世術として伴天連門徒さなった者が、他にもいっぺぇいたんだべか？」

　話を変えると、少し警戒の色を見せながらも鈴音はぽつぽつと答えてくれた。

「んだよ。白根金山には、伴天連宗さ心酔してら者と、処世術として伴天連門徒さなった者がいるんだ。あだしも親父も、後者だった。新参が、白根金山で同輩と見なされるには、伴天連門徒になるほうが容易だったふんで」

「せば、重蔵は、なんじょだ？　あいつも、白根金山で一端の金名子と認められるために、方便で伴天連門徒になったんだべか？」

「親方は、助手《イルマン》だもの。誰よりも一途《いちず》に、伴天連宗を信仰してらごった。毎月、自ら講を開いて、掘子だづさ『どちりぃな・きりしたん』を読み聞かせてら」

「『どちりぃな・きりしたん』って、何す？」

　初めて聞く書名に、景信は躊躇わず聞き返した。

「伴天連宗の教えを説いた書だ。何でも、伴天連国の大導師が持ち込んだ書物らしい」

「せば、重蔵は少ねぐとも、伴天連国の言葉が解せるのか？」

「んだ。親方は、伴天連語の『どちりぃな・きりしたん』を日本語で読み聞かせるのす。おそらく、日々熱心に、伴天連宗を学習してらんだべ」

やはり重蔵は、血気盛んな一介の金掘ではなさそうだ。伴天連語を解する金名子など、領内を探し回っても滅多にお目に掛かれまい。

仮に重蔵が黒脛巾組の手先だとしても、伴天連語が解せる間者は単なる下っ端ではない。余程の手練れに違いない。そんな人物を送り込んでいるとしたら、白根金山での伴天連宗の伝道には、何か肝要な目論見があるはずだ。

景信が思案に暮れていると、鈴音は怪訝そうに尋ねた。

「ねぇ、親方がなんじょした？　なして、そったな話っこ聞くの？」

「実はなはん、重蔵が今日、伝道師《パーデレ》さ目通りさせてやるって、言ってらったんだ」

景信が唐突に告げると、両目をくわっと見開いた鈴音は声高に叫んだ。

「はぁ？　あんたが伝道師《パーデレ》様さ目通り叶うってが？　来たばかりの新参のくせに？」

「んだ。重蔵が昨日、俺さ言ったんだ。明日、伝道師《パーデレ》さ会わせてやる、ってな。ま、明日って、つまりは今日だな」

一言一言を確かめるように言うと、鈴音は難しい顔をして考え込んだ。

「今おめぇは、ごさいるんだから、伝道師《パーデレ》様との約定を反故にした、ってこと？　それは、親方も知ってらんだべが？」

「いや、重蔵には何も言わねぇで出はってきた。まさか、鈴音を旅籠から連れ出すふんで、伝道師《パーデレ》様には会えねぐなった、とは言えねぇもんな」

「呆れた！　せば今頃、親方はおめぇを血眼になって探し回ってらべじゃ！」

鈴音は声を尖らせた。明らかに、景信を咎める口吻だ。

「俺が逃げ出したために、重蔵は何か罰を受けるんだべか？」

「山師様は掘子が一人逃げ出したところで、お怒りにはならねぇべども、約定を反故にされた伝道師《パーデレ》様は、なんじょだべなぁ。下手すっど、親方は助手《イルマン》から外されるかもなはん」

「ふうん、そいつは悪ぃことをしたったなぁ。これでますます、合わせる顔が、ねぐなった」

景信は、心にもない物言いをした。重蔵と顔を合わせるなど、断じてするつもりはない。

鈴音の話を聞いても、景信の胸には、少しも迷いは生じなかった。むしろ、重蔵と伝道師《パーデレ》は、一蓮托生《いちれんたくしょう》だと思っている。

「そったな戯れ、言っていいの？　あんたと一緒にいだった、チビっこい奴。あの子は、なんじょするんだ？　郷里さ帰って、それっきり？」

「豆助か？　なんじょだべなぁ？　俺が白根金山を出たって知らねぇはずだから、またノコノコ戻って来るかもな」

「それって酷くねぇが？　何も知らねぇで戻ってきたら、あんたが勝手に山を出た咎を、あの子が受けるんだぞ。なんぼなんでも気の毒だべじゃ」

景信を咎める鈴音の目が、ますます鋭くなった。

豆助が戻る見込は、五分だと踏んでいた。仮に、戻って咎を受ける羽目になっても、豆助ならうまく逃れるだろう。

「重蔵は童子《わらし》にも情け容赦なく連座の咎を負わせるのか？　神の御慈悲とやらは、そういう時に使うんでねぇの？」

「神の御慈悲なんて、あるはずねがえじゃ。あの山では、山法と伴天連宗が全てだ。なんぼ神が許しても、山師様と伝道師《パーデレ》様がお許しにならねがったら、白根金山で仕事を貰うことは、できねぇ」

「豆助は、抜け目のねぇ奴だからな。むざむざ咎を受けるなんて不手際は、しねぇはずだ。あいつを甘く見ると、痛ぇ目に遭うぞ」

人を謀るような豆助の目を思い浮かべた。もしも豆助がここにいたら、情に流されて鈴音を連れ出した景信を、嫌と言うほど扱き下ろすだろう。悪罵を並べ立てる豆助の姿を思い浮かべて、一時でも身の上を案じた己を即座に打ち消した。

その時、不意に襖《ふすま》の向こうで人の気配がした。見れば、主人が隙間から好奇の目で覗いている。

景信と目が合うと、主人は慌てて襖から離れた。

「あんの、夕餉《ゆうげ》はなんじょすんべ？　あと半刻ほどでできるども」

「貰うでば。用意ができたら、持って来てけろ」

短く答えると、襖をピシャリと閉めた。人の逢瀬《おうせ》を覗き見するなんて、随分と下劣な嗜好をした野郎だ。

主人の足音が遠ざかった後で、再び鈴音に尋ねた。

「ところで、鈴音の親父がいねぐなった時の話だども、大眼宗に従いて行くと、親父が自ら鈴音さ打ち明けたのか？」

瞳を曇らせた鈴音は、俯き加減で小さく首を振った。

「いんや、親方から聞いだった。親方は、しばらく前から白根金山の掘子さ大眼門徒が紛れ込んでらと気付いてらったようだ。厳中の居所を突き止めて、詰問する気してらったども、すんでのところで逃げられたそうだ。その時、一緒に逃げた連中の中さ、親父がいだったって」

「その話、事実なのか？　重蔵が、嘘を吐いてらって顚末も考えられるべ」

景信が問い詰めると、鈴音は息を飲んで顔を強ばらせた。

「なして、親方がそったな嘘を吐くってぇ？　戯言も、休み休み言えでば」

「せば、他に誰か、親父が厳中と逃げて行く風景を見た奴は？」

「いねぇでば。んだども、大眼門徒が白根金山さ潜伏してて、厳中と共に余所さ逃げて行ったのは、事実だでば。他の掘子だづの間でも、邪教の余所者が入り込んでらって、噂になってらったもの。親父は、大眼宗の連中が十字架を腰から下げてらのを見てから、おがしねぐなったんだ」

懸命に反駁する鈴音は、まるで自らに言い聞かせているようだった。掘子たちの信を得ている重蔵を疑うなど、罰当たりな考えを抱いてはいけないと。

だが、景信にはある疑念が湧き上がっていた。実際は、鈴音の父は、すでに亡き者となっているのではないか。

偶然にしろ作為にしろ、鈴音の父は不慮の死を遂げていて、その死を隠すために、厳中に従いて行ったなどと嘘を吐いているとしたら。

どのような子細あってか知らないが、父親の死を隠したまま、娘を遊女として売り飛ばしたのだとしたら、神の教えを説くに値しない人間だ。

もちろん、鈴音にそんな考えを伝えるつもりは毛頭ない。胡乱な目で景信を睨む鈴音は、何を言っても聞く耳を持たないだろう。

「いいでば、とにかく厳中を見つければ、真実が分かる。雪が収まったら、先を急ぐべ」

鈴音の目を真っ直ぐに見て頷いた。今は、鈴音が旅籠を出て、景信に従いて来ただけでも良しとしよう。

「……とは、言ったもののなぁ」

声を潜めて、目を襖に向けた。鈴音も釣られて襖に目を遣る。

さっきから、襖の向こうで聞き耳を立てている主人の気が窺える。どこまでも、他人の逢瀬を盗み見ようと、諦めの悪い男だ。

「おい、主人。この雪は、いつまで降り続くと思う?」

景信が襖に向かって話し掛けると、間抜けな声が返ってきた。

「んだなはん。この時季に、ドカ雪が降ると、二、三日は続くかもな。まぁ、霜月に入ったばかりだから、長くは続かねぇべども」

主人が言い終えないうちに、景信は素早く襖を開けた。目が合った主人は、あっと息を飲んで固まっている。

「そったに暇なら、旅の支度を調えろでば。おらだづさ、山越えの橇《かんじき》と杖《つえ》を用意してけろ。雪が収まったら、すぐに出立するふんで」

「んだがら、悪いことは言わねぇ。二、三日は、ここさ泊まるんだすて。来満峠は難所だもの。雪が積もってらったら、越えられねぇよ」

主人は、さも親切そうに手揉みしながら答えた。背後から、鈴音が口を出す。

「そんなら、あんたに、これからあと三日も覗かれるの？」

「案ずるな。おらは、こうして覗くだけで、悪さはしねぇから。ゆっくり休んでけで」

つい本心が口を衝いて出たのだろう。主人は焦ったように目を見開いて、口を押さえた。

景信と鈴音も、絶句して目を見開いた後、同時に怒鳴り返した。

「んだがら、それがわがねぇんだよ！」

「だいたい、夕餉は、なんじょしたのす？　とっとと支度しろでば！」

追い返された主人は、悲鳴を上げながら廊下をバタバタと走り去って行った。

それから、主人の言った通り雪は丸二日も降り続いた。景信と鈴音は、安閑とできない湯治宿に、三日も足止めされた。

二

　大湯を後にした景信と鈴音は、残雪の山道を北東へ向かった。

　雪は一日前に止んでいるものの、依然として脛《すね》の高さまで積もっていた。手にした杖を新雪に突き刺して、足元を確かめながら歩く。

　薄い雲の切れ間から陽光が差すと、雪の反射で目を開けていられないほど眩しかった。必然、下を向いて進むようになる。

　来満峠への道は、予想よりも険しく、橇を履いても思うように進めなかった。橇同士がぶつからないように、足を広げて歩くので、平素とは異なる足の使い方をする。

　加えて、編笠《あみがさ》を目深に被り、目元まで手拭いで覆っているものだから、鬱陶しいし息も乱れる。編笠も手拭いも、雪目にならないよう身に付けているもので、息苦しいからと言って、おいそれと脱ぐことはできなかった。

「親父と姉貴と一緒に、十三歳で白根金山さ流れ着く前は、玉山村さいだったんだよな？　来満峠を通ったことは、あるか？」

　景信は、前を向いて歩みを進めながら鈴音に尋ねた。ややあって、後ろから切れ切れの声が返ってきた。

「な、んども言う、ども、鹿角から一戸さ出はるには、鹿角っ……街道から、浄法寺街道さ抜けるんだ。冬に、こったな道を通るのは、酔狂の、するこ……ぉ」

息の上がった鈴音の語尾は、苦しそうに途切れた。振り返ると、蓑を大きく上下させる鈴音が、一間ほど離れて膝に手を突いていた。

「疲れた《こえぇ》のは分かるども、もう少し速ぇぐ歩いてけねぇが？　暗くなる前に十和田《とわだ》まで出はらねぇと、人家は一軒もねぇぞ」

景信が淡々と告げると、紅《あか》い顔を上げた鈴音は、目を三角に吊り上げた。

「だいたい、なしてあんたは、息も上がってなければ、汗の一つも掻いてねぇの？　声色遣いって奴は、物怪か天狗《てんぐ》の類いなわけ？」

天狗呼ばわりされた景信は、編笠の隙間に滲む汗を指で掻いた。

間盗役の一番衆ともなれば、神速歩行と呼ばれる疲れない歩行術や、発汗を抑える呼吸くらいは、心得ている。

ただ、当然鈴音には、間盗役という身上は明かしていない。これまで何度か、素性を問われたが、曖昧にごまかしてきた。

「その口振りだば、まだまだ余力があるようだなはん。あと一刻もすれば日も暮れてくる。とにかく、先を急ぐべ」

景信が声を掛けると、鈴音は渋々歩き出した。静まり返ったブナの森に、雪を踏む二人の足音だけが響いていた。

やがて、西の山に日が陰り、足元から底冷えする寒さが這い上がってくる頃。二人は依然として十和田に辿り着いていなかった。

十和田まであと何里あるか、景信にも明確には分からない。誰かに聞きたくても、人家はおろか、人の足跡すら見当たらなかった。

「半里ほど前に、炭焼き小屋があったべ？　あれが、最後に見た建物だ。あそこさ戻るか、それとも進むか、なんじょする？」

景信が尋ねると、鈴音は絞り出すような声で答えた。

「あの炭焼き小屋、人気《ひとけ》がねがったじゃ。冬場は使われてねぇんだべ。現に、炭を焼いてら煙は、何も出はってねがったもの」

「使われてねぇのは、十分に分かってらでば。夜を凌ぐために、寝泊まりするだけだ。雪ん中で野宿するより、マシだべじゃ」

景信は、このまま闇雲に進むより、半里ほど戻って一夜を明かすべきだと思っていた。今なら、道を見失う前に、炭焼き小屋に辿り着けるだろう。

だが、鈴音は首を縦に振らなかった。半里とは言え、苦労して来た道を引き返すのは、気乗りしないようだ。

鈴音が口を開きかけた時、景信の目の端に、微かな光が見えた。じっと目を凝らすと、木立の隙間に、消え入りそうなほど小さな明かりが点っている。

「何だべ、あれは？」

一点の明かりを見据えたまま、無心に歩き出した。あの明かりが人家なら、絶対に見失うわけにはいかない。

明かりは、荒れ果てた廃寺の奥で点されていた。石灯籠が崩れ、屋根も傾いた有様《ありさま》から見て、何年も使われていない寺なのだろう。

景信は、迷いなく寺の門を潜った。破れた蔀戸《しとみど》を叩くと、中から太い声が返ってきた。

「戸は、開いてら。客人だは、入って来ぉ。賊だば、何も盗る物はねぇがら、さっさと帰《け》れ」

鈴音を振り返ると、大きく頷き返した。景信は、軋む板戸を引き開けた。

行灯の明かりに目が慣れると、中にいたのは、百衣《びゃくえ》に結袈裟《ゆいげさ》を着けた大入道だった。床に胡座《あぐら》を掻いて、鋭い眼光でこちらを睨み付けている。

「こったな刻限に、失礼いたす。ここは、何という寺だべが？　我々は、子細あって一戸を目指す、旅の夫婦でがんす。日のあるうちに十和田さ着くつもりだったども、思いの外に道が険しく、日が暮れてしまった。どうか、この寺で一晩だけ泊めてもらえねぇべが？」

「ほう、客人か。拙僧は廃寺さ住み着く生臭入道だ。托鉢《たくはつ》の傍ら、宿を貸してら。おめだづのように十和田さ辿り着けねぐて途方に暮れる旅人さ、一宿一飯を恵んでやるのが、おらの務めだ」

景信が尋ねると、大入道は、柔和な顔つきで答えた。だが、景信と鈴音を交互に眺める目の奥で、値踏みするような光が見え隠れしている。

「托鉢？　その身なりでだか？」

景信は入道の身に着けている鹿の毛皮を指差した。民衆に不殺生を説く者の格好とは、どうも思えない。

「なんも。托鉢さ出はる時は、こったな毛皮っこ脱ぐじゃ。今は、宿坊の主だもの。なんじょな格好してらって、いがえじゃ」

入道は、悪びれる素振りもなく、欠けた歯を見せて笑った。

「それより、おめだづは、今晩ここさ泊まりてぇんだな？　せば、宿代は、なんぼ払える？　それによっちゃ、案内する部屋と、支度する夕餉の中身が違うんだども」

「おいおい、この寺は、迷える旅人さ、一宿一飯を恵んですける、仏様の有り難ぇ宿でねぇのが？　仏の沙汰も金次第かよ？」

「口の利き方さ気ぃ付けろよ。誰が、善意で宿を貸すと言った？　おらは、托鉢と宿坊で糊口《ここう》を凌いでらんだ。仏の教えだけで飯が食えるんだば、誰も苦労なんかしねぇべじゃ」

立ち上がった入道の顔が、俄に険しくなった。

「それとも、雪ん中で野宿して、そのまま凍え死ぬか？　言っておくども、この先、十和田までは半日以上は掛かるぞ」

今まで見せていた笑みが嘘のように消え、代わりに怒気を含んだ蛇のような眼光が景信を射貫く。身の丈が六尺もあろうかという大入道を、景信は身動ぎせずに見詰めていた。

さては、荒寺に勝手に住み着いた、山賊か罪人の類いであろう。並の旅人であれば、山法師の悪人面に恐れを成して、言われるがままに金品を差し出すかもしれない。

だが、景信にとっては山賊だろうと山伏だろうと、大した敵ではなかった。むしろ根無し草のほうが、殺めた後の隠匿が容易い。

「悪ぃが、俺だづは、これしか持ち合わせがねぇんだ。一番、狭ぇ部屋と一杯の粥《かゆ》でいいふんで、恵んでけねぇべが？」

景信は、低頭平身ぶることもせず、堂々と鐚銭《びたせん》五枚を差し出した。入道の目が、鐚銭に注がれた後、景信を見て、鈴音に向かった。

入道の口元が、卑しく綻ぶ。それだけで、この下劣な宿主の腹が読めた。入道は、宿代の埋め合わせに鈴音を襲うつもりだ。

おそらく、これまでも幾人も犠牲になってきたに違いない。彼らは身ぐるみ剥がされ、命が残った者は、僥倖だったと言うべきだろう。

「いいじゃ、おらだって、坊主の端くれだ。鐚銭五枚で一宿一飯を恵んですけるじゃ。その代わり、納屋でもいいな？」

満足そうに頷く入道を見て、景信は腹を決めた。この男が仕掛けてきたら、即座に殺す。亡骸は、裏手の雪に埋めれば春まで誰にも見つかるまい。

納屋で粥を啜った後、景信と鈴音は、藁束《わらたば》に包《くる》まって背を向けていた。しばらく背中越しに鈴音の息遣いを確かめていたが、寝息に変わる様子はない。

景信は、堪りかねて口を開いた。

「明日は、日の出と共にここを出はるぞ。早ぇぐ寝ろ」

ややあって、くぐもった声が返ってきた。

「そういう自分だって、まだ起きてらんだべ？」

「俺は、あの入道が気になる。少ねぐとも、鈴音より先に寝るつもりは、ねぇ」

少しの間を置いて、藁の擦れる音がした。鈴音が体を起こしたらしい。

「眠れねぇんだ。少し《べっこ》話し相手になってけろ」

「話し相手だけでいいんだが？　寒ぃんだば、同衾《どうきん》してすけるぞ？」

いつもの鈴音なら、ここで手が出るはずである。ここ何日も、同様の戯れを言って、鈴音に殴られてきた。

だが今日は珍しく、考えるような間があった。

「あんたにとって、あだしは、何？　不幸に陥れた女への罪滅ぼしと言ってらったども、遊女のなり損ないを、いつまで庇護するつもり？」

振り返ると、鈴音の瞳が、暗闇で微かに光っていた。潤んだ二つの瞳は、景信を真っ直ぐに見据えている。

「そういう鈴音こそ、親父を見つけた後、なんじょするつもりだ？　もう白根金山には、戻れねぇべ？」

景信が尋ねると、自嘲の吐息が返ってきた。

「その時は、今度こそ本当に遊女になるかもな。金山を離れたら、あだしができる仕事なんて、何もねぇ」

「そったなこと、ねがべ。鈴音は器量もいいし、嫁の貰い手ならなんぼでもあるべじゃ」

言いながら、自分で自分が可笑《おか》しくなった。命懸けで連れ出した女に、他の男との幸せを望むなど、笑止千万もいいところだ。

「取り繕いの慰めは、止めてけで。あだしには、人並みの幸せなんて夢のまた夢だじゃ。そったな僥倖を望むなんて、身のほど知らずだって、分かってらでば」

鈴音の声が、あまりに哀調を帯びていたので、景信は、言葉に詰まった。今は、下手な戯れを言ったところで、何の慰めにもならないだろう。

「おいおい、そったに自分を貶めるなよ。鈴音が金山で身に付けた技倆《ぎりょう》と、地の果てまで親父を探しに行く熱意があれば、何だってできるべ。各地を渡り歩いてきた俺が言うんだから、間違いねぇよ」

「あんたに言われても、ちっとも心に響かねぇ。最初は、あだしを買おうとしてらったくせに」

「あれは、鈴音が無理やり身売りさせられたのかと思ったからで」

痛いところを突かれた景信は、取り付く島もなく絶句した。今ここで言うか、それを。

「せば、今ならなんぼで買う？」

言われた意図を即座に解せず、景信は「は？」と呆《ほう》けたように答えた。よもや、耳がおかしくなったのだろうか。

「あの入道には、鐚銭五枚しか持ち合わせがないって言ったども、どうせ嘘だべ？　今宵一晩、あだしを買うとしたら、あんたは、なんぼ出す？」

鈴音から立ち上る色気が、妖艶な色香に変わった。藁の擦れる音がして、鈴音の近付いてくる様子がした。

「寂しいなはん。ここまで一緒に旅してきた俺から金を取る気だが？　そこは、タダでもいいんでねぇの？」

「たった今、自分を貶めるなって言ったのは、誰よ。いいでば。せば、あだしが決めてあげる」

鈴音の手が、景信の胸を撫でて、懐を弄った。そのまま頬を付けて、背中に手を回してきた。柔らかい吐息が、首元に掛かる。

まさに願ったり叶ったりの形勢だが、時機が悪い。これが昨日だったなら喜んで申し出に乗っていたのに。

「なぁ、鈴音。俺だって、悪い気はしねぇ。んだども、今は、ちょっと止《よ》さねぇか？」

「なして？」と言いながらも、鈴音は、胸元を弄る手を止めない。景信は、その手を摑んで体から離した。

「さっきも言ったったべ。あの入道は、俺だづの寝入った隙を襲う気だ。睦み合ってらったら、まさに入道の思《おも》う壺《つぼ》だべじゃ」

自我を抑えながらも、景信は、不思議な既視感を覚えていた。鈴音に迫られた例など、ただの一度もないはずなのに。

去来する念が頭を掠めた時、納屋の外に人の気配を感じた。

「ほれ、早速お出ましだ」

景信は、鈴音の体を払いのけ、素早く立ち上がった。

外の動きに耳を傾け、五感を研ぎ澄ませる。途端に、納屋の戸が勢いよく開いた。

「お楽しみの最中、悪ぃどもなぁ。おめぇには、死んでもらうでば」

入道の黒い影が室内に飛び込んできた。入道の振り下ろした槍《やり》を落ち着いて躱しながら、景信は、ある疑念に囚われていた。

外にいたのは、この大入道の気配だっただろうか。

「生憎だども、おめぇの魂胆は、読めでら。とんでもねぇ悪徳入道がいたもんだなはん」

槍を躱した景信は、入道の背後に回り込んだ。だが、敵もなかなかに俊敏で、槍の柄を引いて景信の攻撃を防いだ。

それでも、狭い納屋で槍を振り回すなど、明らかに無謀である。

相手の間合いに易々と入り込んだ景信は、鎧通を入道の右脇腹に突き刺した。短い悲鳴が上がり、入道はその場に倒れ込んだ。

景信は、納屋の壁にぴたりと張り付き、外の殺気を窺った。先ほどの勘が正しければ、入道とは別の誰かが、納屋の外にいる。

弦月の光に照らされて、淡く浮かび上がる雪の上に、青い影が伸びてきた。

「よく言うでば。自分も悪徳掘子のくせに」

雪上に響いた声に、景信の勘が働いた。紛れもなく、重蔵の声だった。

「言ったっぺ？　おらの許しねぐ山を下りたら、ただじゃ済まねぇ、って」

よく通る低い声が、足下から絡み付くように近づいてきた。

重蔵の足音は、板戸の前で止まった。景信の目には重蔵の左足だけが黒い影となって見えている。

「ノブ、そこさ立ってらんだべ？　入道は、足止めにもならねがったが」

重蔵の声に呼応するように、入道が、声にならない呻きを上げた。起き上がれない様子から、深手には違いないが、息の根を止めるには至らなかった。

「……親方？　なして、ここさ？」

暗闇で立ち竦む鈴音に、早口で呼びかけた。

「鈴音、そこを動くな。納屋から出はるなよ」

景信は、鐙通を握り締めて相手の出方を窺った。重蔵の声は穏やかだが、針のような殺気を感じる。

「おめぇ、間盗役だべ？　名高い声色遣いってのは、おめぇだな？」

重蔵の足が、じりじりと雪を踏み締める音がした。納屋に踏み込む契機を窺っているのか。

「そういうおめぇは、黒脛巾組だべ？　本当に黒い脛巾を着けてらわけで、ねぇんだな」

「ほう、やっぱり気付いてらったが。いつからだ？」

重蔵の声に狼狽の色はなく、むしろ景信に察知されていた事情を、楽しんでいるかのようだ。

「あんたが、伝道師《パーデレ》と俺を引き合わせる話を持ちかけてきた時だ」

「おらが伝道師《パーデレ》とおめぇを引き合わせると、なして、黒脛巾組だっつう顚末になる？」

「紫野っつう女を知ってらべ？」

景信が単刀直入に聞くと重蔵に迷いの間が生じた。構わず続ける。

「紫野はおめだづの同輩だべ？　知らねぇとは、言わせねぇぞ」

「んだがら、それが、なんじょした？」

重蔵の声には、若干の焦りが出ていた。紫野の名前を出されて、幾許《いくばく》か困惑しているのだろう。重蔵の焦りに付け入るべく、続けた。

「紫野の目論見は、白根金山で洗礼《バプテスマ》を受けることだった。んだども、白根金山で洗礼《バプテスマ》を与えられるのは、伝道師《パーデレ》ただ一人と聞いたったぞ。せば、紫野と伝道師《パーデレ》は、どこかで通じてらと考えられる。つまりは、伝道師《パーデレ》も黒脛巾組で、その伝道師《パーデレ》さ仕える助手《イルマン》も黒脛巾組に違いねぇと思ったんだ」

景信が推量すると、重蔵は低い声で笑った。

「それだば、話は早ぇなはん。なんじょだぇ？　おめぇも、黒脛巾組さ来ねぇが？」

重蔵の申し出は、予め察しが付いていた。やはり、景信を黒脛巾組に引き入れる狙いがあったのだ。

「生憎だども、俺は代々、間盗役の家さ生まれたんだ。金で雇われた間者と、一緒にしねぇでけで」

「家柄に拘《こだわ》るなど、実に些末《さまつ》だ。間盗役にいる限り、その些末な思念から抜け出せねぇぞ」

これは、挑発だ。分かってはいるものの、景信は、反駁を押し殺せなかった。

「せば、黒脛巾組は違うって言いてぇのが？　箝口のため紫野をあっさり殺したくせに、随分と偉そうだなはん」

「それが、なんじょした？　おおかた、離叛《りはん》に気付いた目付が、始末したんだべ。おらは、知らねぇ」

重蔵の言い逃れに、景信は、目眩《めまい》を催すほどの怒りを覚えた。

間者ならば、離叛者を木の葉のごとく切り捨てて当然なのだろう。だが景信は、同輩の死を「知らねぇ」の一言で片付ける重蔵が、許せなかった。

「紫野はなぁ、絶望の淵から這い上がろうと、最後まで苦悶してらったんだ。間盗役と黒脛巾組の間で、己の生きる術を懸命に探してらったんだよ」

「随分と、紫野さ執心するなはん。あの女さ、惚れてらったのか？」

重蔵が低い声で嘲笑した。悔恨の念は、微塵もないらしい。

景信と重蔵が互いの出方を窺っていると、背後で藁を踏む音がした。振り返ると、鈴音がふらふらと戸口に近付いてきた。

「おい、鈴音！　表さ出はるな。中で大人しくしてろ」

鈴音は景信の声など耳に届かない様子で、強直して外を見ていた。まるで呆けたように、一点を見詰めて忙然としている。

「鈴音、そこさ、いたんだべ？　その男は、間盗役っつう血も涙もねぇ間者だ。おめぇを亡き者にするくれぇ、造作もねぇごった。早ぇぐ、こっちさ戻って来ぉ」

　重蔵の誘いを、景信は遮った。

「鈴音、重蔵は伊達の間者だ。出て行ったところで、むざむざ殺されるだけだ。納屋の中さ隠れてろ」

　景信が早口で呼び掛けると、重蔵は、さも勝ち誇ったように大声で笑った。

「殺《や》られるのは、おめぇだ！　他人を憂慮してら時でねぇぞ！」

　重蔵の声を合図に、納屋の前に二つの殺気が現れた。黒脛巾組の同輩に違いない。

　三対一で、しかも女を庇《かば》いながらでは、明らかに分が悪い。景信は懸命に頭を働かせた。

「そったに俺を殺してぇなら、なしてもっと早く手を下さねがった？　俺を葬る機会なら、なんぼでもあったべじゃ」

「さっきも言ったべ？　おめぇが伝宇須《デウス》如来の前に跪《ひざまず》き、伴天連宗と黒脛巾組に転ぶんだば、同輩さ迎え入れてやってもいい、って。おらだづは、おめぇの声色が欲しいんだよ」

　やはり、狙いは声色か。景信は、声色は兵術だという父の言葉を思い出していた。

　景信が返答をせずにいると、重蔵はさらに続けた。

「おめぇも、白根金山で見たったべ？　あの金山では、他の山には無ぇような、高度な技術で金を採るんだ。竜樋も引重器も絞車《しめぐるま》も、全て南蛮渡来の道具だぁ。これらの道具を用いれば、今までに見たこともねぇほど、金鉱石がザクザク採れる」

「あぁ、見たでば。あったな道具は、確かに珍しいな」

景信が同意すると、重蔵は、得意になって続けた。

「金鉱石を掘るだけでねぇ。採った金鉱石より金と銀を分離させる技術だって、南蛮国より齎されたもの。伴天連宗の伝道師《パーデレ》たちは、何の見返りも求めずに、貧しいこの国さ、崇高なる神の通力を教え広めたんだ」

心酔したように語る重蔵の話を聞き流しながら、足下に倒れた入道に目を落とした。

深手を負った入道が、荒い息を途切れ途切れに吐きながら、腕だけで起き上がろうとしていた。もはや、足に力が入らないらしい。

「それはつまり、高度な技術を伝える代わりに、伴天連宗を伝道するって成り行きだべ？　南蛮渡来の技術と一緒に、伴天連宗も各地へ広める。そうやって、門徒を着々と増やす手法が、南蛮人の遣り口だべ」

景信が言い切ると、興醒めするような間があった。ややあって、重蔵が再び口を開いた。

「そう先を急ぐな。間盗役のおめぇにとっては、金銀山の技術なんて、なんじょでもいいもんなぁ。せば、こいつは、なんじょだ？」

重蔵が、肩に担いでいた何かを下ろし、景信たちのいる納屋に向けた。銃を構えるような素振りをしているが、両手の塞がっている今なら、隙を突けるかもしれない。

景信が身を乗り出した刹那、カチッと音がした。ややあって、火花が走る。

ズドンと鈍い大音響が耳を劈《つんざ》いた。弾の行方は知れないが、紛れもなく銃であった。

暗がりでは、子細は分からないが、長さにして二尺。しかも火縄銃のように、火種を起こしている素振りは、なかったはずだ。

納屋の壁に再び身を隠した景信は、早口で鈴音に尋ねた。

「おい、鈴音。無事か？　絶対に納屋から出はるんでねぇぞ」

景信の困惑を見透かすように、重蔵の高笑いが響いた。

「こいつは新式の南蛮銃だ。日本じゃ、まだ誰も使ってねぇ、歯輪式《しりんしき》のな。火縄銃より小せぇ上に、火種を持ち歩く手間もねぇのす」

声高に語る重蔵の声は、愉悦そのものだった。

「そいつは、確かに魂消たなはん。んだども、なんぼ新式だって、こったな暗闇で、銃が何の役に立つ？」

暗闇では、狙いを定められない上に、薬込すら儘《まま》ならないはずだ。むしろ、銃を過信している今こそ、相手の隙を突く好機。景信は、一歩ほど前に踏み出した。

その時、足下に転がっていた入道が突如として立ち上がり、景信を背後から羽交い絞めにした。

「伝道師《パーデレ》様ぁ、今だ！　撃ってくんなんせぇ！」

入道の力は、どう考えても深手を負っている人間のものとは思えなかった。死兵となって、最期の力を振り絞っているのか。

「伝道師《パーデレ》様だぁ？　血迷ったってが？　あいつは、伝道師《パーデレ》でねぐ、助手《イルマン》……」

言いかけて景信は、はたと思い止まった。重蔵がしきりに伝道師《パーデレ》に引き会わせようとしていた違和を思い出す。

景信の疑心が、俄に確信へ変わった。息を飲んで重蔵を見つめると、晒を巻いた手で素早く薬込をしている。

「まさか、おめぇが……」

「あははは、大当たりぃ！　ようやく気付いたな。これは、褒美だ。受け取れ！」

重蔵の高笑いが、暗闇に響く。再び構えた銃から火花が飛んだ。

だが景信は、弾が発射される直前の、火種を落とす音を聞き逃さなかった。

さっきの発射で確信した。あの銃は、火種を落としてから弾が発射されるまで、幾何《いくばく》か時が空く。

入道の足を振り払い、入道を担ぐようにしゃがみ込んだ。

案の定、踏ん張りの利かない入道の足は、あっさりと薙《な》ぎ払われ、分厚い体が景信に覆《おお》い被さってきた。発射の大音響と、入道が上げた蛙の潰れたような悲鳴が、ほぼ同時に上がった。

間を置かず、膝を突いた景信に、重蔵の脇に控えていた二人の敵方が襲い掛かった。覆い被さった入道の体を押し除けて、瞬く間に景信を捕らえた。

暗闇での無駄のない動きから、少なくとも入道よりは手練れであると分かる。景信は、抵抗を諦めて、後ろ手に組み敷かれた。

「黒脛巾組ってのは、同輩にも容赦しねぇんだな。俺を捕らえるためだば、入道を犠牲にしても已《や》む無しってが？」

雪の上に倒れたまま動かない入道を横目に見ながら言った。重蔵が撃った弾は、入道に命中したようだ。

「思い違いするな。これは、介錯《かいしゃく》だ。おらだづ伴天連門徒は、自害が法度なのす。虫の息だった入道さ、同輩として最期の情けを掛けたに過ぎねぇ」

正面から近付いてきた重蔵の声は、まるで平然としていた。脚絆を着けた重蔵の足が、目の前で止まる。顔を上げると、重蔵は十字を切る動作をしていた。

「偉大なる伝宇須《デウス》様。貴方《あなた》の子が、天の国さ帰る手助けをしたった。おらの罪を許してけろ。アメン」

重蔵が胸元から取り出したのは、景信が拾い届けた十字架だった。後藤寿庵の形見と言っていたその十字架を、重蔵は胸元で握り締めた。

「おめぇが、伝道師《パーデレ》だったのか。なして、助手《イルマン》と嘘を吐いてらった？」

景信が問い詰めると、重蔵は、十字架から手を離して顔を向けた。

「そもそも、伝道師《パーデレ》が、なんじょな位階を指すか、分かってらが？　伝道師《パーデレ》とは、南蛮国の伴天連宗総本山より洗礼《バプテスマ》を受けた者。支流の支流にしか過ぎねぇ助手《イルマン》とは、まるで身分が違う」

「せば、伝道師《パーデレ》であるおめぇは、南蛮国で洗礼《バプテスマ》を受けた、とでも言いてぇんだが？　この期に及んで、戯れを言うんでねぇ」

「戯れでねぇ。おらは、月浦より黒船さ乗り、濃毘数般《ノビスパン》の土を踏んだのだ。今から十二年も前の話だ」

　得意顔で言い放った重蔵の言葉に、景信は瞠目した。十二年前に月浦から出航した船とは、即ち政宗が奥南蛮へ遣わした使節団に他ならない。

「なんだって？　おめぇが、黒船で南蛮国さ渡った、使節だと？」

「正しくは、使節の従者だ。当時、黒船で濃毘数般《ノビスパン》さ渡った伊達家臣は、十四人。公儀の役人が約十人。それぞれに従者を伴ったり、商人が乗り込んだりしたったから、全体では百八十人以上が黒船で海を渡ったんだ」

　南蛮国へ黒船を遣わしたのは、政宗の独断ではない。濃毘数般《ノビスパン》の答礼大使を帰還させ、副王へ返礼品を送り届けるという、公儀の目的もあった。政宗には、公儀の意を汲んで、黒船を建造し、使節の派遣に尽力したという大義があった。

　だが、その使節団の功績はおろか、何人が乗船し南蛮国へ渡ったのか、明らかにされてはいなかった。

　なぜなら、華々しく船出した出航時と異なり、帰着時の国内では、伴天連宗への弾圧が熾烈を極めていたからだ。南蛮国へ進物を贈り、親睦を結ぼうと画策していたなど、もはや公然と披瀝《ひれき》できる時勢ではなかった。

　景信が絶句していると、重蔵が続けた。

「濃毘数般《ノビスパン》は、おらだづの想像を遥かに超えた国だぞ。建物も暮らしも道具も何もかも、我が国より、うんと進んでら。この銃を見ても分かるべ？　こったに短くて薬込の容易い銃が、彼の国では易々と手に入る」

重蔵は薬込の済んだ銃口を景信に向け、銃床を愛《め》でるように撫でた。

「南蛮国から見たら、日本など取るに足らない小国だ。おらは、神の為せるような素晴らしい文物を目の当たりにして、心の底から驚嘆したった。この偉大なる叡智《えいち》と恩恵を受けられるんだば、伴天連門徒になりてぇと思って、濃毘数般《ノビスパン》の『さんふらんしすこ』なる天主堂にて、集団で洗礼《バプテスマ》を受けたんだ」

熱を帯びた重蔵の口吻に、景信は反吐《へど》が出そうだった。しかし、左右から取り押さえられ、雪に腹這いになった今の体勢では、手も足も出ない。

「なんじょだぇ？　おめぇも、伴天連宗さ転ぶ気になったが？　これが最後の誘いだ」

重蔵は、脇を締めて銃を構えた。渇いた喉に唾を飲んで、景信は口を開いた。

「まず先に、俺の問さ答えろ。なして、おめぇは助手《イルマン》を名乗ってらった？　伝道師《パーデレ》と露見すると、何か不都合でもあったんだが？」

景信は、あくまで平静を装いつつ、時を稼いだ。何か、相手の虚を突く秘策はないだろうか。

「造作もねぇでば。伝道師《パーデレ》だば、表立った行動や采配ができねぇども、助手《イルマン》だば、金名子として掘子を好きに動かせる。伝道師《パーデレ》の下知だと言えば、掘子だづも否とは言えねぇべ」

「解せねぇなはん。伝道師《パーデレ》から洗礼《バプテスマ》を与える、と言って、おめぇが出はってきたら、全て露見するべじゃ」

「なんも。伝道師《パードレ》は、姿を見せねぇほうがいいのす。人は、姿形の見えねぇ神にこそ、平伏《ひれふ》し、崇め奉る。伴天連門徒からすれば、伝道師《パードレ》は即ち神の一部。姿が見えるか見えないかは、もはや差し障りでねぇんだ」

重蔵は、しゃがみ込んで銃口を景信の額に押し当てた。あまりの熱さに顔を逸らそうと苦闘したが、脇を固めた敵方が景信の頭を押さえ付けた。額がじりじりと焼かれているようだ。

「さぁ、今度は、おめぇが答える番だ。黒脛巾組さ転ぶか、ここで額に穴を空けられるか、どっちにする？」

重蔵の目が、暗闇で爛々と光る。二尺と離れていないため、激揚した息遣いと殺気がひしひしと伝わってきた。

「今まで、何のために殺さずに、時を掛けて伴天連宗の崇高な教えを吹き込んできたと思う？　おめぇが自ら目覚めて、こっち側さ転ぶ機会を与えるためだ。黒脛巾組は、おめぇの声色を高く買ってらぞ。間盗役を捨てて、黒脛巾組さ転ぶと言えば、同輩として迎え入れてやる」

熱い銃口が、景信の額に食い込んだ。景信は歯を食い縛って、息を止めた。

仮に、黒脛巾組に転ぶと口走ったところで、その後に待っているのは、恐怖による懐柔だろう。拷問を繰り返して恐怖と苦痛を植え付け、二度と異心を抱かぬよう統制されるに違いない。

そのように無様な生き恥を晒すくらいなら、今ここで頭を撃ち抜かれたほうが、遥かにましである。

　この時になって初めて、間盗役に転ぶかどうか葛藤していた紫野の心情を理解した。景信が迫った黒脛巾組からの離叛は、苦痛を齎していたのかもしれない。

　もはや、万策尽きたか――。景信の頭の中に、目を見開いたまま雪を摑んで絶命する己の姿が、ありありと浮かんだ。

　その時、闇を切り裂く鈍い音が、耳元を掠めた。次の刹那、景信の腕を捻り上げていた手が脱力し、左の男がゆっくり倒れていった。

　景信は、額の銃口を左腕で跳ね上げた。と、同時に、銃口が火を噴いた。弾は、あらぬ方向へ飛んでいった。

　閃光《せんこう》の中で、景信の目は信じられない人物を捉えた。

　重蔵の背後から棒手裏剣を構えて突っ込んできたのは、豆助だった。予想外の光景に、景信は我が目を疑った。

「まっ、豆助ぇ？　なして、ここさ……」

　豆助は、景信の声など聞こえていないのか、能面のような顔で、真っ直ぐに重蔵へ襲い掛かった。

　しかし、急襲を即座に悟った重蔵は、すぐさま反転し、銃身で棒手裏剣を受けた。突進を防がれた豆助は、後ろに飛《と》び退《の》いて間合いを計る。

　一方の景信も、呆気に取られている場合でなかった。景信の右腕を固めていたもう一人の敵方の隙を突いて腕を振り解き、左横に転がるようにして仰向けになった。

だが、敵も黒脛巾組とあって夜目が利くらしい。素早く飛び掛かると、仰向けに転がる景信に鎧通を突き立ててきた。

一度目は、辛くも躱した。

だが、二度三度と振り下ろされる鎧通は、確実に急所だけを狙ってくる。景信は、自らの左腕を盾とするしかなかった。

鎧通が、景信の左腕の肉を裂き、骨を軋ませる。痛みよりも、熱を感じた。

景信は足を振子のように使い、勢いよく起き上がった。鎧通から手を離す暇のなかった相手は、景信の頭突きを正面から鼻っ柱に食らった。

景信の頬に、生温かい血が滴る。相手の鼻の骨を砕いたらしい。

なおも景信は、攻撃の手を緩めない。鼻を押さえて踉蹌《ろうそう》する相手の双眸に、中指と人差し指を突き刺した。

相手が怯《ひる》んだ隙に、体勢を立て直した景信は、懐から取り出した棒手裏剣で相手の右脇腹を一突きした。臓物を突き破った手応えがあった。

「ぐぎぎぎ」と歯を食い縛るような唸り声を上げた相手は、膝を突いて頽れた。その時にはすでに、景信は豆助を振り返って加勢に出ていた。

「無理すんなよ、オッサン。腕が片方、使い物にならねぐなってらぞ」

豆助の悪罵が、暗闇に響いた。

「なに、このくれぇ、掠り傷だでば」

虚勢を張った景信は、重蔵の背後に立って豆助に腕を上げて見せた。鋭い痛みが、突き抜けるように走る。確かに豆助の言うとおり、しばらく左腕は使えまい。

重蔵は景信と豆助を左右に見ながら、ジリジリと後退る。

「そいつも、間盗役か？　童子《わらし》だと思って、甘く見てらった。とっとと始末すれば、いがったな」

「嘘吐け。白根千軒を出てすぐに、湯瀬峠の手前で二人組が襲って来たぞ。二人とも、返り討ちにしてやったどもな」

「んだがら、甘く見たって言ってらんだ。二人でねぐ、四人にすれば、いがったじゃ」

重蔵は、口惜しそうに吐き捨てた。

豆助が黒脛巾組かもしれないと憶測していた景信の疑念が、徐々に雲散していく。重蔵に襲いかかった豆助の殺気は、間違いなく本物だった。

「単刀直入に言ってもらうべか。おめだづ黒脛巾組が、白根金山や鹿角で伴天連宗を広める目論見は、何だ？」

景信が間合いを詰めながら問うと、重蔵は低く笑った。

「聞かれて、んだんだ、と答えると思うか？　おめぇだづの、足りねぇ頭で考えろ」

いくら二対一と優勢になったところで、敵を生け捕りにする方策は、討ち取るよりも難しい。ましてや、敵の力量が己と同程度、もしくはそれ以上なら、なおさら困難を極める。

「伴天連宗と大眼宗は、別物だと言ったべ。それなら、大眼宗が崇めてら神とは何だ？　鈴音の親父は、大眼門徒が伴天連門徒と同じ十字架を下げてらのを見たそうだ。おめぇは、大眼宗と伴天連宗が同じ神を崇めてらと、知ってらったな？」

景信は、早口で確信をぶつけた。

重蔵が伝道師《パーデレ》なら、西間歩だけでなく、白根金山の伴天連門徒を全て取り仕切っていたはずだ。白根金山に大眼宗が潜伏していた事実も、承知していたに違いない。

「知ってらも何も、大眼宗は伴天連宗の囮《おとり》であり、擬餌だ。伴天連門徒の中から選ばれた上役だけが、大眼宗の真理に触れることができる。んだども、他の伴天連門徒にはそったな道理は知らせてねぇ。伴天連門徒には、上も下もなく皆が平等に救われると教えてらふんで」

なるほど、鈴音の父親はその秘事に触れてしまったのか。白根金山で大眼宗の秘事が露見する前に、鈴音の父親は連れ去られた。

肩を怒らせた重蔵の影を、じっと見据えた。

「おめぇは、鈴音の親父の行方を何か知ってらべ？　今どこさいるか、答えろ」

「あぁ、それなら教えてすけるじゃ」

重蔵は、虚仮にするような口吻で答えた。

「鈴音の親父は、始末したった。亡骸はもう出はってこねぇじゃ。おらだづの同輩が、首尾よく片付けたごった」

重蔵の声が闇に木霊する。ややあって、後ろから鈴音の悲鳴が上がった。

「嘘だ！　親父が殺されたなんて」

「鈴音、出はって来るな！　重蔵の言葉さ惑わされるな」

重蔵を睨み付けたまま、大声で鈴音を制した。背後で、鈴音の荒い息が聞こえる。

「嘘でねぇでば。おめぇの親父は、もうこの世さいねぇ。いや、親父だけでねぐ姉貴もか。気の毒だども、おめぇの身寄りは、誰もいねぐなったなはん」

重蔵は嘲笑《あざわら》うように続けた。鈴音の金切り声が、景信の耳を劈く。

「なして？　なして親父まで始末したった！　答えろ！」

納屋から飛び出してきた鈴音が足を雪に取られて倒れ込んだ。その刹那、重蔵の肩がふっと下がった。

しまったと思った時には、すでに重蔵の姿はない。

振り返ると、重蔵は鈴音を後ろから抱きかかえて、首筋に刃物を当てていた。

「この期に及んで、女を人質に取るってが。どこまで卑怯な野郎だ」

景信が怒りを押し殺して低く唸っても、重蔵は、返答しなかった。

目の前の男は、重蔵であって、重蔵でない。この男が今まで扮していた重蔵という人物は、口は悪いが面倒見が良く、血の気は多いが憎めない気質の持ち主だった。

だが今、鈴音を人質にしているこの男は、極めて周到な黒脛巾組の酷薄者だった。重蔵という人物の皮を、羽織のように軽々と、脱いだり着たりできるのだろう。

「なんじょだ、鈴音。おらが、憎いか？　いいぞ、その顔だ。もっと憎め」

重蔵が粘つく声で囁くと、鈴音は身動きできずに震えていた。

「せば、おらが教えてすけるでば。おめぇの親父の最期をな」

重蔵は、勿体《もったい》ぶった前置きを付けてから、悦に入って話し始めた。

「おめぇの親父は、横手城の生き残りである勘三郎から、大眼宗が黒い脛巾を着けてらったと聞いて、黒脛巾組が大眼門徒だと疑い始めた。気付いたところで、黙ってらったら命まで落とすことはねがったのに、まったく愚かな野郎だでば」

「お、親方が、親父を殺したのが？」

鈴音が震える声を絞り出して、精一杯の抵抗を見せた。

「あぁ、んだぇ。おらが殺したった。盆の窪を一突きしてな。おめぇの親父は、声を上げる暇もねぐ、くたばったぞ。苦しませたりしてねぇがら、安心しろでば」

重蔵が高らかに告げると、細い悲鳴のような声を上げて、鈴音が啜り泣いた。景信の拳に、爪が食い込む。

景信の怒気を感じ取ったのか、重蔵は、景信と豆助を交互に睨みながら囁いた。

「さぁ、鈴音。おめぇは、なんじょする？　おめぇの親の敵《かたき》は、すぐ横さいるぞ」

重蔵は、鈴音の首に刃を押し当てたまま、耳に言葉を吹き込むように囁いた。もはや鈴音は、虚空を見詰めたまま放心し、何の抵抗も見せなかった。

「おめぇは、おらが憎いべ。今すぐ殺したいと思うべ。いいぞ。その胸の内は、間違いでねぇ」

薄笑いを浮かべる重蔵の顔を、景信は、今すぐ殴りつけたい衝動に駆られた。

重蔵の挙動を静かに見ていた豆助が、じりじりと雪を踏み出しながら呟いた。

「わがねぇな。あれは、幻惑術だ。鈴音を意のままに操るつもりだ」

現に、茫然《ぼうぜん》自失《じしつ》となった鈴音は、木偶《でく》人形と化している。この状態の人間を口先で操るなど、出羽・羽黒山修験道の流れを汲む黒脛巾組には、容易いだろう。

「まだ踏み込むな。重蔵は、いつでも鈴音の首を一突きにできる。それに、鈴音を意のままに操って、なんじょするってぇ？」

「知るかよ。とにかく、あの娘には、犠牲になってもらってでも、重蔵は生け捕りにすべきだなはん」

呟いた豆助は、ぐっと腰を落とし、重蔵に突っ込む隙を窺っていた。重蔵も、こちらの動きに気付いたのか、鈴音に向けた刃先を、首にひたひたと押し当てる所作を見せた。

「止めろ！　鈴音は、俺が隙を見て助け出す。それまで、重蔵さ手は出すな」

景信が制止すると、豆助は、さも不愉快そうに舌打ちをした。

「オッサンは、おらの上役でも何でもねぇべ。おらさ、偉そうに下知すんなよ」

「いいから、少し落ち着けでば。むざむざ鈴音を犠牲にする以外に、何か策はあるはずだ」

「その何かを、悠長に考えてら暇はねぇ。何日か会わねがった間に、すっかり腑抜けになったってが？」

景信と豆助が押し問答していると、重蔵が高らかに声を上げた。

「さぁ、鈴音。何を迷ってら。早ぇぐ、おらを殺せ！　おらの首を一突きするだけで、おめぇは親の敵を討てる。親父も、あの世で涙を流して喜ぶぞ。これは最後の親孝行だでば！」

いつの間にか、刃物は鈴音の手に渡っていた。重蔵は鈴音の手を取り、切っ先を自らの首に向けている。

「くそっ、いつの間に！」

景信と豆助は、同時に雪を蹴って駆け出した。鈴音が、遠吠《とおぼ》えのように叫んだのは、直後だった。

「あぁぁぁぁぁ！　父《おど》、見てろよ！」

遠目には、何が起こったか分からなかった。だが程なく、濃い血の臭いと、ひゅうひゅうと息の漏れる音を聞いて、刹那に悟った。鈴音は、言われるがままに重蔵の首を一突きしたのだ。

「じゅ……あん、……まぁ。がはぁっ、……アメン」

血で溺れるような声を上げながら、重蔵はゆっくり俯せに倒れた。雪が、どす黒く染まっていく。

十字架を握り締めたまま血の海に横たわる重蔵を、景信は愕然と見下ろした。痙攣する重蔵の横で、返り血を浴びた鈴音が明後日の方向を見て立ち尽くしていた。

鎧通を握り締めた鈴音は、石のように固まっていた。景信が肩を揺さぶると、我に返ったのか、鎧通を手から滑り落とした。

「あ、あだし、なんじょして……。あぁ、嘘、嘘だべ？　親方を、……あぁぁぁぁ！」

瘧のように手を震わせて、鈴音はその場に崩れ落ちた。どうやら、何も覚えていない訳ではなさそうだ。

「嫌ぁぁ！　なして、あだし、あだしっ……」

頭を抱えて絶叫する鈴音の肩を、右手で押さえて宥めた。幻惑の術が解けて現《うつつ》に戻った鈴音は、息もできないほど取り乱していた。

「鈴音、しっかりしろ。分かってら。おめぇは、重蔵の術さ掛かって、操られてらったんだ。何も覚えてねぐていい。忘れろ」

「違う、違う！　あだしがやったった。操られたんでねぇ。あだしが、親父の敵を討ちてぇと思ったから、この手で……。ひいぃっ！」

血で染まった自らの手を見て、鈴音は捥《も》げそうなほど激しく首を振った。我を忘れている鈴音を間近に見て、景信は片腕で強く抱き寄せた。腕の中で鈴音は、嗚咽を漏らして泣き出した。体の震えが、どんどん強くなっていくのが分かる。

掘子の小娘に人殺しの罪を負わせて、自らは死して口を閉ざした重蔵に、言いようのない怒りを覚えた。

景信が黒脛巾組への憎悪を募らせている傍らで、豆助が口笛混じりに呟いた。

「へーぇ、こいつが歯輪式の銃ねぇ。思ったよりも、小せぇなはん」

重蔵の手から投げ出された銃を拾い上げて、しげしげと眺めていた。顔を近づけつつも、銃身には触れようとしない仕草は、銃の扱いに慣れている者の所作だ。

「歯輪式の銃は、まだ日本には入ってねぇなんて重蔵は言ってらったども、違ぇでば。歯輪銃は、天正の時代に天竺《てんじく》の使者より太閤様へ献上されたんだ。んだども、これほどの銃がなして世に広まらねがったか、分かるか？　歯輪銃はすぐ壊れる上に、いっこ当たらねがったんだ」

豆助の唄うような独り言は、この場にそぐわない口吻だった。思わず不興の目を向ける。

「重蔵は南蛮国で歯輪銃を手に入れたんだべ？　どうせ南蛮国でも、欠陥のある銃だって、分かってらはずだ。疵物《きずもの》を摑まされたとは知らずに、大喜びで持ち帰ったんだべな。間抜けな野郎だなはん」

豆助は、すでに動かなくなった重蔵に銃口を向け撃つ所作をした。子供が巫山戯《ふざけ》て遊ぶような仕草だ。さらに重蔵の袖を弄り銃弾を取り出すと、薬込の真似事まで始めた。

「もういいでば。それ以上、死者を愚弄するな。その銃は貰って行く。何かの折に使えるかもしれねぇ」

景信が遮ると、豆助は興醒めした顔で振り返った。

「オッサン、おらの話を聞いてらったが？　歯輪銃は、壊れやすい上に命中しねぇんだ。こったな銃を使うくれぇなら、石っこ投げたほうが早ぇでば」

「せば、どこかで売ればいい。三人分の木賃には、なるべじゃ」

すると豆助は、景信を睨むように首を傾げた。

「三人分だぁ？　何の話をしてら？」

「んだがら、俺とお前と鈴音の三人分だ。この先、何かと物入りになるべ」

「せば、その娘をこの先も連れて歩く気だが？」

「ああ、んだ。まさか、こったな山中さ置き去りにする訳には、いかねぇべ」

景信が答えると、豆助の乾いた笑い声が返ってきた。

「んだが。せば、その娘は殺めるしかなさそうだなはん」

豆助の声が耳に届いたのか、鈴音の震えが止まった。

「おい、戯言は大概にしろ。己が何を言ってらか、分かってらが？」

「戯言を垂れ流してらのは、オッサンだべじゃ。んだがら、おらはその娘さ関わるなって言ったんだ。間者がつまらねぇ情に絆《ほだ》されて、役目が果たせるってが。オッサンの目を覚ますには、女を殺すのが手っ取り早ぇべ」

抑揚のない豆助の声が、静まり返った暗闇に吸い込まれていく。景信は、自らが盾となるように、鈴音の前に回り出た。

「そったな狼藉《ろうぜき》、俺が許すと思ってらのか？　お前が鈴音を殺すつもりだば、俺はお前を殺すぞ」

「んだがら、ほれ。その振舞だ。女のためだば同輩さ刃を向けるつもりか？　どうやらオッサンは、己の役目を見事に忘れたようだなはん」

豆助が鼻で嗤った。景信もすかさず言い返す。

「誰も役目を忘れたなんて、言ってねがえじゃ。俺が役目を全うすることと、鈴音を殺すことは、別の話だ。一緒にするなでば」

「ふん、何を偉そうに。だいたい、その娘は多くを知りすぎた。今ここで、口を塞ぐべきだじゃ」

豆助は、歯輪銃の銃口を景信と鈴音に向けた。景信の背中で、鈴音が身を固くしている。

「俺は、お前とやり合いたくはねぇ。んだども、聞く耳を持たねぇんだば、情け容赦はしねぇがらな」

「おいおい、右腕一本で、銃を持ったおらさ勝つつもりか？　しかも、女を庇いながら。どう足掻《あが》いても、オッサンさ勝ち目はねぇぞ」

悔しいが、豆助の言うとおりだった。熱を帯びた左腕は、脈打つ度に痺れるように痛い。その痛みが全身にも伝わり、景信の体の動きは、どうやっても平素より鈍くなるだろう。七時雨山での豆助の敏捷《びんしょう》な襲撃を思えば、今の様相は完全に劣勢だった。

暗がりでも、豆助が笑みを浮かべている様子が手に取るように分かる。景信の背中を、汗が一筋流れていった。

「頼む、豆助。無益な殺生は止めてけで。一戸さ着いたら、鈴音だって奉公先が見つかるごった。あと三日、いや二日でいい。一戸で別れたら、二度と会う機会はねぇはずだ」

鈴音を庇いながら懇願した。だが、豆助が銃を下ろす素振りはなかった。

「おらは、浅沼様を見損なった。なして、こったな腑抜けと組んで、伴天連宗を探れと命じたのか。浅沼様は、眼識がねがったんだべか」

豆助が、わざとらしく天を仰いで見せた時——。

景信の背後で、すっと立ち上がる気配がした。

「さっきから黙って聞いてれば、人を小娘呼ばわりしやがって。あんただって、あだしより年下の小童《こわっぱ》だべじゃ！」

腹の底から怒鳴り声を上げた鈴音は、一歩ほど前に進み出た。

「あんた、この男と一緒にいだった、チビっこい奴よね？　だいたい、あだしがこの男を誑かした物言いだども、頼んでもねぇのに勝手に旅籠さ来て、あだしを連れ出したのは、この男だからな！　なして、あだしが咎を負わねばわがねってぇ？」

「す、鈴音、落ち着け。今は、豆助を逆上《ぎゃくじょう》させるな。そもそもこれは、間者の習いで……」

景信が宥めようとしても、鈴音の勢いは収まらない。さらに一歩を踏み出して、豆助に食って掛かった。

「あんたらが間盗役とかいう間者だと、あだしさ知れたから、何だって？　あだしにとって、そったな顛末なんじょでもいいでば。知られたから怖くて箝口するなんて、臆病者のする愚行だじゃ」

滝のように止め処ない鈴音の反駁に、豆助も呆気に取られていた。さっきまでの茫然自失とは、別人のように豹変している。

「罪のねぇ女を一人、始末したところで務まるんだば、間盗役の役目ってのも大したことねぇなはん。そもそも、あだしを生かそうが殺そうが、元より成就できねぇ役目は成就できねぇんだからな」

今にも豆助に摑み掛かりそうな鈴音を、景信は後ろから引き留めた。

「分かった、分かった！　とにかく、落ち着け。明るくなるのを待って、三人で落ち着いて話っこするべし。今は、二人とも平静になれでば」

この情勢で唯一、平静さを保っているのは自分自身かもしれない。景信は、鈴音の腕を引いて、豆助との間合いを計った。

解せないのは豆助だ。現状を愉《たの》しむかのように、声を殺して笑っている。

「オッサンは、気の強ぇ女が好みなんだなぁ。やっぱり、変わり者だなはん」

長閑《のどか》な口吻だが、豆助が銃を下ろす様子はなかった。それどころか俄に殺気が強くなったと感じた刹那――。

カチッと火種の落ちた音がして、耳を劈くような轟音《ごうおん》が響いた。豆助が唐突に引き金を引いたのだ。

咄嗟に鈴音を引き倒して、覆い被さるように庇った。頭で考えるより先に、体が動いていた。

耳の奥が、木霊するように痺れている。果たして、弾が当たったのは、景信か。鈴音か。

景信には、痛みは感じられない。となると、撃たれたのは鈴音か。

しかし、鈴音の呼吸にも乱れはなかった。景信は飛び起きて振り返った。

「あーぁ。やっぱり、歯輪銃は、わがねぇな。いっこ、当たらねぇじゃ」

大仰に愚痴っている豆助の声は、うまく聞こえない。ただし、銃を下ろして肩を竦める豆助の動きは見えた。

如何なる魂胆か知らないが、豆助の殺気はいつの間にか消えていた。

「ちょっと、あいつ、どったな了見や。話の途中で撃つなんて、卑怯にも程があるべじゃ！　それとも、間者ってのは、みんなあったな奴なんだか？」

倒れ込んだまま、鈴音が耳元で喚き散らした。達者な女だ。

「んだな。俺も含めて、間者なんて、みんな碌でなしの人でなしだ」

言いながら景信は、豆助の背中から目が離せずにいた。背を向けた豆助は、銃をぶらぶら弄びながら、ゆっくり本堂へ戻っていく。

黒脛巾組より、大眼宗より、景信にとって最も奇異なる人物は、目の前にいる同輩の豆助だった。

三

夜明け前の廃寺は、吐息も凍るような寒さと、耳が痛いほどの静寂に包まれていた。

景信と豆助の、雪を掻き集める音だけが白み始めた空の下に響いている。二人は、凍り付いた敵方の亡骸を雪中に埋めていた。

景信と豆助が討ち取った黒脛巾組の四人は、いずれも素性や目論見の分かるものは何一つとして所持してはいなかった。同じ間者として、予見していた事体だ。

「そいつも、木賃の足しにするってが？」

景信が手に取った十字架を見て、豆助が尋ねた。重蔵が、今際の際に握り締めていた十字架には、拭い切れなかった血が黒くこびり付いている。

「こったに物騒な代物、堂々と高値で買う奴なんか、いねぇべ。こいつは、餌だ」

眉を顰める豆助に、景信は続けた。

「次の金山にも伴天連門徒がいたら、この十字架を使って近づけるべ。同輩を装って、話を聞き出すんだ」

「そう容易く、話っこ聞き出せるってが？　その前に黒脛巾組さ見つかるのが顛末だと思うども」

「それならそれで、都合がいいじゃ。この十字架は後藤寿庵の形見らしいからな。寿庵が、南蛮国使節団の重蔵と如何なる師弟関係にあったのか、教えてもらいてぇくらいだ」

「ほーぉ、そいつは聞き捨てならねぇな。その話っこ、詳しく教えろ。おらがいねぇ間に、何があった？」

豆助が珍しく身を乗り出して尋ねるので、この六日間にあった出来事を、順を追って話した。

「せば、重蔵は間違いねぐ、後藤寿庵は亡くなった、って言ったんだな？」

念押しする豆助に、景信は大きく頷いた。

「あぁ。出奔した寿庵を探し当てた時には、すでに墓の中だったそうだ」

「オッサンは、その話を事実だと思うが？」

「聞いた当初は、事実かと思ったたった。んだども、重蔵が黒脛巾組と分かって確信したでば。わざわざ寿庵は死んだと言うには、何か裏があるべ」

景信が答えると、豆助は、白い息を吐いた。

「あー、いがった。これで真に、重蔵の話を信じ込む目出度《めでた》い奴だったら、今度こそ間違いねぐ、亡き者にしてらごった」

戯言とも本音とも付かない言葉を吐いて、豆助が破顔した。軽口を叩く時は、目元が細く垂れ下がり、子供らしい無垢《むく》な笑顔になる。

「俺は、重蔵がなしてそったな嘘を語ったのか、ずっと考えてらったんだ。匿いてぇんだば、そもそも寿庵の話なんか、しねぇばいいのに」

「おそらぐ、寿庵は今もどこかで生きてらんだべな。陸奥守殿の直臣だったんだば、相応の従者を伴ってらはずだから、すぐに居所も摑めそうだども、行方知れずってことは、わざと誰かが匿ってらんだべ」

「さらに言えば、その誰かは一人でねぇ。重蔵も、大勢いる〝誰か〟の一人に過ぎねがったんだべ」

重蔵が埋まっている雪の小塚に目を向けた。

重蔵が寿庵に心酔していた話は、おそらく事実であろう。南蛮国まで往来し、神の国を自らの目で確かめた男は、寿庵を守る壁の一部となって、本懐だったのだろうか。

「濃毘数般《ノビスパン》まで渡海し、洗礼《バプテスマ》を受けた重蔵には、掌を返したように伴天連門徒を迫害するこの国が、なんじょに見えたんだべ。寿庵は、重蔵にとって最後の望みなんだべか」

後藤寿庵とは、それほどまで人を虜にする英傑なのか。寿庵という男に会ってみたいと思った。

小塚に背を向けた景信は、薄い靄《もや》の掛かる白群色の空に目を向けた。夜明けが近い。

「重蔵は俺を捕らえた後、自らが伝道師《パーデレ》だと明かしたべ。それで、合点《がてん》がいったんだ」

「あぁ、そったな話っこ、してらったなはん。して、何の合点がいったのす？」

豆助は、景信を試すように話の先を急がせた。景信はゆっくり息を吸ってから、導き出した答を告げた。

「重蔵は、真の伝道師《パーデレ》を匿ってらったんだ。つまり、真の伝道師《パーデレ》は他にいて、そいつは姿を隠しながら、鉱山から鉱山を煙のように渡り歩いている。真の伝道師《パーデレ》が不在の間は、重蔵が伝道師《パーデレ》役となってらったんだべ」

「その真の伝道師《パーデレ》が、後藤寿庵だって言いてぇんだな」

「んだ。伝道師《パーデレ》は他人前《ひとまえ》に姿を現さねぇほうが信心を得やすいと重蔵は言ってらったども、何のことはねぇ。二人の人間が一人しかいねぇはずの伝道師《パーデレ》を名乗ってらんだから、他人前さ姿を晒すわけに、いがねがったんだな」

あるいは重蔵は、白根金山で真の伝道師《パーデレ》になろうとしていたのかもしれない。西間歩を闊歩する重蔵の、掘子たちを叱咤する横顔が、不意に蘇った。

金名子と伝道師《パーデレ》の二つの顔を持っていた男。庇護から弾圧へと叩き落とされた、伴天連宗の天命に絶望した故の裏表だったのか。景信は、重蔵の苦悩を慮って目を伏せた。

「そう考えると、白根金山から姿を消した厳中は、寿庵だったのかもしれねぇ。掘子たちに姿を見られた寿庵は、自らが厳中と名乗って、白根金山から煙のようにいねぐなったとしたら……」

「ほーぉ、オッサンにしては、珍しくいい勘してらじゃ。額さ焼印を押された拍子に、頭の具合がいぐなったんだべか？」

豆助は、景信の額を指差して、愚弄するように口を尖らせた。傷口に塩を塗り込む豆助の雑言に、額の火傷が染みるように痛んだ。

「おめぇが、もっと早ぇぐ出はって来たら、こったな火傷を付けられねがったんだぞ！　さては、わざと限界まで出はってこねがったな！」

景信が憤懣を向けると、暴れ馬でも往《い》なすように、両掌を向けて「どうどう」と制した。さらに腹の立つことに、半笑いを浮かべている。

「おらが思うに、黒脛巾組は厳中の姿をわざと人目に晒して歩いてらんでねがべが。厳中が領内を転々と渡り歩きながら大眼宗を広めていると思わせるために」

豆助の言葉を聞いて、景信は俄に湧いた怒りを静めた。

「思わせるって、誰にや？」

すると豆助は、辺りを憚るように首を巡らせた。それから、鈴音が寝ている本堂をじっと睨んでから、徐にしゃがみ込んだ。

自分の問い掛けが聞こえなかったのだろうかと、不審に感じた景信は、しかし、豆助が雪上に指で書いた文字を見て、息を止めた。

豆助は、雪上に小さく『公儀』と書いて、すぐに足で踏み消した。

「お前、唐突に、何を言うかと思えば」

「唐突でも、凹凸《おうとつ》でも、恍惚でもねぇでば。この話は、高水寺城で浅沼様から直々に聞いたんだ。間違いねぇ」

笑い飛ばすつもりで口を開いた景信は、豆助の真面目な顔を見て、誇張や虚構ではないと悟った。

「御公儀が、南部領さ隠密にて目付に来てらってが？」

「しーっ、声が大きいでば。その名を口さ出すな」

豆助は、景信の口を手で押さえて、声を潜めた。

「そったな話は初めて聞いたじゃ。誤認でねぐ、真実なのか？」

「あぁ。おらも初見聞だった。おらだづが、高水寺城を発《た》った後に、舞い込んだ話らしいぞ」

豆助は、目を細めて、景信にしか聞き取れない低い声で囁いた。

「連中は、間もなく南部領さ入るごった。どうやら、雪が積もる前に視察するつもりらしい。伴天連門徒が、領内になんぼ隠れてらのか。御屋形様が伴天連門徒さ荷担してらのか、厳しく検分する気かもしれねぇ」

「黒脛巾組の狙いは、それだべが。御屋形様が伴天連門徒を擁護し、謀叛を企ててらと、御上に思わせるため。その上、大眼宗なる邪教まで蔓延ってると思われたら、言い逃れはできねぇべ」

景信は豆助の黒目がちな丸い目を見詰め返した。どうやら、豆助も同じ考えらしい。

「んだがら、高水寺城は今、一大事なんだっけ。各地へ家臣や間者を遣わして、伴天連門徒の排斥を火急にて行わねばわがね。そういう訳で、間盗役も、おらだづさ加勢は寄越せねぇとさ」

「うぐっ。それは、浅沼様が直々に……?」

「あぁ、んだえ。なんならここさ、花押もある」

豆助は懐から小さな書状を取り出した。広げてみると、確かに浅沼の花押があり、二人で役目を果たすよう記されてある。

片道三日で高水寺城へ到着し、浅沼に謁見して来た話は、どうやら事実のようだ。改めて、豆助の早駆けには、舌を巻いた。

「せば、俺だづはこのまま一戸さ向かい、引き続き厳中を探せばいいんだな?」

「まぁ、そういう了見だべな。間盗役の目下の懸念は、黒脛巾組より御上の隠密にある。浅沼様も、おらが持ち帰った話よりも、今は隠密の下向にしか関心がねぇように見えた。おらだづが何か手柄を上げたとしても、今は話してくれるな、とでも言いたげだったじゃ」

豆助は、さも不満そうに鼻から息を吐いた。子飼いである豆助の、ささやかな抵抗に見えた。

「何だか気の毒だなはん。結局、豆助の帰城は、単なる徒労だったわけか」

景信が余計な一言を口にすると、豆助は能面のような顔でずいっと身を乗り出してきた。大きく見開いた目だけが笑っていない、ひどく不気味な顔だ。

「今、何て言ったってぇ？」

「いや、何も！　豆助のお陰で、御上が隠密に下向して来てらって分がったもんな。上出来、上出来！」

景信は、慌てて豆助の頭を撫で回した。低い唸り声を上げた豆助が、景信の手に噛み付こうとする。間一髪で、景信は手を引っ込めた。

「さぁて、夜も明けたことだし、鈴音が目を覚ましたら、一戸さ向けて出立だな」

景信が逃げるように背を向けると、背後から豆助に腰蓑《こしみの》をむんずと摑まれた。

「何や、悪かったでば。徒労だなんて言って。そう、いつまでも怒る《ごしゃぐ》なでば」

景信が振り解こうとすると、豆助はさっきまでとは打って変わって、険しい顔付きで尋ねた。

「オッサン、気付いてねぇのか？　あの女は、ただの掘子でねぇぞ」

豆助の言うことが解せなくて、景信は口を半開きにして、しばし呆けていた。

「あの女、黒脛巾組だべ。俺がさっき殺さねがったのは、わざと泳がせて、敵の手掛かりを探るためだ」

「おい、何を言ってら？　重蔵さ止めを刺したのは、鈴音だぞ。黒脛巾組が、同士討ちをしたってが？」

「あれは、自刃の手助けだ。伴天連門徒は、自害が法度なんだべ。鈴音が操られたように見えたのも、わざとだごった。いざとなったら、重蔵は同輩の手を借りて自刃する腹積もりだったんだ」

あまりに珍妙な見解に、絶句した。しかし、違うと言い切ることもできない。

景信の足元が、猜疑と慕情の間で激しく揺れ動いた。人を寄せ付けない凜とした鈴音の横顔が、目に浮かんだ。

「オッサンは、鈴音に惚れたがため、真実を見失ってらんだべ。それとも、惚れた女だから、疑いたくねがったのが？　いずれにしろ、陳腐な感情だなはん」

豆助が蔑むように口を歪めた。先刻のお返しとばかりに、したり顔でふんぞり返っている。

だが景信は、反駁すらできないほど驚愕《きょうがく》し、忙然と立ち尽くした。豆助に額を割られた時よりも強い打撃を、頭に食らったようだった。

四

廃寺から来満峠を抜けた三人は、九十九《つづら》折《おり》の竜ヶ森《りゅうがもり》を下り、その日のうちに田子へ到着した。

白根金山から野辺地《のへじ》湊《みなと》へ抜ける街道の、数少ない宿場の一つである。積もった雪も概ね解けたとあって、足止めされていた人や牛の往来が忙しない。

田子には、かつて南部信直が城主を務めていた田子館がある。すでに廃城となって久しいが、牛尾《うしお》館と佐々木《ささき》館からなる二つの郭を、十丈ほどの緩やかな丘陵に今も残している。

その田子館を北に臨む旅籠へ、三人は泥《どろ》まみれのまま転がり込んだ。融雪後の山道を丸一日歩き通したので、三人とも頭の天辺《てっぺん》から爪先まで、泥人形のようになっていた。

泥を洗い流して人心地が付いた景信は、旅籠の部屋に戻って豆助がいないことに気が付いた。

「あや、豆助は？」

部屋に残っていたのは、鈴音だけだった。支度を調えて、更の小袖に着替えている。

「外さ出はったっけ。何でも、芋煮を食うんだとか」

振り返った鈴音の頰は紅潮していて、肌艶も幾分か良くなっていた。こうして見ると、どこにでもいる町娘のようなのだが。

「ふーん、あいつもたまには気が利くじゃや。二人きりにしてくれたんだな」

景信が躙《にじ》り寄ると、鈴音に鋭い肘打ちを食らった。

「そったなはず、ねがえ。馴《な》れ馴《な》れしいでば」

「何だよ、昨夜はそっちから靡いてきたくせに。納屋で俺さ抱きついてきたのは、どこの誰……」

景信が伸ばした手を、鈴音はいとも容易く捻った。

なかなか堂に入った身のこなしを見せ付けられて、改めて豆助の話を思い出した。

——あの女は、黒脛巾組だ。自由に振る舞わせて、証拠を握れ。

豆助が言うには、鈴音は元より密命を受けて、三年前に白根金山に入山。父親とされる男も同様に黒脛巾組で、二人とも掘子の振りをしながら、伝道師《パーデレ》を匿い、黒脛巾組の根城を築いていたに違いない、と。

その男が本当に鈴音の父親だったのか、それとも役目上の父親だったのかは分からない。殺したと断言した重蔵の言葉すら、嘘かもしれない。それでも、鈴音は黒脛巾組だと考えていた。

一介の掘子が、銃を向けられてもなお、猛然と歯向かって来るとは考えられない。鉄砲を発射されても、腰も抜かさない女など、肝が据わっているにも程がある、というのが豆助の根拠だった。

何より、廃寺で首尾良く重蔵が襲って来た事実が、黒脛巾組と通じていた証。敵を葬り去るため、予め重蔵と日時を定めていた廃寺に、景信を誘い込んだのだと、豆助は結論付けた。

「さぁね、忘れた。覚えてねぇ。仮にそうだったとしても、あの日は疲れて、正体ねぐなってらんだ。あったな失体は、二度と晒さねぇでば」

「忘れたと言う割には、失体を晒した覚えはあるんだな？　やっぱり、覚えてらじゃ」

「うるせぇなぁ。忘れたモンは、忘れたじゃ。いちいち細けぇとこまで、穿鑿しねぇで」

鈴音は、撫子《なでしこ》の蕾《つぼみ》のような唇を尖らせて、ツンと顔を背けた。

廃寺の納屋で、景信を誘惑してきた鈴音の態度は、やはり罠だったのだろう。危うく誘いに乗りそうになった自分が、今更ながら情けない。

「それに、一戸さ着いたら、あだしはおめだづと別れねばならねんだべ？　このまま同行すれば、また豆の野郎に撃たれるもんな」

鈴音は、忌々しそうに吐き捨てた。どうやら、豆助に銃を向けられた苦懐をしっかり根に持っているようだ。

「その件だども、鈴音は、なんじょしてぇんだ？　そもそも、豆助がおめぇを抹殺しようなんて、すでに考えてなければ、の話だども」

景信が水を向けると、鈴音はしばし黙り込んだ。顎に手を当てて、目を伏せている。

豆助とは、鈴音を手元に置いて、動きを注視しようと合意していた。下手に別れて動向を見失うより、行動を共にしているほうが、鈴音も黒脛巾組との連携が取りにくくなるはずだ。

「もし、豆助があだしの同行を許すんだば、おめぇだづと一緒に平糠金山さ行きてぇ。伝道師《パーデレ》いや、厳中は、親父の敵だ。確かに、直に手を下したのは親方だども、元はと言えば、厳中を匿うための詭弁《きべん》。もう戻る家のねぐなったあだしは、せめて、この目で厳中の目論見を、大眼宗の顛末を知りてぇんだ」

見蕩《みと》れるほど綺麗な鳶色の瞳が、真っ直ぐに景信を見詰め返す。

だが、この言葉も目つきも、全て見せかけだ。

黒脛巾組である鈴音の役目は、景信と豆助の動きを同輩に伝達すること。厳中の目論見など、むしろ黒脛巾組が詳しく知っているはず。

（この目で、今までなんぼ人を騙して来たんだべな）

役目のためとはいえ、父親を亡くした哀れな小娘の振りを完全にこなす鈴音を、景信は心中で揶揄していた。

「そこまで言うんだば、二人で豆助を説得すんべ。鈴音には、この先も一緒にいて欲しいでば」

景信が頷き返すと、鈴音は少し安堵したように見えた。だが、すぐに唇を引き結んで言い淀むように目を伏せた。

「それでも、まだ何か、憂いがあるってが？」

景信が尋ねると、鈴音は躊躇いがちに、重い口を開いた。

「ねぇ、あの豆助って童子《わらし》、何者なの？」

「何者かって言われてもなぁ。口の悪い腐れ餓鬼、ってとこだべか。その上、性根も捻じ曲がってら」

景信が雑言を並べ立てると、鈴音は不満そうに口を尖らせた。

「そういう悪口を聞きたいんでねぇの。いぎなり、銃をぶっ放して来る奴だぞ？　おめだづ、真に同輩だってが？」

「まぁ、竹馬の友でねぇことだけは、確かだな。実は、俺も豆助と組むのは、此度が初めてだ。んだがら、あいつの来歴も、年齢も、皆目、分からねぇんだ」

「それでよく、御役目が務まること。あだしには、あんたと豆助は同輩のくせに、まるで背反してら敵のように見えるじゃ。豆助を怖ぇとは思わねぇの？」

　景信は苦笑するしかなかった。同輩の景信にも胡乱に思える豆助は、黒脛巾組にとっては、得体の知れない凶徒に見えるのかもしれない。

「豆助が、怖ぇんだが？」

「あぁ、怖ぇでば。確かに童子《わらし》に違いねぇべども、十歳くれぇの幼子に見える時もあれば、あだしより年嵩の若造に見える時もある。それがより一層、怖ぇんだ。風貌は童子《わらし》なのに、目の奥が冷たい殺気を帯びてらようで」

「俺は初見で突然、あいつに額を割られたからな。怖ぇなんてもんでねぐ、凶賊だと思ったたったなはん」

　景信が往時を思い出して小さく頷いていると、鈴音が「それ」と、すかさず口を挟んだ。

「それだ、それ。今〝思ったたった〟って言ったべ？」

「は？　俺が今、何か言ったたったか？」

「んだがら、ほれ、その言い回しだ。奥州の人間だば〝したった〟って言い方は、ごく当然だ。んだども、豆助はその言い回しは使わねぇんだっけ」

「〝たった〟を使わねぇと、何か釈然としねぇってが？　まだ童子《わらし》だふんで、うまく使い分けられねぇだけでねってが？」

「あだしもうまく言えねぇども、〝たった〟を使う時は、昔の出来事を振り返る時や、前の事柄を誇張する時に使うべ？　んだども、考えて喋ってらんでねぐて、いつの間にか口を衝いて出るもんだ」

言われてみれば、〝思った〟と〝思ったった〟は、明確な意図があって区別している訳ではなく、習慣や癖で自ずと使い分けている。

だが、両者の違いは明白だ。〝思った〟は今この場で起きている事柄で、〝思ったった〟は以前すでに起きた事柄を、今この場で思い出して喋っている。

これは、誰かに教え込まれた言葉ではない。体に馴染んだ血肉のような知覚だった。

「前に、他国から来た掘子が白根金山の西間歩さいだったのす。そいつに言われたんだ。なして、おめだづは殊更に〝た〟を一回多く付けて話すのか、って。あだしも教えてやったども、さっぱり分かってもらえねがった。余所者には、〝思った〟と〝思ったった〟の違いが、分からねぇんだと」

「せば、豆助は〝思ったった〟という言い回しをしねぇから余所者だ、って言いてぇのが？」

「んだ。少ねぐとも、奥州の人間でねぇと思う」

鈴音は、まるで怪談でも語るように低い声で囁いた。

豆助は浅沼の子飼いだと聞いている。浅沼はわざわざ遠国より、身寄りのない子供を駆り出したのだろうか。

小柄な豆助の風貌が思い浮かぶ。童子《わらし》のようにあどけない笑顔と、不意に見せる鋭い眼差し。黒目がちな丸い目からは、感情が読み取れないことも多々あった。

その時、部屋の戸が勢いよく開いた。

「おい、おめだづ、部屋で睦み合ってら時でねぇぞ！」

顔を出したのは、他でもない豆助だった。景信と鈴音は、肩をビクッと大きく震わせて振り返った。

「まっ、豆助ぇ？　おめぇ、いつから、そごさいだった？」

豆助は景信の裏返った声など気にも留めず、嬉々として部屋に上がり込んできた。

「いいから、喜べ。表通の芋煮屋で、大眼宗の風聞を耳にしたぞ！」

上気して鼻の穴を膨らませる豆助の手には、芋煮の椀と箸が握られていた。

「その風聞は、真だってが？」

「あぁ、間違いねぇ。戸来《へらい》村さ、大眼宗の総本山があるんだずって。戸来から来たっつう猿楽師が、言ってらった。戸来では、目の紋っこが入った羽織姿の人間が白昼堂々と大路を歩いてらんだと」

豆助は、里芋の突き刺さった箸を、ぐるぐる振り回した。

「戸来村？　聞かねぇ地名だなはん。どこさあるの？」

鈴音が怪訝そうに呟くと、豆助は箸に刺さった芋を、目の前でぴたりと止めた。

「田子の西に壁のように聳えてら山が、朝日奈岳。戸来村は、朝日奈岳を北さ越えた向こう側にある。ただし、戸来さ出はるには、三戸《さんのへ》に出て東から迂回《うかい》する道か、一度、十和田さ戻り、西から迂回する道しかねぇ。冬の朝日奈岳を抜けるは、役行者《えんのぎょうじゃ》でも難しいそうだ」

「十和田さ戻るのは、嫌《やんた》だ。あの廃寺の近くを、また通らねば、わがねんだべ？」

なるほど、鈴音は重蔵や同輩たちが葬られた地域へ戻るのは、気が進まないらしい。

確かに、重蔵たちの亡骸を見つけた黒脛巾組が、十和田の周辺を穿鑿しているかもしれない。小競り合いはできるだけ避けたい。

「せば、決まりだなはん。三戸を通って、戸来さ向かうべ」

景信が膝を打って即答すると、豆助は箸に刺さった里芋を口へ放り込んだ。

「ほうほう、戸来について、もうひほつ、ほほひれぇ話がある」

「何ぃ言ってらか、さっぱり分がらねぇ。だいたい、自分だけ芋煮っこ食ってんでねぇでば。俺にも一つ、寄越せ」

景信が伸ばした手を、豆助は反転して躱した。さらに小憎らしいことに、芋を寄越す代わりに、箸で景信の手をぴしりと打ち返した。

「大眼宗の連中は、戸来を〝約束された地〟と呼んでらそうだ。連中は、彼の地を『へらい』でねぐ『へぶらい』と呼ぶんだってよ。伴天連の言葉か何からしい」

すると、鈴音が何かを思い出したように、真っ直ぐ顔を上げた。

「『へぶらい』とは、基督《イエス》様が話してらった言語だぁ。今はもう失われた、大昔の言葉だそうだ。親方が伴天連宗の講を開いた時に、言ってらった」

「戸来を『へぶらい』と呼ぶなんて、随分と無理やりな故事付けでねってが。元々あの辺りは、古くから戸来と呼ばれてらったんだ。一戸から九戸までの地名も、貢馬《こうば》の『幣《へ》』が変化して『戸《へ》』になったって、俺は聞いたったぞ。糠部《ぬかのぶ》郡は、昔から、駿馬《しゅんめ》を育てる牧場《まきば》があったったんだ。その牧場さ、一から順に名前を付けただけだべ」

一戸から九戸と呼ばれる地名は、田子の北東に広がる糠部郡一帯に点在する。古くは、糠部郡で育てた名馬を、朝廷に献上していた時代もあるそうだ。

すると、景信の反駁に、鈴音は嘲るような流し目を向けた。

「へぶらい人と呼ばれた人々が、へぶらい語なる言葉を使ってらったのは、今から千五百年ほど昔だそうだ。一戸や九戸だのいう地名が付けられるより、ずっと昔の話だべ」

「知るかよ、そったな話。俺は、伴天連門徒でねぇふんで」

そもそも景信は、神仏に縋るほど信心深くはなかった。信じられるのは、己の才覚と己の肉体のみ。主君に忠義は尽くすが、命まで預けた覚えはない。

「地名が故事付けかどうかはさておき、肝要なのは、大眼宗にとって好適な地であるかどうかだ。連中は、戸来こそが神の与えた約束の地で、戸来さ赴いた全ての門徒が救われる、と流布してらそうだ」

芋煮を平らげた豆助は、目を爛々と光らせながら告げた。すでに臨戦態勢といった顔付きだ。

「となると、戸来には大眼門徒が大挙して押し掛けるわけか」

景信が呟くと、豆助も鈴音も目を合わせてきた。戸来に乗り込むのは、敵の懐に潜り込むことに他ならないと、二人とも覚悟しているようだ。

「せば、田子で旅支度を調え、明日には三戸さ向かうべ。また、いつ雪が降るか分からねぇし、急ぐに越したことはねぇからな」

断言した景信は、蓑を羽織ると、足早に部屋を出た。背後から豆助が呼び掛ける。

「オッサン、どごさ行くってぇ？」

「少し《べっこ》、外さ行って来る。醤醢《ひしお》と糒《ほしい》、それに、鎹《かすがい》や錐《きり》など、武具になりそうな品も探さねぇとな。あとは、俺も芋煮を食って来るでば」

「生憎だなはん。芋煮は、おらが食った椀で最後だっけ。食いてぇんだば、明日の朝まで待つごった」

振り返ると、豆助が、白い歯を見せて嬉しそうに笑っていた。どこからどう見ても、天真爛漫な悪戯童子にしか見えない。

豆助の明け透けな笑みを眺めていた景信は、ふと思い付いた。もしも豆助が浅沼の子飼いならば、浅沼の声を知らないはずはない。

腰を下ろして椀を啜る豆助に、景信は声色を遣った。

「おらの若ぇ頃は、上役の椀の一つや二つ、下っ端が用意して当たり前《め》だったぞ」

景信は浅沼の声色で嫌味を吐いた。浅沼ならば、自身の往時をくどくどと語り、下役を辟易《へきえき》させる芸当が得意なはずだ。

だが、浅沼の声色を聞いた豆助は、目を瞬かせて首を傾げた。

「はぁ？　オッサンの若ぇ頃って、いつの話だぁ？　ジジィ臭ぇ声まで出して、とうとう頭ん中まで大年増になったてが？」

鼻で笑った豆助は、再び椀を啜った。

景信は確信した。豆助は、浅沼の声を知らない。つまり豆助は、浅沼と相識の間柄ではないのだ。

「別に芋煮の一つや二つ食えねぐたって、なんぼでもねぇ。俺は、もっと美味《うめ》ぇモン食って来るでば」

胸裡の戸惑いを悟られないよう、景信は足早に大路へ出た。

豆助は浅沼の子飼いではなかった。景信の動悸が速くなる。どうしてもっと早く気付かなかったのか。

浅沼の子飼いでも、奥州の人間でもないとしたら、豆助はいったい何者だ。景信は胸の奥が薄ら寒くなるのを感じた。

(んだども、気付いたところで、なんじょする。俺だって、一人で戸来村さ乗り込むほど、命知らずでねぇ)

何者か判然としない豆助と、黒脛巾組の女間者である鈴音を伴って、敵地に乗り込む。己の無謀な立場に気付いても、もはや後戻りはできなかった。

五

三戸に入って程なく、三戸城の御三階櫓が見えてきた。

かつて南部信直の居城であった三戸城は、今も城代の置かれる要衝である。丘陵に聳える三戸城は、二方を川に挟まれた堅牢な城塞だ。

田子といい三戸といい、歴代南部藩主が居城を置く要所である。その肝要な城から、山々を隔てたところに大眼宗の総本山を築くなど、大胆を通り越して厚顔無礼だ。

いや、むしろこれほど近場に邪宗の総本山があるなど、近臣の誰もが夢にも思わない。大眼宗は、南部側の裏を掻いたつもりかもしれない。

三人は、三戸城の北にある天神山の麓より山道に分け入った。

熊笹の茂る峠道を北西に行くこと、三里。景信は、微かに人の気配を感じた。

「豆助、気付いたか」

前を行く豆助に問いかけると、振り返って小さく頷いた。

「あぁ。早速、お出迎えだべか。戸来までは、まだ二里もあるのに気の早ぇごった」

言いながら豆助は、鈴音に目を遣った。景信も、同じように鈴音の顔を凝視する。

だが、鈴音は二人の顔を見比べながら、首を傾げた。これも戯れだろうか。

「鈴音、何も気付かねぇが？　俺だづは、四半里ほど前から、尾けられてたら」

景信の囁きに、鈴音の顔が強ばった。

「誰が？」と短く呟いて、目だけで辺りを窺っている。

「誰も、ヘチマもねがべ。俺だづの戸来入りを拒む連中なんて、一つしかねぇ」

豆助は、小声で断言した後、何事もなかったように道を進んだ。あくまで追っ手を気にせず進むつもりらしい。

黒脛巾組が景信たちの戸来入りに勘付いて、追っ手を差し向けたとすれば、沙汰の出所は、一つしかない。鈴音が漏らしたのだ。

しかし、目の前で忙然とする鈴音からは、目論見が成功した愉悦は微塵も感じられなかった。むしろ、得体の知れない追っ手に怯えているように見えた。

（これが戯れなんだから、俺が見抜けねぇのも無理ねぇなはん）

心中で自嘲しながら、鈴音に先を促した。殿《しんがり》の景信は、追っ手から真っ先に狙われるだろう。

だが、それから一里半ほど進んでも、追っ手は姿を現さなかった。それどころか、いつの間にか追尾の気配は霧のように消えていた。

やがて、日が傾き始める頃、道が開け遠くに家屋が見え始めた。戸来村に辿り着いたようだ。

村外れの庚申塚《こうしんづか》まで来たところで、辻《つじ》の逆側から二人の男が歩いて来た。二人とも、粗末な筒袖に括袴という、どこにでもいそうな出で立ちをしている。

だが、この二人の姿を見て景信の動きは俄に止まった。

一人は、おそらく癩病《らいびょう》と思われる男。左目から左耳を頭巾で覆っているが、ひどく爛《ただ》れて歪んだ口元が、頭巾の下から覗いている。右手は瘤《こぶ》のように固まり、左手も手首から〝く〟の字に折れ曲がっていた。

もう一人は、鼻から両耳にかけて晒《さらし》を巻いている。よく見ると、耳のあるべき所に何の盛り上がりもなく、鼻はのっぺり潰れていた。

「おめだづ、余所者か？　おらの顔が、そったに珍しいってが？」

晒を顔に巻いた男が、蛇のような目で睨み付けた。景信は、咄嗟に下手に出た。

「い、いんや。んでねがんす。お二人とも、怪我されたんだべか、と思ってなはん」

「ふん！　これが、ただの怪我に見えるってが？　こいつは癩で、おらは耳と鼻を削がれたまでよ」

晒の男は、自らの顔を指して、自慢げに答えた。

「ははぁっ、それは無礼をいたした。何も知らねがったふんで、勘弁してすけろ」

景信が弱々しく答えると、豆助も、たちまち軟弱な子供の振りをして泣き出した。鈴音が、宥める姉の振りをする。

「おめだづ、旅の者には見えねぇども、どっから来たんだ？」

晒の男は、景信たちを不躾に眺め回した。怪訝そうな目が、ギョロギョロと忙しなく動いていた。

「お、俺だづは、三人きょうだいだぁ。おっ父もおっ母も、伴天連門徒だったども、役人さ捕まって、殺されたのす。んだども、戸来村さ行けば、伴天連門徒を助けてくれると聞いだったふんで、遥々《はるばる》、玉山村からやって来たんだ」

伴天連という言葉を出すと、晒の男は目を細めて、猫撫声になった。

「おぉ、んだが。何たら、それは気の毒だこと。んだども、もう安泰だぁ。戸来村は伴天連門徒の村。ここだば、皆おめだづの味方だぇ」

「真だべか。俺だづのような半人前でも、村さ置いて貰えるのか？」

「あぁ、迷える子羊を救うのが、伴天連宗の教えだふんで」

晒の男が微笑むと、頭巾の男も大きく頷いた。

「んだども、耳と鼻を削がれるなんて、何たら惨い。ここは、そったな凶行が行われる村なんだか？」

景信がわざとらしく尋ねると、二人は顔を見合わせて大きく笑った。それから、頭巾の男がゆっくり口を開いた。

「んでねぇ、んでねぇ。その逆だ。ここは、おらだづのように病や怪我で村を追われた者を、迎え入れる所だ。癩となったおらでも、この村では、何ら差し障りねぐ受け入れてもらえる」

「おらは、伴天連門徒というだけで激しい責めに遭い、耳と鼻を削がれだった。んだども、この村では拷問に遭っても神を信じ続けた英傑として、丁重に敬われるんだ」

さっきまでの警戒が嘘のように、二人は穏やかに話し始めた。

「ここは、神に約定された地、波羅夷僧有《ハライソウ》なのす。この村は、へぶらい村と呼ばれてらんだ」

「伝宇須《デウス》様を信じる者は、あらゆる苦痛から救われる。この村では、誰もが伝宇須《デウス》様さ祈りを捧げ、助け合って生きて行くのす」

二人の男は、恵比寿顔になって頷き合った。門外漢には分からない、一味同心の結束があるのだろう。

「せば、行こう《あんべ》。この先に〝大秦寺《だいしんじ》〟なる寺がある。大導師様は、そごさいる」

「大導師様の許しを貰えれば、この村さ住まわせてもらえるでば」

二人の男に導かれるまま、景信と豆助と鈴音は、大秦寺へ歩き出した。空にはすでに柑子《こうじ》色の雲がたなびき、夕暮れが近いことを告げていた。

「んだども、お二方はおらだづが伴天連門徒でねぐて、仏の教えを尊ぶ異教者だったら、なんじょするつもりだったのす？」

景信が落ち着いた声で尋ねると、二人の足がピタリと止まった。それから、ゆっくり振り返り、二人で声を潜めて囁き合っている。

「おめだづは、伴天連門徒なんだべ？　なして、そったなこと聞くんだ？」

景信を見る晒男の目には、すでに柔和な色はなかった。訝しむように鋭い目つきに変わっていた。

「い、いんや、特に害心があって聞いたつもりでねぇのす。ただ、この村さ来るのは、必ずしも伴天連門徒だけでねがえ。伴天連門徒でねぇ者は、なんじょするんだべ、と思っただけだぁ」

景信は、一歩ほど後退って答えた。二人の気迫に、徒《ただ》ならぬ様子を感じたからだ。

「おめだづ、真に伴天連門徒かぁ？　玉山村から来たって言ったども、なんじょしてここまで来たんだ？」

「大導師様が、言ってらった。この村さ、これから破滅を齎す異教者が来る、と。男が二人に、女一人の三人組だ、ってな」

二人の男は、もはや完全に景信たちを疑っていた。布で覆われた顔の下から、猜疑の色が見え隠れしていた。

景信は、豆助と目配せした。考えは一つしかない。

「おめだづ、大秦寺の前に、村長の屋敷で待ってろ。大秦寺へは、大導師様の許しが出てから、連れて行ぐ」

頭巾の男が告げた刹那、景信と豆助は同時に踏み出した。瞬く間に二人の男の背後に回り込み、腕を捻って捻じ伏せる。

景信が晒男の背中を膝で踏み付けると、「ぐえっ」と潰れたような声を上げた。景信は、晒男の蟀谷を強かに殴打した。

六

大秦寺の門前に三つの人影が現れたのは、日没の半刻後だった。

三人のうち、一人は白い晒で顔を覆い、もう一人も茶色い布を顔に巻いている。残る一人は、童子だった。

三人は、目だけで互いの意を伝え合い、事前に取り決めた通り、晒の男――景信が、門扉を力強く叩いた。

「おばんでがんす。夜分に申し訳《おもさげ》ねぇ。急ぎ取り次ぎてぇ次第なんだども、門を開けてけねべか？」

景信が遣ったのは、辻で襲撃した晒男の声色だった。身包《みぐる》みを剝がした後で、晒男と頭巾の男は、轡《くつわ》を嚙ませて縛り上げた。明るくなれば、誰かに見つけてもらえるだろう。

景信は、晒男の筒袖と括袴、さらには晒を着けている。実際に耳と鼻を削ぐわけにはいかないが、互いの顔も判別し難い宵闇の中、顔の凹凸までは分かるまい。

茶色い布を巻いた男に扮している鈴音には、声を立てるなと命じてある。唯一、顔を晒している豆助は、泥と垢に塗《まみ》れ泣き腫らした哀れな童子に成りきっていた。

ややあって、門の中から訝しむ声が返ってきた。

「その声は、弥次郎《やじろう》だな？　用向きを話せ」

「暗くなってから、村さ迷い込んだ童子《わらし》を見つけた。聞けば、両親と生き別れて、山を彷徨ってらったそうだ。この寺で、預かって貰えねぇべが？」

景信が晒男こと弥次郎の声で流暢《りゅうちょう》に答えると、内側で話し合う声が聞こえた。やがて、門はゆっくり内側へ開かれた。

「童子《わらし》ってのは、そいづか？　少し《べっこ》、ここで待て。今、上役さ聞きに行っててら」

篝火を持った門番が、豆助を見て大きく頷いた。豆助が神妙に頭を下げる。

「安心しろ、童子《わらし》っこ。この村だば、神様が救ってくれる。みんな、弱ぇ者を見捨てたりしねぇからな」

言い聞かせるように告げた景信は、門番の顔を窺った。景信を、弥次郎と信じ込んでいるのか。門番の顔色に、特に変化はなかった。

しばらくして、中から男が戻ってきた。門番に小声で何か伝えている。

やがて、門番は三人に向き直って、大仰に告げた。

「せば、中さ入れ。大導師様が、会ってくださるそうだ」

「だっ、大導師様が、直々に？　真にが？」

景信は面食らった。大導師とは、すなわち厳中だろう。

寺に忍び込めば、厳中を見つけられると考えた。

だが、向こうから直々にお出ましとは、どういった了見だろうか。厳中は平素より客人を選ばないのか。それとも、罠か。

「何や、不満か？　大導師様は、たまたま忙しくねぇふんで、直々に会ってすける、って言ってらんだ。有難ぇことだべ」

これ以上、門番に怪しまれてはならない。三人は促されるまま寺内に足を踏み入れた。見れば、門番も案内役も目の紋が入った黒い羽織を着ていた。暗い庭には手入れされた木々が並び、一見すると仏を奉る寺と変わらない。しかし、本堂の正面に立つ白い観音像の衣は、どこか異国の趣がある。

景信たちが通されたのは、天井の高いお堂だった。薄暗いので、隅々まで見渡せないが、衣擦れが響く音から、十間四方は優に超える広さと思われた。

鈴音も豆助も、辺りを見回して落ち着かない様子だった。それもそのはず、堂内に入ってすぐ、正面から目に飛び込んで来たのは壁面に掲げられた黒く巨大な十字架だった。

「大導師様は直《す》ぐお出《い》でになるふんで、しばし、ここで待っててくなんせ」

案内役は、黒い羽織を翻して出入口から出て行った。背中に入った目の紋が、最後までこちらを凝視しているようだった。

「さーて、いきなり本丸だなはん。なんじょするべ」

豆助は、堂内に並ぶ珍妙な形の床几を眺めながら、呟いた。床几は、十字架から広がる波紋のように、幾重にも連なって並んでいた。

景信は、鈴音の横顔をじっと見詰めていた。気付いた鈴音が振り返って、景信と真っ直ぐ目が合った。

「鈴音、おめぇはもういいぞ。同輩の元さ、戻れ」

「何のこと？　言ってら意味が、よく分からねぇ」

眉を顰めた鈴音は、落ち着いた声で淀みなく問い返した。

「これ以上、隠さねぐて、いいぞ。鈴音、おめぇは黒脛巾組の者だべ？」

景信がはっきり告げると、鈴音の目が丸く見開かれた。驚きのあまり小さく開いた口が、次の言葉を探して微かに震えている。

「ここは、大眼宗の総本山なんだべ？　せば、おめぇの同輩、黒脛巾組の本陣だべ。おめぇは、黒脛巾組さ戻って、同輩に労《ねぎら》ってもらえ。まんまと、本陣さ間盗役を誘い込んでやったぞ、ってな」

「おい、オッサン。何を血迷った？　敵をみすみす見逃がして、なんじょするって？　この女、こっちの手駒にしておけば、なんぼでも使いようはあるべじゃ」

　豆助の真っ赤に見開いた目が、景信に非難の刃を向けているようだ。

「ここまで来たら、鈴音がいても、いねぐても同じだべじゃ。それに、こごさいだら諍いさ巻き込まれる」

「あんたは、馬鹿か？　いつまで優男の振りをするつもりだ？　この女に情けを掛けたところで、所詮は敵方だぞ。今更、何の見栄《みえ》を張りてぇのや」

　目を吊り上げた豆助の怒りの矛先を躱して、景信は鈴音に語り掛けた。

「なぁ、鈴音。大眼宗とは、何だ？　重蔵は伴天連門徒から選ばれた者のみが大眼門徒となると言ってらったども、なんじょな意味だ？　最後に教えてけろ」

　最後と聞いて、鈴音の顔が微かに曇った。口を閉ざしたまま、じっと立ち尽くしている。沈黙こそ、自らが黒脛巾組であると認めたも同然だった。

「ひょっとすると、おめぇも大眼門徒なのか？　おめぇも、日月を拝み、牛馬の肉を食らうのか？」

　すると、何が可笑しいのか、鈴音は弱々しく吹き出した。

「それは、風聞だけが一人歩きしてらんだべ。確かに、南蛮国ではお天道様を拝み、牛馬の肉をも食らう。南蛮国さ渡った使節団の意志を継ぐ、という趣旨だけが、面白おかしく誇張されたんでねぇの」

　どこかで、鈴音は黒脛巾組でないと信じたかった。包み隠さず語る鈴音を見て、景信の心に刺さった棘は、いよいよ深く食い込んだ。

「大眼宗は計略を実行する軍勢だ。各地の伴天連門徒を波羅夷僧有《ハライソウ》さ導くために、隠密に事を運ぶんだ」

「せば、大導師の厳中とは、なんじょな野郎だ？　おめぇ、会った例はあるんだべ？」

　景信が尋ねると、鈴音は顔を上げて小さく頷いた。

「厳中は、後藤寿庵だべ。違ぇか？」

　景信は、鈴音と目を合わせたまま、尋ねた。鈴音が観念したように目を閉じる。

「厳中様は、神のような御方。あの御方を敵に回しては、わがねぇ」

　目を見開いた鈴音は、唸るように低い声で告げた。否定しない言い回しは、景信の言葉が正しいと語っている。

「寿庵は、なして厳中になったのす？　元は、陸奥守殿の忠臣だった御方だべじゃ」

「民を、国を、領主を守るため。と言っても、おめぇだづには分からねぇべな」

　小さく首を振った鈴音は、ふっと頬を緩めて景信を見た。この期に及んで、鈴音の微笑みを美しいと思う自分は、大馬鹿野郎に違いないと思った。

　その時、背後の戸が開いて四人の男が入ってきた。どの男も、黒い羽織を纏っている。

最後に背の高い男が、堂内にゆっくり足を踏み入れた。どこか片足を引き摺るようでいて、厳《いか》めしい歩き方だ。

男は、黒い十字架に向かって胸の前で十字を切ると、深々と一礼した。それから、景信たちを見て口元に微笑を浮かべた。

「どうやら、名乗る手間が省けたようだなはん。いかにも、儂《わし》が厳中こと、後藤寿庵だじゃ」

寿庵は、首から下げた十字架を揺らしながら、臆する素振りもなく堂々と近付いてきた。

行灯の光に仄赤く浮かび上がった寿庵の容貌は、景信の予想と異なっていた。

伴天連宗の伝道師《パードレ》は、言わば、神に仕える神職だ。神の教えを説き、迷える民を救う伝道師《パードレ》ならば、仏のように柔和な顔をしているものだと思っていた。

だが、背筋を伸ばして近付いてくる寿庵は、目だけがギラギラと鋭く光る、初老の男だった。相手を値踏みするような目付きで歩み寄って来た寿庵は、景信たちの五尺ほど前で立ち止まった。

「ようこそ、我が天主堂へ。ここは、伝宇須《デウス》様さ祈りを捧げる、神聖な場だ。無礼な言動は、慎むべし」

ようこそと言う割に、寿庵は相手を恐嚇するような気魄《きはく》に満ちていた。深い皺が刻まれた目元は、少しも緩んでいない。

「これはこれは、大導師様が直々にお出ましとは恐れ多い。俺たちが、そったに歓迎されてらとは、知らねがったじゃ」

景信は、寿庵の気魄を受け流すように軽薄に答えた。

「恐れ多いんだば、先《ま》ずは顔の晒を外せ。伝宇須《デウス》様の御前で顔を隠すは、非礼ぞ」

景信を睨み付けた寿庵は、有無を言わせぬ厳しい口吻で告げた。先に鈴音が、已むを得ず景信も、顔に巻いていた晒を外した。

「おめぇだづの素性は知れてら。南部の間者だべ？　今宵は、何用でこごさ参った？」

よく通る寿庵の声が、半月型の天井に響く。景信は、懐から十字架を取り出した。

「これは、あんたの十字架だべ？　返しに来たったんだ」

寿庵の形見であると、重蔵が語っていた十字架を景信は抓《つま》んで掲げた。見えにくそうに凝視する寿庵に、十字架を大きく放ってやった。

十字架を受け取った寿庵は、しばし手元に目を落としてから、景信を睨んだ。

「重蔵を殺したのは、おめぇらだな？　この十字架はあいつの物だ」

「ほう。俺が聞いた話とは、少し違《べっこ》ぇな。重蔵はその十字架が寿庵殿の形見だ、って言ってらった。ついでに、寿庵殿は一年半前に死んだ、とな」

景信は、寿庵の変化を見逃すまいと、顔付きをじっと見詰めた。片眉をピクリと動かした寿庵は、鼻からゆっくり息を吐いた。

「それは方便だべ。助手《イルマン》たちは、儂を匿うため、各地で奔走してくれでら。儂は忠義なる働きを労うため、功を成した者には十字架を授けてやったのだ」

「重蔵の成した功とは、何だ？」

「あの者は、白根金山にて、多くの者に伴天連宗の講を説き、貧しい民や病める民を救った。さらには、南蛮由来の道具を使い、多くの金を掘り出し、人々の暮らしを豊かにしたのだ。重蔵は、真に義なる助手《イルマン》であった」

寿庵は、沈痛そうに眉根を寄せて十字架を握り締めた。

そこへ、豆助がいかにも幼稚な口吻で口を挟んだ。

「その重蔵が言ってらったんだども、大眼宗は伴天連宗の囮なんだべ？　伴天連門徒の中から選ばれた上役が、計略を実行する隠密衆として大眼宗を名乗ってら、と聞いたぞ」

寿庵は否とも諾とも答えず、沈黙している。景信も続いた。

「分かりやすく言えば、伴天連門徒に邪教の羽織を着せた者が、大眼門徒だ。そう、あんたらが着てら、眼の紋が入ったその羽織をな。自ら凶悪な邪教を名乗り、伴天連門徒とは別だと思わせることで、巷の目を欺いてきたんだべ。なんじょだ、違うか？」

鋭く問い詰めると、寿庵は「なるほど」と感心したように呟いた。

「そこまで分かってらんだば、儂が大眼門徒を束ねる大導師として、各地を巡り歩いてらことも承知だべ。せば、大眼宗が暗躍する目論見も、分かったのか？」

「伴天連宗よりもさらに強烈で、恐れ知らずの門徒が、南部や佐竹の領内に跋扈《ばっこ》していると、世に広めるためだべ。現に、横手城では城代の伊達五郎《ごろう》（宣宗《のぶむね》）殿は、改易になったたっけじゃ」

何も言わない寿庵の笑みが、行灯の明かりに浮かび上がる。爛々と光を湛える目は、背筋が凍るような気概に満ちていた。

「わざわざ時間と人を使って、そったな風聞を広めて、なんじょするって？　大眼宗への弾圧が厳しくなれば、伴天連宗だって、無事では済まされねぇべ」

　景信が冷静に続けても、寿庵は尊大な態度を崩さなかった。

「邪教の濡れ衣を着せられるのは、大眼宗のみ。伴天連宗を汚さないための囮だ。どのみち、伴天連宗への弾圧は日増しに厳しくなり、我らの進む道は茨のごとく険しくなるごった。ならば、伴天連宗よりも得体の知れない邪教を隣国に広め、公儀に誅伐《ちゅうばつ》させようと考えたまで」

「偽の邪教を使って隣国を貶めたところで、何になる。その先に、あんたらの道は開けるのか？　そもそも、大眼宗なんて紛《まが》い物《もの》の宗派を作る愚行が、伝宇須《デウス》如来への冒瀆《ぼうとく》になるんでねぇのか？」

　景信は声高に反駁した。行灯の光の中で、寿庵の顔付きが揺らいだように見えた。

「黙れ！　卑賤《ひせん》な間者が偉そうに。そういうお前ぇも、御役目という大義の下に、罪のねぇ民を殺したべじゃ。殺した男の衣を剝ぎ取り、その男に成り代わって、我が大秦寺に乗り込んで来たのは、どこの鬼畜だ？」

　寿庵は、景信が弥次郎たちを抹殺したと思い込んでいる。

　景信の耳に、弥次郎の潰れた声が蘇る。自らの纏っている筒袖から、弥次郎の恨みが滲み出てくるようだった。

「そもそも、何故に伴天連宗は邪教で、仏教は唯一無二と考えるのか。何の所以もねぇその考えのせいで、無辜《むこ》の民が、なんぼ血を流して死んでいったと思ってら？　伴天連宗を邪教と見《み》做《な》す公儀は官軍で、信心深く武力を持たねぇ伴天連門徒が賊軍なのか？」

寿庵の堂々たる声は人の心に入り込み、強く揺さぶる力があった。なるほど、政宗の直臣だけあって、一廉《ひとかど》の人物に違いない。

圧倒された景信が、何も反駁できずにいると、寿庵は更に続けた。

「んだども、儂らは、伴天連門徒を苦しめる公儀を、憎んでなどいねぇ。基督《イエス》様は、右頬を打たれたら、左頬を差し出せと仰《おっしゃ》った。伴天連宗には、罪人を赦《ゆる》せとする教えがあるのす。んだがら、おめぇも、自らの罪を悔い改め、心の底から伝宇須《デウス》様を信じれば、救われるんだ。伝宇須《デウス》様は、悔い改める者をお赦しになる」

寿庵の声は、まるで梵鐘《ぼんしょう》のように、景信の心に重く、強く響いてくる。これが、大導師たる寿庵の通力なのだろう。

現に、景信の横に立つ鈴音は頭を垂れて合掌している。寿庵の説教に、心酔している様子だった。

かく言う景信も、心に細波《さざなみ》のような乱れを感じていた。果たして、伴天連宗を邪教だとする公儀は、伴天連門徒を追放している南部利直は、真に正しいのだろうか。

「重蔵も、俺を伴天連宗に転ばせようと躍起になってらった。結局、おめぇだづは、共に神さ手を合わせる同朋を増やしてぇだけなんだべ？」

景信は、ぐっと足を踏ん張って、寿庵の説教に抗《あらが》った。それでも、寿庵の荘重たる口吻は少しも怯まなかった。

「重蔵は何も言ってねがったか？　我らは、おめぇの声色が欲しいんだ。何なら、儂の声もすでに盗んだべ。なんじょだぇ？　儂の影となる気はねぇか？　今だば、格別の処遇で迎え入れるぞ」

「何度も言うども、俺は、伴天連宗にも黒脛巾組にも、転ぶつもりは、ねぇ。間盗役の望月家を、舐めるなよ」

　景信が拒絶すると、寿庵は蔑むように冷笑した。

「おめぇも、もうそろそろ、気付いてらんだべ？　日本は南蛮に比べれば、たんだ未熟な国だって。医術も、道具も、信仰も何もかも、南蛮国には遠く及ばねぇ。彼の国は、我が国の百年先、二百年先を行ってらんだ」

「南蛮国に足を踏み入れたのは、重蔵だべ？　あんたが直に見聞したわけで、ねぇべじゃ」

　景信の虚勢は何の効力も持たない。反駁は、闇に虚しく木霊するだけだった。

「いんや、南蛮国さ行かねぐとも、儂には痛いほどよく分かる。公儀の禁教令に盲従し、伴天連宗と敵対するは、猿が小柄《こづか》を懸命に振り翳《かざ》すようなもの。海を越えた広き世で、左様に見識の狭い国は、いずれ滅ぶぞ。儂は、この国の行く末を心より案じてら」

　景信は、浮遊するような目眩を覚えた。踏ん張っていた足元が揺らぎ、天地がひっくり返る。

　胸を張って正しいと信じていた当世は、海の向こうから見れば、卑小な天下に過ぎない。

海を越えた各国では、伴天連宗が当然のように信仰されているのだろう。我々は、大海を知らない井の中の蛙《かわず》だ。

大義とは、役目とは、日本とは、何だ――。

その時、豆助の手が景信の背中を力強く叩いた。

「おいおい、オッサン。まさか、我を忘れて、向こうさ転ぶ気かぁ？　今にも崖から飛び降りそうな顔してらじゃ」

いつものように軽口を叩く豆助を見て、景信は我に返った。自分は今、伴天連宗へ心が傾きかけていなかったか。

「あぁ、危うく、黒脛巾組の幻術に惑わされるところだったじゃ」

景信は、荒い息を吐いた。いつの間にか、汗が首筋を伝っていた。

もしかしたら、どこかで南蛮渡来の幻惑香でも焚かれているのかもしれない。この天主堂には、嗅ぎ慣れない異国の香りが微かに漂っていた。

「寿庵殿、おらは、もう一つ聞きてぇことがあるのす」

前に一歩、進み出た豆助は、子供らしくない不遜な口吻で問い質した。

「大眼宗を広めて、隣国を貶めようと考えたのは、誰だべ？　陸奥守殿の下知か？」

豆助の手短な問は、寿庵の顔を強ばらせた。だが、すぐに取り繕って、寿庵はゆっくり口を開いた。

「いんや。全ては、儂の計画だ。陸奥守様には、何の関わりもねぇ」

大きく頭を振って、寿庵は続けた。

「陸奥守様は、儂が伴天連宗の放棄を拒むと、後は勝手にしろと言ったたった。んだがら、儂は勝手にさせてもらってら。ただ、それだけの話だ」

「勝手にしろと言う割には、黒脛巾組を警固に付けてくれるんだな。大眼宗に、黒脛巾組が関わってら経緯は、とっくに分がってらぞ」

豆助は、獲物を追い詰める蛇のように、話の筋を塞いでいった。だが、寿庵は動じなかった。

「陸奥守様も、心のどこかでは、伴天連宗を追放したくねぇんだ。それでも、公儀に逆らう訳にはいかねぇ。御心の苦しみは、如何ばかりだったか。儂はその意を汲んで、大眼宗の厳中となった。陸奥守様の無念を、伴天連門徒の意地を、なんじょな形でもいいふんで、晴らしてやるためだ」

「つまり、陸奥守殿は、寿庵殿が厳中を名乗り、隣国に大眼宗を広めてら所業を、知っているということだな？」

「さぁな。儂は、伴天連宗の放棄を拒んで出奔した男。以降は陸奥守様にお目にかかってねぇから、直々に話を聞く機会もねぇでば」

あくまで、寿庵の独断という結論なのだろう。いかにも、老獪《ろうかい》な政宗が好みそうな方策だ。

「童《わっぱ》、聞きてぇことは、それで終わりか？　せば、儂からも聞きてぇ話がある」

断りを入れた寿庵は、景信を徐に指差した。

「おめぇ、この男を置いて、白根金山を離れてら間、何をしてらった？　高水寺城さ帰ったなんて、嘘だな？」

寿庵は鷹《たか》のように鋭い目で景信と豆助を交互に見た。

「豆助、お前やはり、高水寺城さ帰ってねがったんだな？　俺が遣った浅沼様の声色に気付かねがったもんな」

確信して、豆助に目を遣った。冷笑を浮かべた豆助は、平素のように涼しい横顔を向けている。

「あーぁ、二人ほど始末したから、あとは安泰だと思ったんだどもなぁ。追っ手は、まだ他にもいたのか」

豆助は、景信には目もくれず、寿庵の問い掛けに答えた。

「おめぇには、殺された二人の他に、さらに目付を二人、付けてらった。そいつらが言うには、おめぇは、白根金山から花輪さ戻った後、湯瀬の宿場で時を稼いでいたそうだな。大層な旅籠で、四日も何をしてらった？」

寿庵の話を聞いて、景信の頭に、血がカッと上った。

「俺が雪山を死ぬ思いで歩いてらった時に、旅籠で暢気《のんき》に寝てらったのか？　人を虚仮にしやがって！」

耳元で喚く景信が鬱陶しいとばかりに、豆助は顔を顰めた。

「なんぼ、おらが早駆けの名手だからって、雪山を越えて、片道三日で往復なんて、できねぇでは。天狗じゃあるまいし、無理だじゃ」

「この、よくも、白々しく虚言を抜かしやがってぇ……。せば、あの花押は、浅沼様の花押が入った書状は、なんじょしたのや？」

唾を飛ばしながら、景信は豆助を問い詰めた。

「あれは、偽物だ。オッサンが他人の声を真似できるように、おらほにも、他人の筆跡を真似できる同輩がいてなぁ。声色ならぬ、筆色、とでも言ったらいかべか」

さも楽しそうな口吻で白状した豆助は、悪びれる様子もなく景信を見詰め返した。

「おらほの同輩？　何を言ってら？　間盗役が、他にも誰か来てらのか？」

「いんや、間盗役なんて、最初から誰も来てねぇぞ。オッサンの他には、な」

豆助の双眸が、暗い洞のように見えた。やはりこの童子は、間盗役ではなかったのか。景信の頭の天辺から、さぁっと血の気が引いた。

そこへ、寿庵の高笑いが響いた。

「ハハハハ……。これは、面白ぇ。おめだづは、最初から同輩でねがったのが？　せば、童《わっぱ》。おめぇは、何者だぁ？」

「いやいや、ここで名乗るは少し早ぇ。おらは、あんたに聞きてぇ話が、まだ山ほどあるふんで」

寿庵に向き直った豆助の横顔は、もはや別人に見えた。

ならば、本来、景信と合流する手筈だった同輩はどこへ行ったのか。

（やはり、豆助が持っていた浅沼様からの下知状に付いていた血は、豆助の血でも、敵方の血でも、ねがったのか。俺さ追い付くはずだった、間盗役の誰かの血だな）

その同輩は、すでに亡き者となっているだろう。おそらくは豆助の手によって――。

「おめぇは、自分の劣勢が分からねぇのか？　いいでば、名乗らねぇなら、名乗るまで痛ぇ目に遭わせるまで。童《わっぱ》だからって、加減はしねぇからな」

寿庵が告げると、黒い羽織の従者が四人、景信たちへ近付いてきた。景信と豆助は、十字架の正面へ追い詰められていく。

「おい、豆助。高水寺城へ帰ってねぇなら、その間おめぇは何をしてらった？　よもや真に、旅籠で無為に過ごしてらったのか？」

「山中の田舎宿場に、悠長に過ごせるほど立派な旅籠なんて、ねぇべじゃ。おらは、白根金山で見聞した事実を、同輩に伝えてらった」

「だから、その同輩ってのは……」

景信の言葉を遮るように、敵方が一人、襲い掛かってきた。

と同時に、別の敵方が棒手裏剣を投げる。狙いは景信。

廃寺で受けた傷は癒えていないが、棒手裏剣は腕で受け止める覚悟だ。景信は襲い掛かってきた敵方の喉元を、鎧通で狙った。が、紙一重で躱される。

次の刹那、金物と金物がぶつかり合う音が耳を劈いた。豆助が棒手裏剣を鎧通で叩き落としていた。

「オッサン、この棒手裏剣をまともに食らうと、あの世さ行くぞ」

低く呟いた豆助は、景信の攻撃を躱した敵方へ、瞬く間に襲い掛かった。深手となる一撃を与えて、すぐに後方へ飛び退く。

「なるほど、附子だな。黒脛巾組は、棒手裏剣さ毒を塗り付ける手口を、相変わらず好んで使うんだなはん」

隣に並んだ豆助に、景信は返答した。紫野の目付であった水月が使っていたのと同じ様に、微かに附子の臭いがする。

豆助に深手を与えられた敵方は、膝を突いて苦しそうに喘いでいる。残る三人の敵方は、未だ鋭い殺気を放っていた。

「豆助、お前はいったい何者なんだ？」

じりじりと敵方と間合いを計りながら、豆助の横顔に尋ねた。今までは、童子らしく見えていた丸い目と鼻が、急に大人びて見えた。

「おいおい、オッサンまでおらを問い詰める気か？　もう少し待ってけで、って言ってらべじゃ」

言うなり、何の前触れもなく、敵方へ棒手裏剣を投げつけた。一切の殺気は感じさせないのに、棒手裏剣は、膝を突いていた男の眉間に、深く突き刺さった。

「くそっ！　何をボケッとしてらって。鈴音、おめぇはどっちの味方だ？　突っ立ってねぇで、援護しろ！」

寿庵が忌々しげに叫ぶと、我に返った鈴音は、慌てて体勢を整えた。横目で追った景信と、目が合う。

鈴音の瞳には、戸惑いの色が見えた。鈴音を、このまま争いに巻き込みたくない。

咄嗟に考えた景信は、鈴音を素早く羽交い絞めにした。途端に、敵方の動きが止まる。

「動くな！　この女、おめぇだづの同輩だべ？　傷付けられたくねがったら、穏便にするごった」

身を捩って暴れる鈴音に、景信は耳元で囁いた。

「悪ぃが、少しだけ《べっこばり》大人しくしてけろ。俺は、おめぇと刃を構え合いたくねぇんだ」

「放せでば！　あだしを使って時を稼いだところで、どのみちおめぇだづは、ここから生きて出はられねぇぞ！」

頭突きを食らわせようと暴れる鈴音を躱し、景信は小袖と両腕を使って絞め上げた。阿吽《あうん》の呼吸で、豆助が素早く、鈴音の首元へ鎧通を突き付ける。

「まんつ見苦しい奴らだじゃ。最後は、女子《おなご》を盾に取るってが？」

寿庵が、汚物でも見るような目で嘲り笑った。

「鈴音を盾に取ったところで、無益だじゃ。そもそも、おめぇには、鈴音を殺せねぇべじゃ。敵とはいえ、女を平気で手に掛けるほど、冷血漢でねぇもんな」

寿庵が、何もかも見透かしたような目で景信を見た。さらに、従者の一人が、冷淡に告げる。

「それに、鈴音を殺されたくねぇからと、我らが手を緩めると思うか？　何なら、このまま二人一纏《ひとまと》めに、串刺しにしてしまえばいい」

　従者の一言に、鈴音がハッと息を飲む音が聞こえた。景信は、怒りを抑えた低い声で反駁した。

「おめぇら、それでも神さ仕える伴天連門徒かぁ？　鈴音は、おめぇら黒脛巾組の同輩だべ？」

「何を今更、世迷い言を。黒脛巾組だば、役目を全うするが務め。我らが秘事を暴きに来た曲者を、見事に籠絡して、仕留める手助けをすることこそ、抜群の功名ぞ」

　いつの間にか、別の従者が槍を構えている。よもや、本気で鈴音ごと串刺しにするつもりなのか。

「おい、鈴音。聞いたべ？　おめぇが崇めて仕えてきた伴天連宗は、おめぇを救ってはくださらねぇぞ。なんぼ信じて手を合わせても、今際の際で見捨てられるって、分かったべ？」

「黙れ！　口先だけの余所者が、その娘の何を知ってらって。鈴音、姉貴の汚名を濯《すす》ぐ時は、今ぞ。紫野が絆された、その間盗役の男、お前の働きで亡き者にするんだ」

　寿庵の口から出た紫野の名を、鈴音とすぐに結びつけることができなかった。次第に紫野の面影が蘇って、鈴音の顔と重なり合う。

「紫野？　高水寺城さ侍女として潜り込んでらった、あの女間者か？　姉貴って、鈴音、お前の？」

驚く景信の手中で、鈴音の体が、一段と強ばったのが分かった。

「おめぇの姉貴は、くだらねぇ情に絆されて、間盗役に転んだんだ。姉貴を誑かした男が、憎くねぇのか？　おめぇは、姉貴の仇《あだ》を討ちたくねぇのか？」

呪詛のように呟く寿庵に、景信は叫んだ。

「紫野を殺したのは、おめだづ黒脛巾組だべじゃ！　紫野は、懸命に生き延びようとしてらっただけだ。生きる望みを捨てねぇ奴を、俺は無下に扱ったりしねぇ」

「おめぇの言う〝無下に扱わねぇ〟とは、間盗役さ転ばせて、己の手駒として使う所業か？　その顚末で、紫野は離叛者となり、我らの手に掛かったんだ」

「紫野は、自ずと言ったんだ。自分が転べば累の及ぶ身内がいる。その者を守るためにも、自分は間盗役には転べねぇ、ってな」

寿庵に返答しながら、腕の中の鈴音にも語りかけていた。

「んだども、なんじょして生き延びるかと考えた挙げ句、紫野は黒脛巾組の役目を続ける振りをしながら、間盗役さ転ぶ道を選んだ。紫野が守りたかった想い人とは、鈴音、おめぇだべ」

景信が告げると、鈴音の体がビクッと動揺した。依然として硬直した体からは、抵抗する力が抜けていない。

「何よ、それ。姉さんは、あだしなんか想ってねぇでば。取り繕いの嘘を吐くのは、止めてけで。そったな嘘を言って、結局、姉さんを捨て駒にしたのは、おめぇだべじゃ」

「違う！　紫野は最後までおめぇを憂慮してらった。郷里さ大事に想う者を置いてきた、それだけが心残りだと。自分の身の上よりも、おめぇの無事を案じてらった。初め間盗役に転ぶと言えねがったのは、おめぇがいたからだ」

鈴音の強ばりが、徐々に緩んでいくのが分かる。しばしの沈黙の後、絞り出すような細い声で、鈴音が呟いた。

「だったら、なして姉さんを死なせたのよ。あだしは、姉さんが妹想いだったなんて、露ほども気付いてねがったのに」

鈴音の言葉が、錐のように胸に刺さる。悲哀と憤りをぶつけられた景信は、返す言葉がなかった。

それから、ゆっくり力が抜けていった鈴音は、もはや抵抗する様子はなかった。

脱力した鈴音を見て、豆助も鎧通を下ろした。

「さて、今のうちに、おらも急いで聞きてぇ話がある。これが最後だふんで、嫌な顔しねぇで、答えてけろ」

一歩ほど前に進み出た豆助は、鎧通を寿庵に真っ直ぐ向けた。

「陸奥守殿が、奥南蛮さ遣わした使節団は、五年前に月浦さ帰ってきたんだべ？　伴天連宗の王から賜った返書には、刀と烏帽子《えぼし》は与えられねぇと書いてあったそうだども、ここで言う〝刀と烏帽子〟とは、なんじょな意味だ？　伴天連門徒の寿庵殿なら、何か分かるんでねぇのか？」

豆助の問に、寿庵の目が般若のように険しくなった。顔色が見るみる蒼白になっていく。

「おめぇ、ただの童《わっぱ》でねぇな。その話、どこから聞いた？」

「んだがら、嫌な顔しねぇでけろ、って言ったべじゃ。〝刀と烏帽子〟が、伴天連宗の符合か何かなら、伴天連門徒の長に聞けば、手っ取り早ぇかと思ってなはん」

愉悦に満ちた口吻だが、豆助の立ち姿には隙がない。寿庵は歯を食い縛るような顔で、低い唸り声を上げた。

「豆助と申したな。おめぇが間盗役でねぇなら、いったい、どこのどいつだ？　おめぇは、誰だ！」

寿庵と同じ疑念を抱いていた景信は、廃寺に戻って来た豆助の言動を思い返していた。豆助は、あの時、偽の返書と一緒に、新たな報《しら》せを齎さなかったか。

不意に思い出した景信は、鈴音を押さえる手を緩めて、二人の遣り取りに口を挟んだ。

「豆助、おめぇが間盗役でねぇなら、御公儀の目付が、南部領さ下向して来るという報せも、書状と同様に偽物だったのか？」

景信が問うと、豆助は振り返らずに答えた。何が面白いのか、肩で意味深長な笑いを堪えている。

「いんや、嘘でねぇぞ。その話は、真だ」

「せば、どこでその話を聞いた？　高水寺城さ帰ってねぇなら……」

言いかけて、背中に粟立つような予感が閃いた。景信は、渇いた喉に唾を嚥下してから、再び口を開いた。

「まさか、おめぇが？　おめぇが、御公儀の隠密なのか？」

景信の問い掛けに、天主堂は、耳が痛いほど静まり返った。目を見開いた寿庵は、動きを止めている。

「おめぇ今、何と言った？　こいつが、公儀の隠密だと？　この童《わっぱ》がぁ？」

眉間に皺を寄せた寿庵は、豆助を指差した。

「あーぁ、気付かれたか。あと、もう少しだったんだがな」

豆助は、途端に奥州訛りのない、流暢な東《あずま》言葉で話し始めた。童子の高い声が、別人のように低い声に変わる。

「いかにも、手前は、御公儀より参った者なり。此度は陸奥守様の奥南蛮使節団について、隠密に詮議に参った次第。数々の無礼は、容赦願いたい」

背筋を伸ばした豆助は、寿庵に告げた後、僅かに景信を振り返った。

童子のようだった面差しはすでになく、精悍《せいかん》な若者の横顔があった。童子だと思っていた豆助は、実は景信と同じ、もしくは少し年嵩なのだろうか。

「まっ、豆助ぇ？　いんや、豆助殿……様？　そもそも、豆助って名が、偽りなのか？」

訳が分からず狼狽する景信を余所に、豆助と対峙する寿庵は、低い唸り声を上げた。

「公儀の遣いが、なしてそったに内々に参った？　陸奥守様への詮議なら、直々にお目見えすれば、いがえじゃ」

「直々にお伺いしたところで、詳《つまび》らかに答えてくださる御方ではないでしょう。少々、卑劣に思われるかもしれないが、我々自身で検分して回りたかったもんで」

豆助が一歩を踏み出すと、寿庵は一歩、後退った。

「手短に尋ねるぞ。陸奥守様は、何故、大使の支倉六右衛門殿を、奥南蛮の伴天連宗総本山へ向かわせた？　伴天連宗の王と、何の取り決めを結んだのだ？」

「儂は、何も聞いておらん。支倉殿も同行した大導師のソテロ殿も、すでにこの世にいねぇ。経緯を詳しく知る者は、もはや誰もいねぇでば」

「なるほどねぇ、死人に口なし、って顛末かい。さすが陸奥守様、抱いた宿望の痕跡を残さないのは、太閤様の時代からずっとお手の物だもんなぁ」

政宗を揶揄する豆助の言葉に、寿庵の顔付きが、怒気を孕んで険しくなった。

「公儀隠密に、何が分かる。陸奥守様は、真に伴天連門徒を守ろうとしてくださったんだ。御上より禁教の沙汰が出ようとも、ご自身の英断で庇護なさっていた。あの御方にお仕えできて、儂は果報者であった」

「しかし、その陸奥守様だって、今じゃ伴天連門徒を追放し、自領で迫害を行っているだろう。奥南蛮への使節団が失敗に終わったから、伴天連門徒を庇護する意味もなくなった。要するに、伴天連宗を手駒として使う所以が、なくなったという判断だ」

「伴天連門徒を追い詰めたのは、陸奥守様でねぇ。徳川様だ。徳川様こそ、当初は南蛮国より大導師を招き入れ、医術や普請術などの優れた技能を取り入れたべじゃ。その恩を忘れ、掌を返したように伴天連宗を迫害するなぞ、人の道に外れた逆賊の振舞だ」

寿庵の震える声が、天主堂の高い天井に響いて木霊する。それでも、豆助に動じる様子はなかった。

「伴天連宗は、毒薬なんだよ。放っておけばあっという間に広まって、この国を蝕んでいく。泰平の世を築くために、そういう毒は、抹消しなくてはならない」

「公儀のその考えが、どれほどの民を苦しめたと思ってら。為政者とは、人を苦しめるためにいるんでねぇ。人を救う者が為政者となる治世が、正しい世の在り方だぁ」

寿庵の眼差しは、大義を全うするべく、爛々と燃えるようだった。

「まぁ、好きに言うがいい。少なくとも、俺には陸奥守様の真意が読めた」

満足そうに頷く豆助に、寿庵は渋面で尋ねた。

「陸奥守様の真意だと？　おめぇは、公儀さ何と上申するつもりだ？」

「陸奥守様は、近臣である寿庵殿を出奔させたことで、最後の悪足掻きを策謀したんだ。寿庵殿が、近隣で伴天連宗を広めれば、いつか公儀の耳に入る。禁教令の沙汰により取り潰された隣国の領地は、あわよくば伊達の知行に加増されるかもしれねぇ、ってな」

豆助が明瞭に答えると、寿庵は、息の詰まった憤怒の顔になった。

「違う！　伴天連宗の伝道は、儂が独断にて行った所業。陸奥守様は、何も与してねぇ！」

「かつて東照大権現（家康）様は、陸奥守様へ百万石の領土を安堵したが、結局は反故となった。陸奥守様は、百万石の領土回復への野望を、捨てきれなかったんだろう」

「黙れ！　公儀隠密だか何だか知らねぇが、そったな虚偽の上申は、許さねぇ！　この場で息の根、止めてやる！」

憤激する寿庵の下知に従い、三人の従者が豆助を取り囲んだ。一人の従者が、素早く槍を突き出す。

景信は、咄嗟に声色を遣った。

「儂が合図するまで、切り込むな！　そいつは、儂が始末する！」

寿庵の声色で上方へ向かって叫んだ。半月型の天井に、寿庵の声が反響する。

天より降り注ぐ寿庵の声は、従者たちを凍り付かせた。出所の分からない寿庵の声は、本人なのか声色なのか、もはや判別できなかった。

この隙を豆助が見逃すはずはない。槍の間合いに入り込んだ豆助は、従者の喉元を鮮やかに切り裂いた。

景信もすぐさま加勢に出る。豆助の横に立って、左腕を庇いながら鎧通を構えた。

槍を奪った豆助は高らかに明言した。

「俺を殺したところで、徒労だぞ。すでにこの寺は、御公儀の隠密によって囲まれている。間もなく、俺の同輩が、門を破って襲撃するはずだ」

天神山での追っ手の気配を思い出した。あれは、黒脛巾組ではなく公儀隠密だったのか。

槍を構えて間合いを計る豆助と、横に立つ景信。相対する寿庵と、二人の従者。

互いの動きを隅々まで睨み合い、一触即発の殺気が張り詰めていた時――。

豆助の背後に、鈴音が音もなく駆け寄った。重なり合った二人の体は、しばし時が止まったように動かなかった。

「寿庵様、逃げてくなんせぇ！」

鈴音が叫ぶと同時に、豆助が前屈《まえかが》みに頽れた。即座に理解した景信は、豆助に駆け寄った。

鈴音が、背後から豆助を刺したのだ。

「今なら、まだ間に合う！　公儀隠密に襲撃される前に、寿庵様だけでも、逃げてけろ！」

鈴音の手には、匕首《あいくち》のように小さな刃物が握られていた。刃には、鮮やかな血が付着している。

「豆助、しっかりしろ！　どこを刺された？」

景信が豆助の背中に手を伸ばすと、生温い血の手触りがあった。右腰の辺りを、後ろから刺されたようだ。

「こ、この……クソ女がぁ」

蹲るように倒れた豆助が、苦しい息の下で、恨めしそうに吐き捨てた。

「す、鈴音、おめぇは、公儀の遣いを手に掛けたのか……」

忙然と立ち尽くした寿庵は、強ばった顔で鈴音と豆助を交互に見た。

「孤児だった、あだしら姉妹を、見分村で育ててくださったのは、寿庵様だ。あだしにとって、寿庵様は伝宇須《デウス》様よりも尊い御方なのす。んだから、逃げて！　逃げて人々を、伴天連門徒を救ってくなんせぇ！」

声の限りに叫ぶ鈴音に、従者たちも同意した。

「寿庵様、行《あ》くべ！　ここさいては、わがねぇ！」

「我ら総出でお守りするふんで、一旦、戸来村より逃れましょう！」

従者に腕を取られた寿庵は、しばし思案顔で沈黙していた。

「確かに、鈴音の言う通りだ。儂には、まだ使命が残されてら。一人でも多くの伴天連門徒を救うため、儂はこの先、生き長らえなければ、ならねぇ」

苦しげに瞑目した寿庵は、鈴音に向けて十字を切り、深く頭を垂れた。

「鈴音よ、感謝する。汝に神のご加護を」

鈴音の頭に手を置いて、寿庵は静かに告げた。鈴音の肩が、微かに震えていた。

すぐさま、寿庵と従者たちは天主堂を後にした。

従者に促された寿庵は、去り際も威厳を保つように、堂々とした歩き姿だった。最後に、振り向いて十字架へ一礼すると、板戸の向こうに消えていった。

景信は、後を追うべきか躊躇った。だが、動けない豆助を鈴音の足元に置き去りにすれば、止めを刺されるかもしれない。

景信は、立ち尽くす鈴音を睨み付けた。

「鈴音、おめぇは、最後まで寿庵殿の味方をするつもりか」

「寿庵様は、ここで死んでは、わがねぇお人。この先、大勢の伴天連門徒たちを救う寿庵様のお命は、こったな所で果てたらわがねぇんだ」

鈴音は、寿庵が去った天主堂の板戸を、恍惚と眺めていた。

「豆助、悪ぃことをしたなはん。三途《さんず》の川を渡る前に、教えてすけるでば」

気の抜けた声で、鈴音が豆助に語りかけた。手にしていた匕首はすでになく、力の抜けた両腕は、殺意のない意思を表していた。

「〝刀と烏帽子〟とは、伴天連宗にとって特別な意味を持つ。刀は王座を、烏帽子は王冠を意味するんだ。伴天連門徒にとって、〝刀と烏帽子を授ける〟とは、つまり伴天連宗の王となることを許す、という意味だじゃ」

「せば、陸奥守様は、刀と烏帽子の授与を許されねがった。つまり、その前に、刀と烏帽子を授与してけろ、伴天連宗の王として認めてけろ、と要求したのか？」

景信は、答えられそうにない豆助に代わって、尋ねた。荒い息を繰り返す豆助だが、話し声が聞こえない様子ではない。

「あだしには、そったに難しいことは、分がらねぇ。ただ、刀と烏帽子の意味について、伴天連宗の書で読んだだけだ」

生気の抜けた目をした鈴音は、ふっと悲しそうに息を吐いた。

そこへ、天主堂の戸を叩いて、勢いよく誰かが駆け込んできた。

「厳中様ぁ！　あや？　厳中様は、どこだ？」

見れば、先刻の門番だった。慌てた様子の門番は息を弾ませながら、左右を見回している。

「厳中様は、ここにはいねぇ。なんじょしたのす？」

鈴音が答えると、門番は早口に捲し立てた。

「曲者だぁ！　十人近くの曲者が、塀を越えて門を破り、次々に侵入してきた！　厳中様をお守りせねば」

曲者の正体は、公儀隠密だろう。豆助が寺に入ったきり出てこないので、総懸《そうがか》りに出たに違いない。

「安堵しろ。厳中様はすでに逃がしたでば。曲者の侵入も、察しが付いてらった」

鈴音は門番に近付きながら、落ち着いた口吻で答えた。

「曲者どもの目当ては、厳中様だべ。せば、あだしが厳中様に成り済ます。厳中様が、遠くさ逃れるまで、門徒総出で時を稼ぐべ」

鈴音の言葉には、微塵の迷いもなかった。まるで、予め定められた文言を読み上げるようだった。

「せば、おらの羽織を着るんだ。厳中様の振りをするんだば、十字架も要るべ。探して来るでば！」

羽織を脱いだ門番は、縺れそうな足取りで天主堂を出て行った。黒い羽織を握り締めた鈴音は、音を立てて閉ざされた戸を、しばし眺めていた。

「鈴音、お前が、寿庵殿の身代わりになるのか？」

立ち上がった景信は、鈴音の背中に呼び掛けた。細い肩が、ビクッと跳ね上がったように見えた。

「悪ぃなはん。やっぱり、あだしは、伴天連宗から転ぶことは、できねぇ。たとえ、姉を殺されようとも、間者として捨て駒にされようとも、あだしは、黒脛巾組として生きる以外の道を知らねぇんだ」

「紫野の死を、無益にする気か？　紫野は、おめぇにだけは、何としても生き延びて欲しかったはずだ」

「あだしね、今までずっと、姉さんが何を考えてらか、分からねがった。姉さんはいっつも、一人で面倒を抱え込んで、胸の内を話してくれねがった。たった二つしか違わねぇ妹なんだから、もう少し頼ってくれても、いがったのに」

鈴音は、背中で小さく息を吐いた。精一杯の涙声を張り上げる。

「んだがら、姉さんが妹想いだったと分かっただけでも、嬉しいんだ。姉さんは、妹を守るために、一人で全てを抱え込んでらった。あだしには、その事実だけでもう、充分だじゃ」

「俺は、紫野を死なせた後悔に、ずっと苛まれてらった。おめぇにまで死なれたら、俺は絶望の淵に追いやられる」

鈴音の背中に、景信は懸命に呼び掛けた。この天主堂を出て寿庵として討たれることを望んでいるのだろう。

鈴音を引き留めるためならば、どんな方便でも、どんな脅しでも構わない。何があっても、鈴音をみすみす討死させたくはなかった。

「一つ、思い出したことがあるんだ。昔、姉さんと恋敵になった時期があってな。その時も、何か話があったわけでねぇんだども、姉さんは知らねぇうちに、あだしさ相手を譲ってくれてらった」

振り返った鈴音は、景信を真っ直ぐ見詰めた。決意の揺るがない瞳には、強い意志が漲《みなぎ》っている。一方で、どこか寂しく、物悲しそうでもあった。

「姉さんが生きてらったら、言われるべな。今も、あの時と同じだって」

耳を疑った景信は、瞬きも忘れ、鈴音を見詰め返した。微笑を浮かべる鈴音は、肩の荷が下りたように、どこか晴れ晴れとしていた。

「え？　それは、どういう……」

「何よ、その顔。全く気付いてねがったんだな。本来の手筈なら、転ばねぇと分かった時点で、あんたは廃寺で始末されてらったんだじゃ。殺せねがったのは、あだしの手落ち。あの時、姉さんが箝口のために殺されたと聞いて、あんたは憤ってくれた。心から姉さんの死を悔やんでくれる人を、あだしは手にかけることが、できねがったんだ」

鈴音と気持ちが通じ合っていた。この上ないほど嬉しいはずなのに、景信の頭の中は真っ白で、気の利いた言葉が、何一つ浮かんでこなかった。

「だったら尚更《なおさら》、ここで死んでくれるな。俺と一緒に逃げるべ」

「もう、いいじゃ。あんたが旅籠から連れ出してくれた時、ほんの少しだども、夢を見られた。二人であのまま、どこか遠くさ逃避する夢を。あだしは、その夢だけでもう満足だ」

景信の言葉を遮って、鈴音は明言した。

すぐさま背を向けた鈴音は、黒い羽織に袖を通した。全てを見通す神の目のような紋が、景信を睨んでいた。

「へばな。あんたも、この寺から無事に逃げ出せるといいなはん」

「鈴音、待て！　待ってけろ！」

景信の言葉が背中に届くか届かないうちに、羽織を翻した鈴音の姿は、板戸の向こうに消えていった。

景信の伸ばした手が、虚を摑む。遠くで、大勢の駆ける足音と、男の怒号が聞こえた。

「し、死にかけの……俺を、等閑《なおざり》にして、戯れ合うんじゃねーよ」

足元から絡み付く、豆助の恨み言に景信は我に返った。今は、感傷に浸っている時ではない。

「豆助、具合は、なんじょだ？　傷に障るから動くんでねぇ」

側にあった晒を手繰り寄せ、豆助の出血を止めるべく、傷口を強く縛った。顔を歪めた豆助が、苦痛の呻き声を漏らす。

「俺に、構うな。もうじき、こ……こには、俺の同輩が、来る」

「いいから、もう喋るな。死んでしまうでば」

「俺が、こんな鄙《ひな》の僻地《へきち》で、あんな……クソ女に、しっ、仕留められるわけ、ねーだろ」

語勢とは逆様に、豆助の声は、弱々しく掠れていた。

「オ、オッサンは、早く、逃げろ。俺の同輩は、黒脛巾組だろうが、間盗役だろうが、敵と見做せば、一切の……情け容赦は、しねぇぞ」

豆助の言葉に、はたと気が付いた。公儀隠密は内情を知った者を生かしてはおかないだろう。

巻いた晒に、徐々に血が滲む。景信は、豆助の震える手を取った。

「豆助、死ぬな！　俺が、絶対に死なせねぇでば！」

「おっ、俺は、男同士で手を……握り合う嗜好なんて、ねぇんだよ。……早く、行ってしまえっ、このぉ」

手を振り解いた豆助は、息も絶え絶えに天主堂の戸を指差した。

「鈴音から聞いた、か、刀と烏帽子の話、必ず……国許《くにもと》に、伝えろ」

力を振り絞って言い切った豆助は、荒い息を弾ませながら、静かに目を閉じた。

戸外から、人々の叫声が一段と大きく聞こえてきた。合戦は、すぐそこまで迫っていた。

固く瞑目した景信は、大きく何度も頷いた。

「豆助、達者でな。いつか、また会うべし！」

返事を寄越さない豆助に告げて、景信は、一散に天主堂を後にした。どうやって寺を抜け出したかは、まるで覚えていないほど、死狂《しにぐるい》だった。

景信が、大秦寺を抜け出して、半町ほど走った頃、寺の内部から火の手が上がった。夜空を舐めるような火の勢いは、景信の目の奥に、消えないほど鮮やかに焼き付いた。

七

景信が高水寺城に帰着したのは、大秦寺を抜け出して、五日後の夕刻だった。

紫野の後を追って、花輪館へ出立したのが、十月二十三日。あれからまだ一月と経っていないのに、北上川沿いに佇む高水寺城の城郭が、ひどく懐かしく見えた。

半時も待たせた挙げ句に現れた浅沼は、景信の姿を見るなり渋い顔をした。だが、景信の注進を聞くうち、徐々に顔付きが険しくなり、話し終えるまで一言も言葉を発しなかった。

「おめぇの顔は、春まで見ねぐて済むと思ったのによぉ。しかも、そったに煩雑な話を持ち帰りやがって」

ようやく口を開いた浅沼は、額に手を当てて苦痛そうに顔を歪めた。

「煩雑って言いようは、心外でがんす。むしろ、陸奥守殿の秘事を暴き、見事に持ち帰ったんだから、大手柄でしょう」

景信は、憤然と反駁した。思い付きのような浅沼の下知に従い、命懸けで敵方と戦い、冬山を幾重も越えて戻って来た景信は、三面六臂《さんめんろっぴ》の働きをしたはずだ。

「んだがら、その秘事が、煩雑だって言ってらんだ」

言われた意図が分からず首を傾げる景信に、浅沼は、大儀そうに続けた。

「陸奥守殿が、伴天連門徒を嗾《けしか》けて、各地で蜂起させてらっつう理窟は通るかもしれねぇ。んだども、奥南蛮への使節団が、伴天連王になる赦しを得るためだった、っつう話は、わがねぇ」

「なしてす？　何が、わがねぇのす？」

焦躁《しょうそう》を募らせる景信に、浅沼も、口吻を荒らげた。

「どこに明確な裏付があるってぇ？　相手は、古狸の陸奥守殿だぞ。歴戦の猛者どもが、続々とこの世を去る中、乱世の生き証人として、徳川様からの信も厚ぃと聞く。陸奥守殿さ叛意《はんい》があるなどと御公儀さ上申したら、根拠もねぇ妄言を流布する悪党は、むしろ南部方だと、報復されかねねぇ」

「裏付なら、あるでば。伴天連宗の隠語で、刀は王座、烏帽子は王冠を意味するって、伴天連門徒の一人が言ってらった」

寂しげに告げた鈴音の面影が蘇り、景信の胸が締め付けられる。鈴音の消息は結局、分からずじまいだった。

「どこの身上不審が言ったか知らねぇども、そったな話なんぞ、確証とは言えねぇべじゃ。単に、南蛮風の刀と冠《かぶ》り物《もの》を所望したども、断られたに過ぎねぇ、と言われれば、それまでだべ。それとも、陸奥守殿の花押や筆跡の残る書状でも、あったってが？」

「そ、それは、ねぇども……」

返事に窮する景信に、浅沼は、柄にもなく穏やかな声を掛けた。

「おめぇの手柄は、認めてやる。黒脛巾組の陰謀を摑み、よくぞここまで生きて帰ってきた。んだども、相手が悪ぃでば。陸奥守殿は大胆かつ慎重だ。元より、なんぼ穿鑿されても言い逃れできるよう、あらゆる細工を組み立ててあるんだべ。おらだづの敵《かな》う相手でねぇでば」

景信の目の前が鈍色に霞む。自分が懸命に探り当てた真実も、政宗の掌で容易く握り潰せる些事だったのだろう。

一月に満たない短い時の間に、自分は何と戦い、何のために奔走していたのか。まるで、目に見えない巨大な掌の上で、踊らされた気分だった。

「まぁ、おめぇの気持ちもよく分かる。んだがら、おらは、平素より岩崎合戦の話をしてらべ？　陸奥守殿は、一揆を扇動しておきながら、最後は和賀氏さ罪を被せて葬るような御仁だじゃ。事が露見したとしても、逃げ道はなんぼでも用意してあるのが、陸奥守殿だ」

浅沼はそのまま、岩崎合戦での武功や、古狸・政宗の策謀を延々と話し始めた。

「んだがら、その話は、何遍も聞きましたって。浅沼様は、花巻城で奮闘して、指っこ三本ねぐなったんでしょう？」

嫌気の差した景信が、話を遮ると、浅沼は、心外そうに鼻の穴を膨らませた。

「三本でねぐて、二本だじゃ！　勝手におらの指っこ捥ぐな！」

「どっちでも、いがんすよ。今は、そったに達者なんだから」

「おめぇは、また随分と無礼になって帰って来たなぁ。また、おらが一から鍛え直してやらねば、わがねぇ」

浅沼は獣のように低い唸り声を上げて、懐に手を突っ込んだ。お得意の鎧通でも取り出すのだろう。

その時、浅沼の部屋を従者が訪ねた。従者は小声で浅沼を呼ぶと、何かを渡して去って行った。

戻って来た浅沼の手には、見覚えのある書状が握られていた。

「これは、おめぇが出した文か？　望月と書いてあるども」

「はい、大眼宗騒動に、黒脛巾組が関わってら事実を摑んだふんで、白根千軒より急ぎ文を出した次第でがんす」

「出した本人が、文より先に戻って来るんだば、世話ねぇなはん。ここさ書かれてら内容は、今おめぇが注進した話と同じだべ？」

　書状に目を落としたまま、浅沼は嘲笑を浮かべた。景信は、白根千軒で自分が何を書いたのか、記憶を辿って思い起こした。

「おそらく、同じだったと思います。むしろ、その文の内容は、今となっては誤りだった推量も含まれてらかと」

「ここさ書かれてら、童《わっぱ》のような男が、御公儀の隠密だったんだべ？　この書状を出した時は、まだ何も気付いてねがったわけか」

「恥ずかしながら、んでがんす。その時は、御公儀の隠密が下向してらとは夢にも思わねがったふんで」

「へーえ。そりゃ、また僥倖だったな。気付いてらったら、おめぇ、今頃は生きて帰ってねがったかもなぁ。童《わっぱ》が自ら素性を明かした時も、言ってらったんだべ？　隠密にて詮議に参った、と」

　浅沼に言われて改めて、自分の置かれていた役目が、いかに死と隣り合わせだったか悟った。豆助はその気になれば、景信をいつでも殺せる身分だったのだ。

「御公儀の遣いが、隠密で詮議に下向してらんだば、その事実を知った者は、箝口されると考えるが、常套《じょうとう》。おめぇがもし、大秦寺で事の顚末を順当に見聞きしてらったら、最後は御公儀の隠密に箝口で殺されてらったべな」

真実を知った景信を箝口する役目は、豆助だったのか、それとも別の隠密か。景信を突き放した豆助の心情がやっと分かった。

「おめぇは、つくづく果報者だなぁ。あー、無念だでば」

「今、無念と言わねがったべが？　浅沼様？」

「んあぁ？　何か聞こえたか？　おらの心の声だべ」

顔を上げた景信と目が合っても、浅沼は、そらとぼける素振りもない。そうだと言わんばかりに、大きく二度も頷いた。

「んだがら、分かるべ？　御公儀の隠密が南部領に下向してらった話は、公然にできねぇ。裏付もねぇのに事を荒立てれば、今度は、間盗役が御公儀に目を付けられる。そうなれば、黒脛巾組や陸奥守殿の思う壺だでば」

「つまり、此度の注進は、ねがったことにしろ、と？」

景信は、憤りを噛み殺しながら尋ねた。膝に置いた拳に、力が籠もる。

「ねがったことに、するとは言ってねぇ。此度の顚末も、おめぇの手柄も、全て御屋形様さ注進する。んだども、話はそれで終わりだ。御屋形様が、陸奥守殿の計略さ反旗を翻す結末には、ならねぇ」

「せば、このまま黒脛巾組を放任するおつもりで？　重蔵や寿庵だけが、黒脛巾組でねぇがんすよ。計略が反故になったと知れば、新たな間者が送り込まれて来るごった」

「放任するとは、言ってねぇ。今後は、鹿角や十和田の警固も増やすし、伴天連門徒の取り締まりも厳しくする。黒脛巾組の自由には、させねぇでば」

　浅沼の返答は、取り繕いにしか聞こえない。現に浅沼はただの上申役で、決めるのは、唐兵部もしくは、さらに雲の上の南部利直だろう。

　得心の行かない景信は、さらに食い下がった。このままでは、政宗の秘事を国許に伝えろと懇願した豆助が浮かばれない。

「それに、もしも寿庵が生き延びてらったら、大眼宗は再び動き出すごった。何なら、頭目は、寿庵でねぐとも、いい。大眼宗が邪教と見做されればされるほど、伴天連宗の蔓延る意義は大きくなるべし」

「分がった、分がった。御屋形様にもそう伝えておく。次に大眼宗の討伐を行う時は、望月を総大将にしてけろ、ってな」

　元より、景信を快く思っていない浅沼だ。景信が肝要な報せを持ち帰ったとしても、過小にしか評価するつもりはなかったのだろう。

　浅沼は、口元に下劣な笑みを浮かべた。

「案ずるな。おめぇの褒美は、弾んですける。何がいい？　禄《ろく》か？　それとも、女か？」

　これ以上、話をしても時の徒費だ。景信は徐に立ち上がった。

「手前は、禄が欲しくて働いたつもりはありません。それに、女はしばらく結構でがんす。失礼します」

一礼をした景信に、浅沼は奇異の目を向けた。

「なんだ、望月。おめぇ、少し《べっこ》変わったなぁ」

景信は、そのまま部屋を立ち去ろうとした。今は傲慢な浅沼の顔など見ずに、一人になりたかった。

すると、去り際の景信の背中に、嗄れた浅沼の声が矢を射るように飛んできた。

「望月、おめぇ、転ぶなよ」

「まさか。戯れを」

部屋を出た景信は、宵闇に紛れて音も立てずに高水寺城を下りた。

なるほど、浅沼の下で無益に扱き使われるより、余所へ転んだほうが、賢明かもしれない。左様な離背が頭を過り、景信は己がますます分からなくなった。

伴天連宗とは、間盗役とは、役目とは、何か。考えれば考えるほど、己の拠所《よりどころ》が定まらなくなる。

ただ一つ言えるのは、自分は声色遣いの望月景信である、という自負だけだった。

それから三月ほど経って、景信は同輩から戸来村の風聞を聞いた。

戸来村の外れに、厳中という者を葬った塚がある。村人はその塚を〝黒州場《クルスバ》〟と呼び、崇めている、と。

聞けば、厳中は村の救世主《メシア》だったが、余所者の凶賊に村外れまで追い詰められ、何人かの従者と共に討たれたそうだ。

この話を聞いた景信は、確信した。討たれた人物は、寿庵だったに違いない。仮に、討たれた人物が、厳中に成り済ました鈴音だったなら、一人でも多くの同輩を逃がし、自らは囮となって、大秦寺で命の果てるまで決死奮闘するはずだ。

大秦寺から遠くへ逃げ出し、従者の護衛も虚しく、公儀隠密に討ち取られた厳中は、後藤寿庵だったのだろう。

となると、鈴音も豆助も生きているのではないか。大秦寺の厳中は囮で、真の厳中は大秦寺を抜け出したと、公儀隠密に誰かが告げなければ、村外れまで追っ手を差し向けることはできまい。

捕われた鈴音が、深手を負った豆助が、今も生きている裏付はどこにもない。

だが景信の勘は、二人がどこかで生きていると告げていた。

雪が解けたら、もう一度、戸来村へ行こう。

景信は高水寺城の連子窓から、凍り付いた北上川を見下ろしながら考えていた。

雪催いの空を、小さな黒い鳥が南方へ飛び去っていった。明るく唄うような鳴き声は、真綿色の大地に高らかに響き渡った。

【参考文献】

『日本鉱山史の研究』　小葉田淳　岩波書店

『金・銀・銅の日本史』　村上隆　岩波書店

『キリシタン将軍　伊達政宗』　大泉光一　柏書房

『暴かれた伊達政宗「幕府転覆計画」　ヴァティカン機密文書館史料による結論』
大泉光一　文藝春秋

『北天の十字架』　三好京三　新潮社

『潜伏キリシタン　江戸時代の禁教政策と民衆』　大橋幸泰　講談社学術文庫

『鉄砲と日本人　「鉄砲神話」が隠してきたこと』　鈴木眞哉　洋泉社

本書は第18回小説現代長編新人賞受賞作品を加筆修正しました。

装画

◆

森 美夏

装幀

◆

大岡喜直

（next door design）

桜井真城（さくらい・まき）

1979年岩手県生まれ。明治大学法学部卒業。会社員として働きながら小説を学び、久しぶりに書き上げた本作で第18回小説現代長編新人賞を受賞しデビュー。

雪《ゆき》渡《わたり》の黒《くろ》つぐみ

2024年6月17日　第1刷発行

著者……………桜井真城《さくらいまき》

発行者…………森田浩章

発行所…………株式会社講談社

〒112-8001　東京都文京区音羽2-12-21

電話　編集　03-5395-3505

　　　販売　03-5395-5817

　　　業務　03-5395-3615

本文データ制作……講談社デジタル製作

印刷所…………株式会社KPSプロダクツ

製本所…………株式会社国宝社

定価はカバーに表示してあります。

ISBN978-4-06-535483-4

N.D.C.913　310p　19cm

KODANSHA